一路（いちろ）

淺田次郎

下

目錄

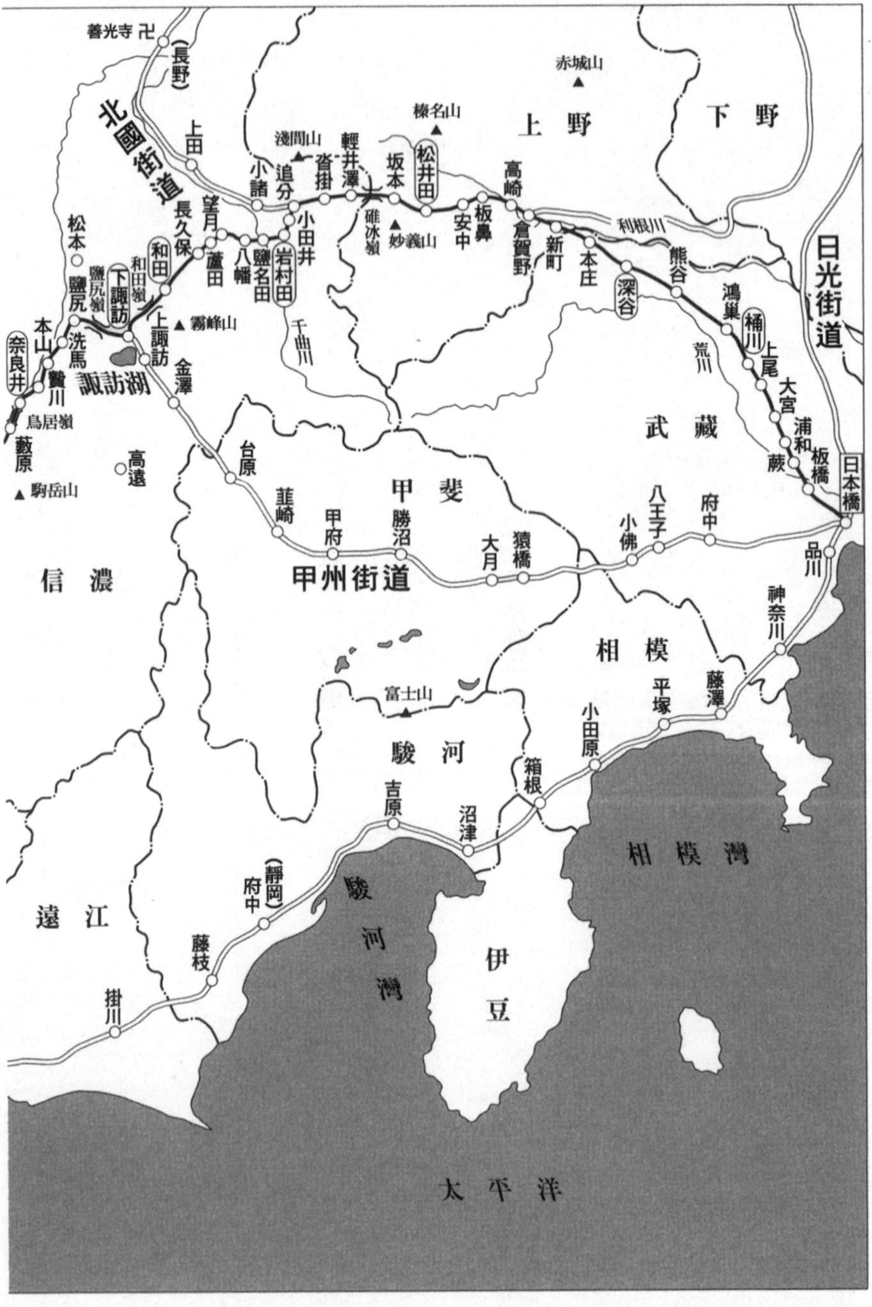

※（　）框起處為蒔坂左京大夫參勤隊伍的留宿地。其中的「田名部」是虛構地名。

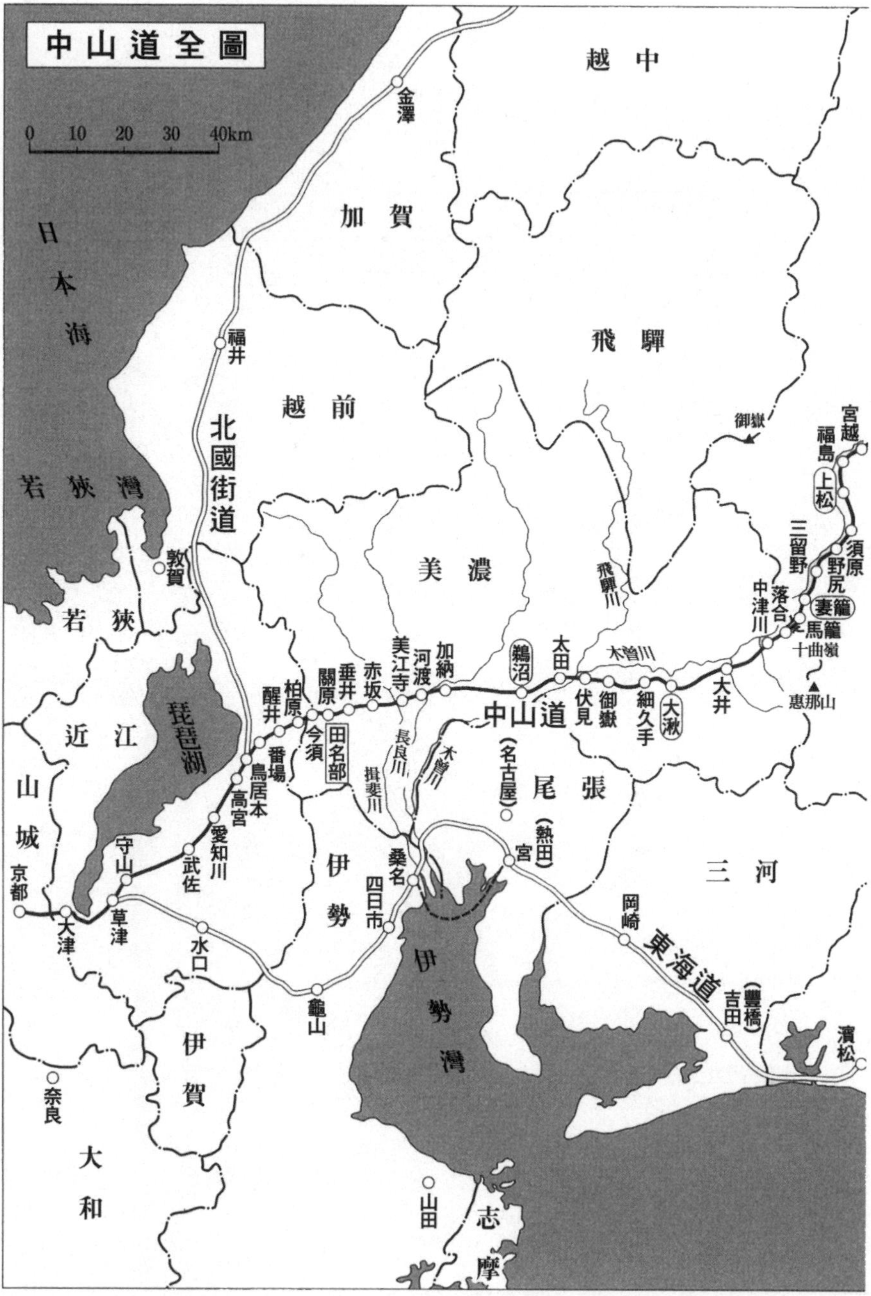
中山道全圖
0 10 20 30 40km
日本海
若狹灣
越中
加賀
飛驒
越前
美濃
若狹
近江
山城
伊勢
伊賀
大和
尾張
三河
志摩
伊勢灣
琵琶湖
北國街道
中山道
東海道
金澤
福井
敦賀
京都
大津
草津
守山
武佐
愛知川
高宮
鳥居本
番場
醒井
柏原
今須
關原
垂井
赤坂
美江寺
河渡
加納
鵜沼
太田
伏見
御嶽
細久手
大湫
大井
中津川
落合
馬籠
妻籠
三留野
野尻
須原
上松
福島
宮越
御嶽
惠那山
十曲嶺
飛驒川
木曽川
長良川
揖斐川
田名部
(名古屋)
宮
(熱田)
桑名
四日市
水口
龜山
岡崎
吉田
(豐橋)
濱松
奈良
山田

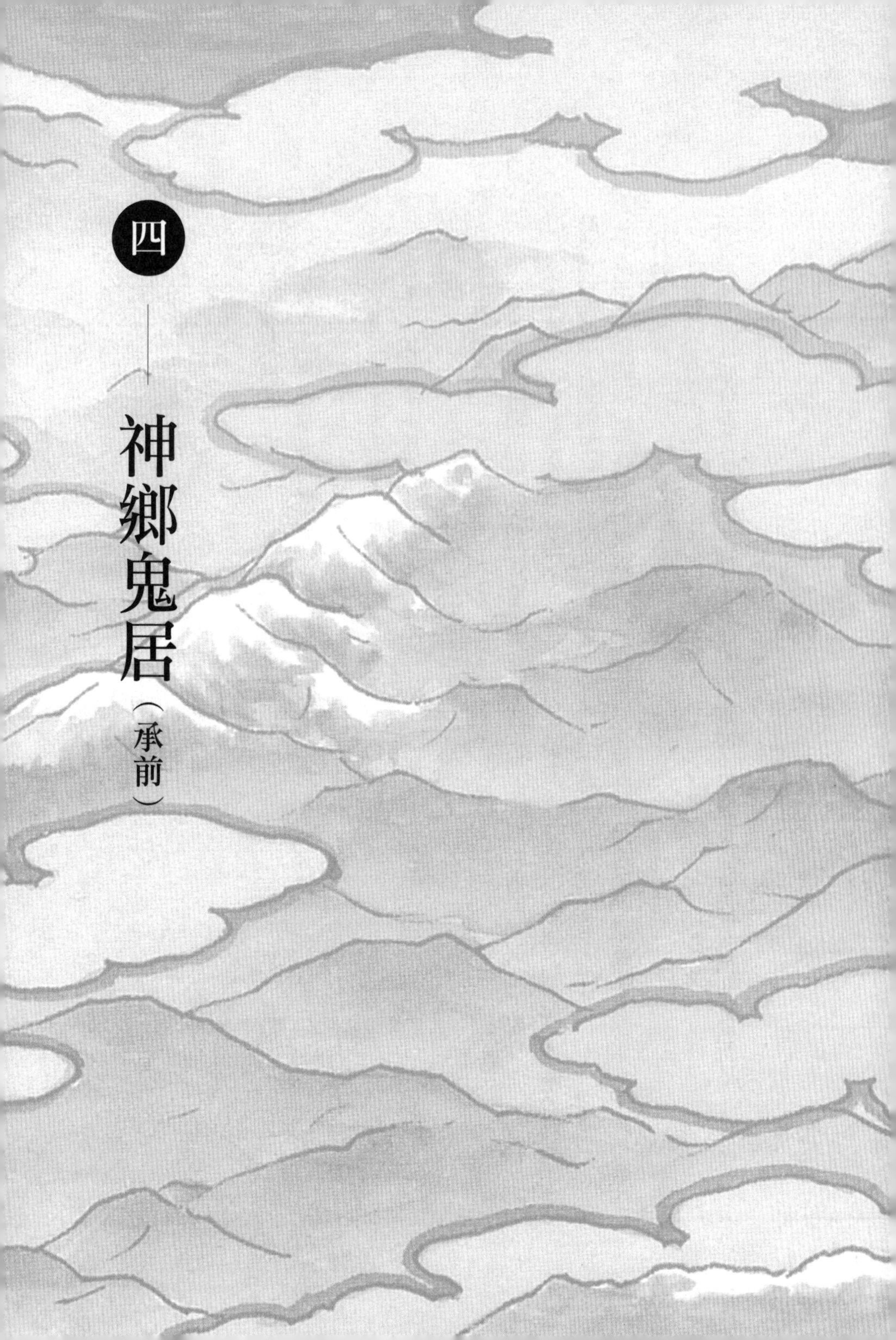

四

神鄉鬼居（承前）

3

〈供頭守則〉

十四、下諏訪宿至和田宿　五里十八町之遠路

　乃中山道屈指之險地也

　雲上風雨窮極　冬日積雪丈餘

　然蒔坂左京大夫須常在八萬旗本之先鋒

　參謁江戶之本願　切不可忘

「不可勉強。」

大賀傳八郎用扇尾敲著攤開在驛亭木板地上的地圖，以責備的語氣說。

天還未亮，諏訪宿籠罩在暴風雪中。傳八郎認為不可能有隊伍這時出發，正準備睡早覺時，只見驛亭番頭跑進官舍回報，說蒔坂左京大夫一行人正準備出發。

勸阻不聽的隊伍不論有何遭遇，都與宿場官吏無關，但這時如果不出聲制止，不曉得會落得什麼下場。

「供頭大人，你聽好了。下諏訪的雪勢如此強勁，和田嶺肯定成了鬼居，不宜強行啊。這個時節不必擔心會有其他隊伍抵達，造成本陣衝突，只要在這等候天氣好轉就行了。」

「不。大人的關心，在下心領了，但不能因為畏懼惡劣的天候而改變行程。」

供頭還很年輕，聽說因為父親驟逝，這是他第一次當差。簡而言之，就是不懂得要領，得趁這個機會好好開導一番，傳八郎心想。

「身為供頭，當然得把參府日期擺在心上，但參勤路上總會遇上萬不得已的事，這時只要寫明原委，去函通知就行了。」

「其他隊伍如何在下並不清楚，但我們蒔坂家的參勤可是趕赴戰場的行軍，無論情況如何，都非得在期限前抵達不可。」

這個小子是犯傻了嗎？居然將古代的關原之戰與現在混為一談。這個道理雖然說得通，但說參勤是趕赴戰場的行軍，未免時代錯亂得離譜。

「因為天候不佳，山上的茶屋店家也都趁著昨天下山了。」

「那麼我們一口氣翻山就是。」

「可別小看和田嶺。如果是令尊，肯定會停下隊伍。」

供頭突然豎起眉毛說道：

「把家父搬出來說嘴，這未免太過分了。」

這是失言。「得罪了。」傳八郎老實地賠罪。

大賀傳八郎在二十歲時，因為父親驟逝而接下宿場官吏的職位。原本住在江戶的他接獲訃報，被緊急召回故國諏訪高島藩。

傳八郎對宿場官吏這份家業一無所知，幸虧有部屬與村民的扶持，才總算度過了這五年。

現在他仍會不時心想：「如果是父親大人，會怎麼做？」

他本該在十五歲元服之後，就跟在父親身旁學習家業，但因為主公諏訪因幡守長年參與幕閣，傳八郎便以小姓的身分被召至江戶。他每天不是守在城門前的辦公廳，就是在木挽町的官邸，隨身侍奉主公。更何況那段期間，因幡守是免去參勤職務的在府官員，因此傳八郎無法回到故國，長年與父親相隔兩地。

所以他倉卒繼承家業，成為宿場官吏，這五年來的辛苦非同小可。

無論如何都不能做出會被拿來與父親相比的事，即使沒有從父親那裡得到半點教導，也要表現出一副精通一切的模樣。

「恕我冒昧一問。」

傳八郎盯著供頭說道：

「難不成大人沒有從令尊那裡得到任何傳授？」

看來是猜對了。年輕供頭想反駁卻又支吾其詞，回瞪著傳八郎。

「那麼請容我以兄長的身分關心個幾句吧！想要辦好差事，首先不能勉強。孩子比不上父親是理所當然的事，如果勉強仿效，只會招致失敗。通知延遲參府的書信行款，在下可以教你，也會附信給敝家的因幡守大人，請他代為美言幾句。如果因為心急而強行越嶺，到時鬧出人命，就算切腹謝罪也來不及。別擔心，天候再怎麼惡劣也不過這一兩天，我相信左京大夫大人絕不會強人所難。不，比起橫越鬼居，能在這處神鄉養精蓄銳，大人也會感到慶幸才是。喏，供頭大人，我看就這麼辦吧！」

路途上想必吃了不少苦吧！年輕供頭肩膀頹垮，那模樣教傳八郎於心不忍。他備感親近，挪近膝蓋，撫摸那頹喪的背。因為這種辛苦，自己也曾痛切地體會過。

這時，小姓突出其來的喊聲響徹四周。

「主公起駕！請諸位迅速就位！」

這可不妙！那個傳聞中的「大傻瓜」蒔坂左京大夫不知為何，竟然不等供頭回報就逕自準備出發。

無論如何都必須勸回。

傳八郎不顧一切地奔出驛亭，只見在風雪中的中山道上，八十名隨從個個像雪人似的，單膝下跪，彷彿對這場敢死之行毫無疑問，靜待主公現身。

「小的斗膽，稟報左京大夫大人。在下諏訪因幡守家臣大賀傳八郎，有要事求告，還請大人留步！」

這突如其來的一聲大喊，嚇得主公一陣心驚，忍不住挺起身子，腦袋在轎頂上撞個正著。好痛！想叫卻又不能。主公情急之下咬住外衣袖子，強忍著痛，另一手撫平撞亂的髮髻。武將是武勇的化身，必須隨時保持威嚴、神秘。再怎麼樣都不能被突如其來的聲音嚇得發抖，還撞上轎子的天花板。

原來如此。去年在櫻田門外，井伊掃部頭大人在轎中遭人暗殺[1]，就是這個緣故啊！主公突然恍然大悟。武將絕不能在敵人面前逃亡，然而在這種情況下，也不可能輕易擊退刺客，所以為了維護武家威嚴，就只能坐以待斃。

但侍從們不慌不亂，看來應該不是刺客。

「什麼事？」

主公強忍痛楚，盡可能以嚴肅的語氣問。

「小的不曉得是否有幸拜見大人尊容？」

主公輕輕打開轎門。居然想親睹武將尊容，這個要求實在放肆，但主公覺得其中必有原由。

「區區一個宿場官吏，大膽！」

將監出聲喝斥，擋在轎前。但官吏卻不予理會，趴跪在雪地上，稍微抬起頭來。

咦？那張臉似曾相識。不用多想，主公立刻認出了那名武士。

「噢，你是諏訪大人的小姓吧？」

「是！小的感到無上光榮。」

其實，主公與因幡守大人本是舊識。主公之間的交流，家臣無從得知，但兩人是多年棋友，主公偶爾會受邀到因幡守位於澀谷村宮益坂的別墅，待上整整一天。

但自從因幡守大人榮任幕閣，彼此的交誼也就減少了。

「咦，主公怎麼認得因幡守大人的小姓？」

將監不解地問，因為昨日主公才說彼此沒有特別的交情。但主公並沒有撒謊，只是看將監從高島城回來後，情緒似乎不佳，顧慮他的心情才這麼回答罷了。

「沒什麼，只是在殿中偶爾會見到。有什麼要緊的事？」

主公把將監的疑惑擱在一旁，向傳八郎問。

「在下雖然不肖，但五年前被召回故國管理下諏訪宿場。」

「這樣啊，很好。」

「因此出於職責，在下必須稟告左京大夫大人，還望大人嘉納。」

「哦？」主公歪起頭來。即便是宿場官吏的職責所在，出言干涉其他主公仍是僭越，就算事出緊急，也當透過供頭轉達。

回想起來，大賀傳八郎可是讓因幡守大人引以為傲的小姓。他不需要指示，便能察覺主公的心意，機靈聰慧，讓人印象深刻。如此伶俐的小姓長大後繼承家業，居然逕自向別家的主公申訴，可見事態非同小可。

真麻煩，主公心想。當然，不能被人看出這個念頭。神秘的武將絕不能將「嫌麻煩」這類的情緒顯露於外。

「辛苦了，說吧！」

「是！」傳八郎趴伏在地，眼神落在併攏的指尖上，果斷地開口：

「翻越暴風雪中的和田嶺是有勇無謀之舉，還請大人撤回今天的行程。」

就算內心大受動搖，主公也必須眉頭不皺一下。他不是為了對方越次申訴而驚訝，而是考

1 指幕末安政七年的「櫻田門外事變」，彥根藩主井伊直弼在櫻田門外遭反幕府的浪人刺殺身亡。

慮到被撇在一旁的供頭的立場。

主公就算認為小野寺一路做得很好，也不能輕易肯定家臣的表現。如果出聲表揚，家臣就會成為權威；要是隨意貶損，家臣則必會受罰。君無戲言，就是這麼回事。

因為父親橫死，小野寺一路被召回故國，擔任這次參勤隊伍的供頭。主公過去從來沒有在參勤的路上看過一路，所以他大概沒有得到父親充分的傳授，就被迫接下了這個職務吧！

也正因如此，這趟旅程有別於以往。種種難關被一一克服，完滿地走到現在，主公雖然沒有說出口，但一路確實做得很好。

想到小野寺一路的立場，主公實在為難極了。接受宿場官吏的申訴，就等於讓供頭的顏面掃地，但既然宿場官吏寧可冒著不敬的罪過也要越次諫阻，今天越嶺確實是有勇無謀吧！

天色轉亮，主公凝視細雪中昏暗的景色。

街道上，八十名隨從高舉燈籠，單膝下跪，唯有一人像根木棒似地杵立著。沒有斗笠，也沒有蓑衣，一副潦倒的模樣，茫然地站著。

究竟出了什麼事？

小野寺下令出發，打算冒著風雪翻越山嶺，而宿場官吏出聲制止。就在兩造爭論不下時，轎子已經抬出本陣玄關——八成是這麼回事吧！

決定權交到了主公手上。

「大膽狂徒！也不按照規矩來。驚擾主公，該當何罪！」

將監用手中的馬鞭指著傳八郎的鼻子罵道。

「供頭在做什麼？這算什麼！不管是要走還是要停，親自向主公稟報是供頭的職責所在吧！小野寺在哪裡？」

將監揮鞭，就像要斬斷下個不停的雪。

站在路旁的人影屈身跑上前來。他連滾帶爬似地跪倒在轎前，不停地吐出白色的氣息。太教人心疼了，主公心想。他覺得這名年輕的供頭看起來已經精疲力竭。

這兩名低垂著頭的年輕武士之間，究竟有過怎麼樣的一番對話？主公仔細思考了起來，然而浮上心頭的卻是自己的記憶。

因為父親過世，主公年僅六歲便成為第十四代蒔坂左京大夫。雖然身為主公該展現何種身段、身為武將該抱持何種心態，都有老臣悉心的教導，但還是有太多事他必須獨自抱頭苦思、備嚐艱辛地去學會。尤其在江戶城中，身旁只有其他主公與茶和尚[2]，那種孑然一身的孤獨與不安，他到現在都還會夢見。淵源正統的家名、百名家臣、七千五百石的家業……即使這些重擔壓得弱小的身體幾乎無法負荷，他仍是個連掉眼淚都不被允許的可憐孩子。

自己就是這麼拚命掙扎過來的。這麼一想，敬跪在眼前兩名武士的遭遇，總讓他覺得心有戚戚焉。

「小野寺，你為什麼不吭聲？居然任由宿場官吏越次申訴，真是豈有此理！」

將監的鞭子狠狠地抽在供頭垂垮的肩上，但供頭依然默不作聲，只是從嘴裡吐出白氣，彷

---

2 江户時代的職稱，在武家負責茶湯招待的工作。

佛要將最後的力氣一吐而盡。

「住手，將監。」

主公以簡短但強硬的語氣斥責叔父。可能是太意外了，只見將監怔愣地回頭，隨即回過神來，在轎旁屈膝。

我必須振作起來。在戰場指揮決策的，除了武將之外別無他人。就算這個決定會招致敗北，武將還是得做出決斷不可。

「接下來要翻越和田嶺。供頭，由你來指揮。」

眼前的兩人同時赫然抬頭。

「遵命！」

供頭彷彿獲得新的力量，挺直了背，但宿場官吏卻無法接受。

「和田嶺素有鬼居之稱，還請大人三思！」

但主公的決心不動如山。

「你的建言非常好。既然是鬼居，我也會化為鬼怪，越過該地。退下吧！」

主公親手關上轎門。

「哎呀，我還在擔心難不成要走，沒想到還真的要動身呢！」

在湯田町的客棧二樓，朧庵望著花櫺窗外說。這是個裹上棉襖還是冷得快凍僵、風雪飄搖的黎明前夕。

並排在白色帷幕另一頭的燈籠同時動了起來。

「阿彌陀佛，這種天候要越過和田嶺，簡直荒唐！就連強渡封河的大井川都比這好過吧！」

兩人一邊說著，一邊收拾被褥，匆匆整理行裝。

「倒是師傅，和尚到哪去了？」

新三詫異地看著已經折疊整齊的被子問。

「還能去哪？既然他自告奮勇當先導，應該是搶先一步到山頂去了吧！」

「咦？未免太辛苦了。他一定是先行一步到了黃泉，好為大夥帶路吧！」

「這麼說來，你又是怎麼打算？」

「怎麼打算？看了也知道吧！既然如此，就只好一路相陪，共渡奈何橋囉！」

隊伍靜靜地走過湯田町的屋簷間。先鋒武士那身捶金笠盔和猩紅戰袍早已布滿雪花，看不清顏色了。

「變得樸素了些吶！」

「是啊，這樣就不丟人了。」

雙胞胎家奴緊跟在後，各以左右單手高舉丈餘的朱槍，熊皮槍套掠過從二樓眺望的兩人眼前。

「居然光著小腿……」

「持槍家奴不能穿襯褲嘛！」

隊伍持續走著。箱篋、長槍、火槍、徒士。

「連武士大人都扛著行李。」

「因為不管出再高的價碼，也沒有助鄉願意幫忙啊！」

主公的轎子來了。天色這麼暗，用不著擔心被人發現，但兩人卻蹲身縮著脖子。

「那個供頭大人真了不得。」

「確實。如果他下令去死，大夥會不會真的都跑去死啊？」

轎子在供頭與近侍的護衛下經過，接著在扛箱篋的小廝後方，兩匹馬跟了上來。

「啊，那匹老不死的灰馬，還以為肯定會被殺來煮，怎麼又返老還童似的？」

「咦？真的。你看看牠，一副『主公的座騎不是小斑而是我』的氣勢。」

弓箭隊之後是殿後的徒士們。武士除了各自的行囊外，還扛著不少行李。

唯一騎馬的是後見役蒔坂將監。或許是發覺頭頂有人，他在經過時抬起笠盔帽簷仰望二樓。兩人在千鈞一髮之際縮起脖子。

「噢，果然是張惡人凶相。」

「師傅也懂觀相之術啊？」

燈籠的火光遠離。離開下諏訪宿後是一段山間坡道，接著經過人稱「西餅屋」的山頂茶屋，一口氣登上和田嶺。接下來的山路便一徑到底，筆直地爬上彷彿豎著根棍棒似的陡坡，然後滾落似地往下栽去。因為山勢實在太險、距離極長，根本無從開道。

這陡直的山路就連行李輕便的旅人也常因為體力不支而放棄，況且在暴風雪吹襲下，扛著笨重行李的隊伍絕不可能平安越過。

「有東西忘在這裡嗎？」

輔佐供頭的年輕武士一面呼喊，一面走訪隊伍離去後的客棧。

「把我們給忘了啊。」

「是啊，沒錯。話說回來，我們到底是造了什麼孽，才會跑來蹚這渾水？」

兩人整理好行裝走下樓梯，客棧掌櫃和女傭全都嚇傻了。

「就算勸我們別去也沒用，旅行就是要搭伴啊。」

「或者說，這就叫一不做，二不休。」

江湖術士與梳頭師傅自暴自棄似地扔下過多的住宿費，往風雪交加的外頭走去。

果真是鬼居啊……

勉強爬到山腳下的茶屋後，空澄和尚喘了一口氣。

他抖落饅頭笠上的積雪，仰望才剛亮起的天空。杉樹被風雪撓彎，呼嘯聲如鬼哭神號般持續不斷。和尚一路上祈禱著天快點亮，分開及膝的積雪往上攀登到了這裡，但天亮以後，眼前的景色更驚人了。

人工杉林只到這一帶，茶屋再過去，是一片橡樹與櫟樹的雜樹林。是因為山勢過於陡峭，無法採伐嗎？積雪的下方應該是成片茂密的山白竹。

中山道貫穿那片陡坡，筆直延伸，不像其他山嶺，山路蜿蜒而上。因為無論上山或下山，如果不一直線翻越，就趕不及在天黑之前離開。

一旦降雨，這條路便立刻化身瀑布般的洶湧河流，所以別說是這樣的暴風雪了，就算只是下場雨，旅人也會被困在下諏訪宿或和田宿，進退不得。

從大雪的細縫間可以看見山頂。雖然只是驚鴻一瞥，但山頂遙立於天際，筆直的道路朝著天頂延伸而去。那已經不是人間的道路，是往生靈魂踏上的那條白路。

和尚開始打哆嗦，連牙關都合不攏了。但冷歸冷，眼前這景色更令人喪膽。

不過既然來到這裡，也就不能回頭。昨晚他和供頭對坐吃著馬肉鍋，彼此發誓即使天降箭雨，今日也非越過和田嶺不可。

還是下箭雨好多了，和尚一面發抖一面心想。

泡過溫泉後，大啖馬肉又暢飲美酒，氣勢一來，任誰都會覺得槍林彈雨不足為懼。不過互相起誓還是太魯莽了。

如果在這裡就敗下陣來，未免也太不像話。和尚決定先進茶屋，吃塊能補充體力的「力餅」，或許就能找回昨晚的鬥志。

然而在雪中泅泳似地走到了茶店，店門卻被麻繩給牢牢捆住。料想到今天天候惡劣，老爺子、老太婆早就趁著昨天匆匆下山。

「不行了。」

和尚乾脆地喃喃自語。

參勤是參謁江戶的行軍。依照古禮調度準備，向世人展現蒔坂左京大夫與田名部百名家臣的武威——這確實是令人敬佩的信念，但如果在暴風雪中的和田嶺全軍覆沒，統統凍死，未免有失體統。

和尚在茶屋屋簷下抱著膝蓋，左思右想地煩惱了半晌。無論有何苦衷，這都違背了男人間的諾言。「還是回去下諏訪吧！」事到如今，他哪有顏面反悔？那麼乾脆在這條路上打禪歸西，以死勸諫隊伍折返，才是先導應有的模樣吧！

這真是妙計。和尚緩緩起身，在街道正中央坐下。不是仰望去路，他要俯視來時的路死去。

「一生不離叢林，只管打坐。」

終生不離開修行之地，不斷打坐。不沾染權威和利欲，也不需要經文或學問，只是為求開悟而坐禪。他要效法在菩提樹下默默打坐的釋迦牟尼，擺脫世事煩惱，滅卻己心。

「一生不離叢林，只管打坐。」

和尚不斷喃喃念誦他所景仰的道元禪師的遺訓。

之後爬上山路的隊伍，要是看到自己擋住去路、化成雪佛的模樣，肯定會折返回到下諏訪宿。

真是個妙計，和尚暗自竊喜。這樣一來就不算違背與供頭的誓言了。不僅主家得以保全，自己也必定會成為不惜捨身的名僧，流芳萬世。

「一生不離叢林，只管打坐。」

不過話說回來，人都快死了，煩惱為什麼還是盤踞心頭？

既然要死，至少要娶個妻再死吶！祖先代代相傳的血脈從此斷絕，就算被後人奉為名僧、香油錢累積如山，便宜到的也只有從永平寺派來繼承寺院的陌生和尚吧！一想到這裡，還是教人難以接受。

利欲速去、拋棄功名。和尚愈是這麼默念，努力維繫這窮寺院的辛苦就愈是接連浮上心頭，別說入定歸西了，簡直是不甘心到了極點。

自己果然是浪得虛名啊！再怎麼說，也不該拿空海法師的「空」、最澄和尚的「澄」，合成「空澄」二字。這要是人如其名也就罷了，然而和尚在永平寺修行時，不僅一打坐就想睡，經文也從來都背不住。說起他的長處，就只有那超乎常人的體格和臂力，但現在又不是僧兵活躍的古代，這項長處根本毫無用處。而且不幸的是，他那過於常人的體能這時才開始發揮作用，想死也死不了，只有寒意不斷地侵襲而上。

還是先念個經，鎮定心神吧！空澄和尚心想，嘴唇顫抖地開始念誦般若心經。

「觀自在菩薩，行深般若波羅蜜多時，照見五蘊皆空……」

然而念到「色即是空，空即是色」時，卻怎麼也想不起下一句。難道是腦袋開始結凍了？和尚知道自己不過是忘了經文，愕然不已。

既然如此，那就只管打坐，打坐就是了。

明明平日一打坐就昏昏欲睡，現在半個身子都埋在肆虐的風雪中，卻一點將死的徵兆也沒有。

這時，吵鬧的聲音傳入耳中。他以為是幻聽，但似乎不是。

「誒、誒、噢！」風雪間，勝利的吶喊聲確實愈來愈近。

和尚瞪大了眼睛。只見隊伍踢開積雪，攀登上來，領在前頭的是騎著灰毛老馬的古代武將。

這是怎麼回事？難道戰國武者為了和尚這個偉大的覺悟，自極樂淨土降臨迎接？

武將在覆滿白雪的和尚面前停下馬匹。

「這不是淨願禪寺的住持嗎？你在這裡做什麼？」

和尚認得笠盔底下的那張臉。不是戰國武者，那毫無疑問，是當代蒔坂左京大夫。

和尚分開積雪跪伏下來。

「稟報主公。和田嶺不可強越，請返回下諏訪。」

明知道對方是不能直視的貴族，和尚還是膝行靠近，抓住馬鐙，仰望馬上。

「在下唯有犧牲奉獻，才能報答祖先代代的恩顧，所以私下擔任隊伍的先導。主公您如果遭遇不測，這陣子上頭財務拮据，肯定會立刻廢去蒔坂家吧！請主公千萬自愛。」

雖然經文已經忘了，至少還能訴諸真心。自己離悟道果然還差得太遠。和尚明白自己在此等候，是為了忠於世事、勸諫隊伍。

主公喚來供頭。與自己一同起誓的小野寺一路分開細雪，跑到馬前。

「住持都這麼說了，供頭，你怎麼想？」

一路的回答十分冷漠：「請主公覺悟。參勤就是行軍，如果在參戰途中送命，就等於命喪敵手，但要是就此折返，則形同臨陣逃亡。」

這時，主公在馬上執鞭揮打和尚的肩膀：

「身心脫落[3]！身為先導卻阻擋隊伍的去路，就如同在坐禪時打瞌睡。繼續做你先導的差

3 佛教術語，指脫卻身心的一切煩惱，是坐禪的最高境界。

事吧！」

和尚突然領悟「只管打坐」的真諦並非呆坐原地，全心盡責才是佛道。

「遵命！」

空澄和尚轉身走了出去。最先該捨棄的是對生死的迷惑，一想到這裡，凍僵的嘴唇瞬間流瀉出原本遺忘的般若心經。

「羯諦羯detection諦波羅羯諦，波羅僧羯諦，菩提薩婆訶！」

空澄和尚在風雪中一面走著，一面仰望和田嶺遙遠的山頂，使勁全力大吼。

4

「還沒過山頂嗎？」

「別說山頂了，連前面的人的背影都看不見。」

矢島兵助和中村仙藏用繩索綁住彼此的腰前進。不是走也不是爬，感覺就像在雪中泅泳著。彷彿從幽深的水底下，朝著一抹微光掙扎著往上漂浮，這樣形容或許再貼切不過了。

「絕對不能丟下行李啊，仙藏。」

「嗯，我絕不會再丟下第二次。危急的時候，我要抱著這箱篋慷慨赴義。」

在與川崩地的險處，聽從主公命令拋下的那些行李，被福島關的官吏送到了奈良井宿。失而復得雖然令人感激，但這對田名部的武士而言也是種屈辱。正因為將這股感激與屈辱銘記在心，這回沒有人願意丟下行李。

先前多虧了助鄉，與川崩地和鳥居嶺走起來輕鬆許多，然而在這凶猛的暴風雪中，眾人卻只能各自分擔行李。

仙藏的肩上扛著小木箱，兵助的背上也捆著沉重的竹箱，沒有人是一身輕便。

「我可不記得自己做過什麼會遭天譴的壞事。」

「對啊，早知道如此，就在下諏訪買個飯盛女來玩玩了。」

「那你現在早就軟腿，癱倒在地啦！還能這樣走著，全靠美酒和馬肉的滋補。」

「我說仙藏啊，別再聊了好嗎？我覺得隨時都會不支倒地。」

兩人與其說是閒聊，更像是如果不出點聲，彷彿就會癱倒在地。

「休息一下吧！」

「好，但可不能坐下啊。」

兩人找到一棵合適的樹，靠在樹幹上歇息。

隊伍早已散開。同樣扛著大型行李的武士和小廝，用繩索與各自的搭檔腰繫著腰，趕過兩人。

兵助抬頭仰望雪花紛飛的前方。雖然中山道走過了好幾次，可說是再熟悉不過，但他從未見過氣候如此惡劣的和田嶺。眾人或是絆倒，或是滑落，像螞蟻般攀爬著筆直不曲的山路。

再這樣下去會出人命的。不，是不是有好幾個人已經脫隊，被丟在風雪之中？

兵助無力地喃喃道。一鬆懈休息，就連開口都懶了。難不成自己也要在這裡脫隊了？軟弱的念頭掠過腦海，讓他想就這麼趴倒在雪地上。

「這下子不得了了。」

腰繩突然被扯緊。只見仙藏的刀鞘擦過樹幹，身體往下傾倒，兵助連忙揪住他的手臂。

「振作啊！路還沒走完，你這條命就不是你一個人的。堅持住！」

仙藏起身振作，抓起一把雪塞進口中。難以置信的是，從小就比別人堅強、從不說喪氣話的剛烈男兒仙藏，竟一面吃著雪，一面哭了出來。

「吶，兵助，就算是薪俸只有十俵三人扶持的足輕，只要身為武士，自己的命就不能照自己的意思丟掉嗎？」

比起安撫，兵助更覺得憤怒填膺，一拳揍上搭檔的臉。

「廢話！武士的命還有十俵、千石之分嗎？哪有足輕就可以平白送命的道理？有空在這等死，還倒不如趕快走！」

兵助撐著仙藏的身體往前走。走沒幾步，就遇上好幾尊雪人。是憑靠在樹幹上，或是在雪地裡屈著膝蓋，看不出是死是活、成雙成對的雪人。

空中鬼怪般的呼號聲不斷。在與其說是路，更像是絕壁的陡坡上，有人滑落下來，激出一陣雪塵。難道在自然的威力之前，人類竟是如此不堪一擊嗎？

「你是誰？振作點！」

兵助扶起趴倒在岩石後方的武士，撥開臉上的雪一看，是供頭輔佐栗山真吾。

「啊，兵助兄。我已經不行了。請把我丟下吧！」

「這是什麼話！你要是在這裡倒下，參勤還能繼續嗎？」

兵助搖晃真吾的身體，被迎面而來的強風吹得別開臉去。這時視野突然豁然開朗，他不禁懷疑眼前的景象。沒有人往前走。不論人或馱馬，個個都像雪人般僵在原地。

這下子什麼陰謀詭計都不再重要，田名部七千五百石就要在這裡死絕了。

兵助看見了幻影，那肯定是十幾代前的祖先在關原戰場上看到的光景。眼前沙沙作響的森林是不可勝數的敵軍旗幟，風雪是迷茫的沙塵，轟隆作響的風聲是敵軍的歡呼聲，朝我軍步步逼近。

但即便如此，祖先們依舊沒有認輸。正因為突破敵軍重圍存活下來，才能成為破格的旗本，延續兩百多年直到現在。絕不能讓主家滅絕！

兵助扯開嗓門：

「矢島兵助向田名部眾兄弟喊話！不流一滴血就喪命，是武士之恥！」

他不是為了鼓舞眾人起身前進。兵助扯下柄套，抽出短刀。因為他認為在凍死前切腹自盡，或許會被視為光榮赴死，如此一來便能善盡武士道，也保全主家。如果率先做了榜樣，精疲力盡的兄弟們一定也會隨著他切腹。

「兄弟我先走一步，再會了！」

就在兵助反握短刀往下刺的瞬間，彷彿要阻擋這股力道似的，頭頂遠方傳來疑似供頭的聲音：

「諸位，主公……！」

主公切腹了嗎？不，不對。供頭喘了一口氣，以嚴肅的聲音接著說：

「已經抵達和田嶺！主公領先各位拔得頭籌！諸位再加把勁！」

看不見供頭。眾人回頭仰望，暴風雪間確實可以遠遠地望見主公的身影，他正騎在灰馬上揮舞著朱紅色的麾令旗。

矢島兵助收起短刀，搗著凍僵的臉哭了起來。主公竟然身先士卒，擔任先鋒。果真就如同戰國時代的武將，總是身任旗本八萬大軍先鋒的蒔坂左京大夫。

在小野寺一路抵達和田嶺山頂時，風雪就彷彿一場夢似地完全止息，雲隙間甚至射下了微弱的日光。

光潔閃爍的雪地上躺著精疲力盡的老馬，主公跪在一旁，撫摸著因為雪花和汗水而凍僵的鬃毛。

「白雪，不要死，不可以死。」

老馬張大鼻孔噴氣，就像在回答似的。大睜的瞳孔倒映著空中流轉的雲，眨也不眨一下。

「我可沒辦法像古代武將那樣，揹著你一同上路啊。喏，白雪，站起來。」

主公用指頭包裹凍成冰扇的馬睫毛，想要溫暖牠。無法言語的馬就像在用白色的氣息回答：「臣不勝惶恐。」

山頂上還站著空澄和尚、佐久間勘十郎和雙胞胎持槍家奴，但背負主公的老馬卻超越他們，率先站到山頂上。原本打算在下諏訪拋下的老馬，居然分開重重積雪，為一行人開出一條路來。

白雪的呼吸轉弱，主公不知所措地撫摸牠的脖子，像疼愛孩子一般，以臉頰摩挲著。老馬顯然已經回天乏術，但一路不能說出這個事實，他在雪地上膝行靠近，一面想著該怎麼開口。

「主公奮勇當先，連座騎都不勝負荷，令人欽佩。還請主公節哀。」

主公摟著白雪的脖子，靜靜地回應道：

「住口。開路先鋒不是我，是白雪。我根本不曾英勇奮戰，也沒有命令牠半句話，只是緊緊地趴伏在牠的背上而已。」

回想起來，從田名部陣屋出發後，主公相當看重新的座騎小斑，一次也沒有騎過白雪。直到來到狂風暴雪的和田嶺，主公才第一次騎了白雪，果然是因為信賴曾經多次往返中山道的這匹識途老馬吧！

主公刻意不挑選年輕氣盛，卻從未走過和田嶺的小斑，反而是這匹老馬回應了主公的信賴。牠分開積雪，開出一條供眾人行走的道路，一到山頂便力盡倒地。

空澄和尚對主公的背影合掌說：

「真是了不起。就連倒地也絕不摔著主公，彎曲前腳讓主公下馬後，下個瞬間就倒地不起了。」

隊伍隨員一個接著一個登上山頂。大夥先是仰望意外乍現的日光，露出劫後餘生的笑容，接著紛紛注意到眼前的悲劇，跪下膝來。究竟發生了什麼事？是什麼讓自己保住了性命？眾人一眼就看出來了。

白雪的呼吸愈來愈微弱，只有偶爾會像想起什麼似地深深地喘口氣。

主公明白白雪死期將近，親手解下佩鞍。一路看不下去，想幫忙解下以黑緞編織而成的馬飾，主公卻說不用。

在主公的命令下，蒔坂家的幡旗送來了。那是一面白色呢絨織上黑色割菱家徽的古老軍旗。主公將幡旗覆蓋在將死的白雪身上。

「這是左京大夫本陣的幡旗，披著它上路吧！你辛苦了。」

主公說完將朱紅的犛毛麾令旗朝天一揮，往山嶺的下山口走去，一次也沒有回頭。

接著，不知何時登上山頂的小斑無人牽引，卻默默走近，用鼻子拱了拱白雪的臉。

「噢，總算趕上啦！因為我載著主公，害妳多揹了許多行李。我還在擔心，覺得對不起妳呢！」

「為什麼？白雪前輩，你為什麼要這麼做？明明說好這裡交給我的！」

「不是我愛出風頭，是主公指名要我。」

「才不！那都是因為你在主公面前自告奮勇。」

「抱歉吶！可是小斑啊，過去的難關姑且不論，但引領大夥越過大雪紛飛的山嶺，是妳做不來的。」

「前輩不也失敗了嗎？」

「不，不是的。難道妳認為我在這裡死去，就算失敗了嗎？不是這樣的。成功與否和死活無關，而是端看任務是否達成。如果拚死達成任務，就不算失敗。」

「往後我該如何是好？還有好長一段路要走，而我又不曾踏進過江戶。白雪前輩，我呢，是馬販子沒賣出去的馬呢！這樣的我少了白雪前輩，往後該怎麼過？先前的路途全靠白雪前輩您的指點啊！」

「馬哪有出身貴賤之別？我第一次見到妳時，還以為妳是加賀宰相大人的馬呢！妳如此健美，從今以後不許再提自己的出身。不論誰來看，妳都是百萬石的貴族名馬。聽好了，小斑。不許回頭，只能看著前方，勇往直前。要相信自己。」

「我才不像前輩口中說的那樣，才不是什麼了不起的馬！」

「妳是不是好馬，主公最清楚。主公雖然不能分辨人心善惡，識馬的眼光卻是一流。喏，小斑啊，翻過這座山嶺後，接下來的難關就只剩下碓冰嶺，那裡也不是多麼險峻的地方。左京大夫大人就交給妳了，妳可要盡忠盡義，達成使命啊。」

「前輩不要走，不要丟下我！」

「別再強馬所難了。我已經付出一切，了無遺憾。」

「不要走……」

「千萬照顧好主公……」

「不要走！」

「妳也要鞠躬盡瘁，明白嗎……」

只見山嶺東方一片晴朗，連丈餘深的積雪都幾乎鬆動。滑下陡坡後，迎面就是東側的茶屋。一行人在東餅屋吃了名產力餅，重整隊容。

究竟有多少人脫隊？一路站在茶屋前，數算抵達的人數。然而意外的是，雖然有些人落後許多，但八十人全員到齊，唯一少的就只有主公的那匹座騎。

令人驚訝的是，在隊伍的後頭，朧庵、梳頭新三和下諏訪宿的幾名官吏也跟著走下山來。兩匹健壯的馬上，綁著隊伍迫不得已拋下或掉落的行李，一件不漏。

一抵達茶屋，大賀傳八郎便低聲對一路說：

「不愧是名震天下的田名部家臣。對於拋下行李的人，大人您就別追究了。因為是分外之事，我們這就直接回下諏訪，請向左京大夫保密。」

傳八郎將行李卸到茶屋後方，與僕吏們就像做了什麼壞事似地悄悄折返。

一路對著消失在樹林間的背影深深地行禮。「分外之事」這番話感動了他。傳八郎的言下之意是「他領之事」，還是「宿場官吏多管閒事」？無論如何，盡力完成分內之事是武士的本分，而傳八郎卻為了他破例，這份情義非同小可。

「成功越嶺了吶！」

朧庵仰望山頂流動的雲說。

「但小野寺大人還是不能大意啊。和田嶺的高險不僅是中山道第一，在五街道[4]中更是首屈一指，其中的險要之處，可不只是高山、深谷和風雨。」

一路點點頭。朧庵大概在暗指傾覆主家的陰謀吧！但茲事體大，不方便隨意應答。

「真正可怕的還是人。」

一路意味深長地盯著朧庵的眼睛說。

「正是如此。但小野寺大人，戰爭時姑且不論，在太平之世，可真是敵我難辨啊。」

一路擔心的就是這件事。自從在妻籠宿得知陰謀以來，因為不知道哪些人與將監同黨，開始疑神疑鬼了起來。

茶屋外頭擠滿了越嶺而來、疲憊虛脫的八十名隨行人員。一路假裝抬頭察看天色，若無其事地問：

「天色大致晴朗，卻不曉得還有幾朵雲藏在哪裡？」

朧庵也仰頭望天，佯裝伸手算雲。

「確實大致放晴了，一兩朵雲也不可能添亂。我看看啊，一、二、三、四，不，還有五、六朵雲，往後的天候還請小心留意。」

「這樣啊。算命先生長年旅行在外，請指點我觀察天候的技巧。」

一路的言下之意是想在今晚造訪朧庵下榻的客棧，但朧庵張望四下，搖了搖頭。

「小的擔當不起。供頭大人您的職務，就算有三頭六臂也忙不過來。」

---

4 指江戶時代的五條交通要道，分別為：東海道、日光街道、奧州街道、中山道、甲州街道。

朧庵的言下之意是他的一舉一動正被人監視著吧！

「算命先生知道那是什麼雲嗎？」

「不，但形狀倒還認得。」

難不成朧庵撞見了那群奸人在路上的某處商議陰謀？但即便如此，他也不可能認得那些武士的名字。

「那麼小的失陪了。」

朧庵客套地行禮離去。

參與計謀的那群人約五、六人，但究竟是哪些人卻無從得知。一路左顧右盼，覺得每個人都在緊盯著他的一舉一動。隊伍或走或停，全聽供頭一聲號令，所以受眾人矚目也是理所當然。

這時，側用人從茶屋現身。他原是將監的郎黨，肯定與那群奸人同夥。

「小野寺，差不多該動身了。下令吧！」

是主公的旨意吧！只見伊東喜惣次說著，朝伺候轎子的隨從舉手。旅途中，伊東幾乎沒有和一路說過半句話，甚至連正眼也不曾瞧一眼。

一路不著痕跡地留意伊東的四周。他沿路小心地觀察，卻沒有看見與將監或伊東特別親近的人，看來那群惡徒也在嚴加防備吧！

敵人是誰？雖然至多不過五、六人，但想要圖謀惡事，這樣的人數已經足夠。

只要在途中引發不可挽回的錯誤，不，或是乾脆奪走主公的性命，無論方法為何，都不需要太多人。

目前為止的七天六夜什麼事也沒有發生，真令人不可思議。大概是木曾路與和田嶺等難關接踵而至，讓他們難以動手吧！如果真是如此，接下來暫時平穩的路途反倒更令人擔憂。

敵人是誰？無論手段為何，將監和伊東都不可能親自下手，必須揪出他們的爪牙。

伊東在不遠的積雪處與人一起小便，模樣相當可疑。他從郎黨身分一步登天，所以身邊沒有要好的朋友，又一副高高在上的態度，會跟他一起小便的，肯定只有圖謀惡事的同夥。

那個人頭戴一字笠，身穿長外套和窄管褲裙，與徒士們的打扮相同，因此從背影看不出是誰。一路盯著兩人，出聲通告出發：

「諸位聽令，現在往和田宿出發！立刻集合！」

只見那武士抖了幾下，小便完後回過頭來，竟是醫師辻井良軒。雖然令人意外，但照料主公身體的醫師如果是敵方，事態就嚴重了。

大概是注意到一路不尋常的眼神，伊東返回茶屋時欲蓋彌彰地辯解：

「主公的腹部似乎受了寒，我正請良軒前去診察。」

雖然不可能在茶屋下毒，但一路還是厲聲制止：

「我已經下令出發了，看診請等抵達和田宿。」

伊東訝異地回看一路，思考了一陣後說：「說的也是。」

因為越嶺費了一番工夫，這時正午已過，接著必須經過漫長的下坡路，在山腳的施行所[5]

5 江户時代位於和田宿與下諏訪宿之間的休憩站，供應越嶺行人及馬匹的飲食，全名為「永代人馬施行所」。

稍事休息後，再前往和田宿。雖然雪已經停止，但下坡不能坐轎。

隊伍列隊齊整，只等主公出發。一路向跟在隨員後方的醫師走近。

醫師辻井良軒。每天主公醒來，他都會悉心診察，就寢前也會前來問安。雖然一路從未與他交談，但總認為對方是個正直的醫師。

「良軒大人，聽說主公肚腹不適？」

「呃……」良軒應聲，模樣顯得困惑。更加可疑了。但良軒不愧在大坂適塾[6]修習過蘭方醫術，反應靈敏。

「哦，我也是剛剛才聽側用人大人這麼說，大概是腹部受寒吧！早上診察時並沒有任何不適。」

良軒年紀約二十七、八。田名部陣屋雖然不乏經驗老道的漢醫，但參勤路程艱辛，所以才命今年輕力壯的良軒隨行。據說主公對蘭醫頗有興趣，才在今年夏天新聘良軒。仔細想想，他的醫術或許精湛，但未必對主家盡忠，而且是靠著什麼門路聘請進來的，一路也無從知曉。

「抵達和田宿後再診察吧！此外，在下也很擔心主公，屆時務必讓在下同席。沒問題吧？」

一路叮嚀著說。

「遵命，在下一定照辦。」

那張白皙的臉看不見絲毫動搖，完全是一副修習西洋醫術的秀才表情。累積學識的人，容貌往往會變得冷峻，讓人感受不到半點人情。

「主公駕到！」

小姓高亢的聲音傳來，隊伍整齊劃一地跪下單膝。一路跑到茶屋門口伺候。
「眾人都還好嗎？」
「是！這趟路程雖然艱辛，但無人脫隊，行李也一件不缺。」
「很好。」
主公換上布襪與草鞋的腳一如既往，強而有力。
「主公的肚腹還好嗎？」
「很好。」
難不成是逞強？一路才這麼想，主公就心滿意足地說：
「我最喜歡這家茶屋的力餅了，除了便當之外，一連吃了三盤力餅。為了幫助消化，下坡我想用走的。」
伊東的謊言不攻自破，和良軒一起小便，肯定是在商量惡事。
「主公，太危險了！」
「請您別衝動，再走慢一點啊！」
「啊，快來人阻止主公！」

6 江戶後期緒方洪庵在大坂開設的蘭學私塾。蘭學是當時經荷蘭傳入日本的學術文化，是幕府鎖國期間唯一的西方知識窗口。

「主公大人！」

慌了手腳的小姓尖聲叫喚，但主公完全不予理會，沿著陡坡直奔而下。

逐漸消融的雪水使路面變得濕滑，更趨危險。主公在雪地上連滾帶爬、甚至隨著崩落的積雪「嘩」地滑落，奮勇直前。

最後，連小姓的聲音都消失在杉林盡頭，更不見身影。

乍看手無縛雞之力的主公，其實相當擅長運動。尤其說到腳程之快，主公甚至覺得哪天要是自己不做主公，還可以當飛腳[7]糊口。除了該學的武藝之外，主公並未向人學過什麼，也不曾經歷嚴格的鍛鍊，因此這身工夫只能歸功於天分。

主公之所以擅長馬術，不過是奔跑的才能在騎馬上顯露一斑罷了。換句話說，要是主公認真起來，別說是孱弱的小姓了，哪怕是健壯的武士或苦行的禪僧，都能輕易地甩在後頭。

上坡需要力氣，下坡講究的則是技巧。如此一來，更是主公的獨擅勝場了。他的動作敏捷，活動時的眼力也十分精準，所以就算往下滑落，也能輕巧地避開樹幹、躍過岩石，乍看像是失足摔跤，卻是漂亮地一個翻身，再起身繼續奔跑。那疾馳的模樣，就連林中鳥獸都忍不住在樹枝上探頭，驚訝地瞪大眼睛，彷彿遇上了鬼怪。

然而在抛下隊伍數町之遠的地方，忽然出現一道斷崖般的陡坡，就連主公也收勢不住，一越而下，「咚」地一聲落入積雪中。他一面飛天，一面擺動外衣袖子，選了一塊安全的地方著地，果真是超乎常人的天賦。樹上的猴子見狀，還以為是隻巨大的鼯鼠，萬萬想不到竟是人類諸侯。

「屎啊！」

主公渾身是雪地說。不過這話並非咒罵般的發語詞，主公會趕著一馬當先，是因為一股便意忽然湧上。

都怪他不該在東餅屋吃完便當，還吃了三人份最愛的力餅。當然，主公絕不是腹部受寒，他的肚子就如同性情般直率。主公忘了自己一旦飲食過量就想大便的生理習慣，就這麼出發了。

路途上，主公出恭是一件麻煩事。武將必須常保神秘，不得隨處便溺。首先，必須找一塊清淨之地，挖出三尺深的洞穴，底部鋪滿杉葉，再從箱篋內取出便器安置上去。接著在周圍拉上陣幕，由武士站立監視。

規定如此繁複，除了避免損害武將的威信，也有規戒武將在戰場不可隨意出恭之意，因為糞便會讓敵方發現我軍的所在。

因此，主公不能隨地如廁。這樣的規定極不人道。

下到陡坡半途，憋不住滿腹便意的主公，就是想到與其遵循麻煩的出恭次序，倒不如發揮天賦才能，直奔山腳的施行所更快。

施行所位於距離和田宿兩里半的登山口，全名叫「永代人馬布施所」，甚至備有供貴族如廁專用的廁所。

---

7 江户時代的人力快遞。

「屎啊！」

主公從雪堆中站起身來。這裡得再次重申，那不是基於上述理由的一句咒罵。正確地說，是「好想屙屎啊」的略稱。

要是常人，便不會強忍硬撐，而是直接脫下褲裙，或是忍不住就這麼屙在褲裙上。但兩者都不可行，這就是身為武將的為難之處。

主公一股作氣，再次朝著漫長的下坡飛奔而出。即便鼓足氣力，也不能驚動腹部和屁股，只能繃緊其他部位的肌肉，控制起來著實不易。然而在旅途中，尤其在江戶城殿中，主公早已經習慣忍耐便意。

好快，真是飛快。主公喊著「屎啊！屎啊！」一路朝著山腳下狂奔，然後就在近乎神技的須臾之間，成功地奔入施行所。

正圍在地爐旁悠哉喝酒的官吏們，這時的神情有多麼驚嚇，非筆墨可以形容。畢竟有個一眼就能看出是主公的尊貴之人，居然無人通報，逕自闖了進來。

只見官吏們扔下酒杯，從木板地連滾帶爬地趴到泥土地上，跪伏下來。

身為武將，主公不能在這裡讓「屎」字脫口而出。

「蒔坂左京大夫我正在參謁江戶的路上，想借廁所一用。」

主公以達官顯貴般從容自在的聲音說。不愧是主公。應聲跪拜的官吏們怎麼也料想不到，眼前這名貴族正處在十萬火急之中。

主公泰然自若，裝出一副「順道」的表情，前往廁所。

然而親手打開拉門的瞬間，主公驚愕不已。官吏們似乎認為距離隊伍抵達時候尚早，所以還沒動手清掃，廁所裡滿是結塊的穢物。

神秘的武將，不得使用被常人屎尿所污穢的廁所。

主公百感交集，嘆了一聲：「屎啊！」

五 ── 佐久盆地風雲

1

「以殘月微光覗敵，北方直至鑿道山路，高山險峻，險路前設以木門，立盾為牆，數萬兵力列隊於前。南方為稻村崎，灘頭路狹，臨海鹿砦密布，海上直至四、五町外，大船並列，上有箭樓，正待萬箭齊發……」

太精彩了！故事的情景彷彿近在眼前。戲劇舞台無論放上再多的背景畫，也無法如此吸引觀眾的耳目。

在和田宿的本陣，主公提早上床就寢，心想今晚實在是累壞了，不可能聽得進睡前故事，沒想到卻被小姓誦讀的《太平記》奪去了心神。

身體像海參般虛軟，動彈不得，然而意識卻異常清晰，完全睡不著。

故事來到鎌倉之戰[8]，新田義貞站在稻村崎前，黎明前微弱的月光映照著堅忍不拔的守軍。山高路險，門前成列的盾牌有如垣牆，臨海也布滿了禦敵用的尖刺木柱。

海面上，無數艘幕府軍船搭起箭樓，船身面海，準備埋伏從海岬划出的進攻者，彷彿可以聽見拉滿弓的聲響。

如果是一般武將，肯定會死心率兵撤退吧！然而義貞卻下馬，脫掉頭盔，向神明祈禱：

「但願內外海八部龍神，鑑察臣子的忠義之心，退潮於萬里之外，開道予我三軍……」

接著，不急不徐地抽出身上佩帶的黃金大刀，擲入海中。

主公感動無比，仰躺的眼角甚至淌下淚水。身為武將，精通弓馬刀槍之術是天經地義的事，但主公認為最重要的還是真心。

義貞在戰場上下馬，脫下頭盔，甚至拋出大刀，形同獻出自己的性命，將武將的忠勇精神彰顯至極限。

「稻村崎經年不涸，潮水竟俄頃退去二十餘町，是處平沙渺渺。拉弓欲射之數千兵船，亦隨之漂去……」

龍神為了嘉勉義貞的真心，使海潮退去。軍船全被沖出海去，敵軍也畏懼不已，稻村崎海岬下於是開出了一條通往鎌倉的沙路。

義貞回顧兩萬精兵，大聲號令：

「進軍！」

這時，曙光自海平面升起，大軍奔過由比沙灘，在馬蹄染上一抹朱紅。

主公的內心激動不已。如果生逢其時，自己也會和武田義貞一樣，成為率兵馳騁沙場的武將。更何況，蒔坂家也屬清和源氏[9]，或許和義貞公血脈相連，一想到這裡，公主便愈發亢奮，更加輾轉難眠。

然而身體卻累得猶如海參，如果不好好休息，明天的旅程令人擔憂。必須設法鎮定心神入

8 又稱「鎌倉防衛戰」，指鎌倉時代末期元弘三年，新田義貞率兵攻陷鎌倉，鎌倉幕府敗亡。

9 源氏是日本古代的著名氏族，清和源氏為其中一支，歷史上許多著名的武將多屬清和源氏。

睡，恢復體力才行。

小姓通宵誦讀戰記為主公侍寢，似乎也是參勤古禮之一。雖然是個莫名其妙的規矩，但對於不能飲酒的主公而言，反倒獲得了一段消磨閒暇的愉快時光。然而令人困擾的是，無論《平家物語》或《太平記》都意外地精彩，尤其讀到著名橋段，更是讓他激動得睡意全消。

在枕畔的壁龕中，家傳的鎧甲坐鎮在鎧櫃上，兩側則立放著東照神君御賜的一對長槍，名匠御紋康繼所鑄的大小刀擱在刀架上，甚至還陳列著平日從未見過的弓箭和長刀等兵器。一想到這些物品絕非戲劇道具，而是身為武將的自己必須配戴的武器，主公便更加興奮難耐。

即使閉上眼睛，還是能感覺到火光搖曳。侍寢的小姓似乎換人了，主公內心祈禱接下來會是個無趣的段落。

小姓輕咳一聲，以沉著有力的聲音開口誦讀，完全不理會主公是睡是醒。

「太平記，第十卷，鎌倉大火之段。」

不行了，主公心想。看來明日一整天都得在轎內打盹了。

小姓正要開始誦讀，卻來了名意想不到的援軍。原來是醫師不曉得主公比平日更早就寢，前來向主公問安。

「小的良軒，想請問主公的玉體是否無恙？」

「沒關係，進來。」

主公爬起身來。小姓在主公的肩上披上外衣。

辻井良軒。據說他曾經在大坂的適塾修習蘭方醫術，在將監舉薦下，從今年夏季開始聘用。仔細一看，此人的相貌伶俐，確實是一張白面秀才的容貌。

良軒膝行至床榻旁，抬起主公的手腕把脈。這舉動與絕不觸碰主公身體的漢醫大不相同。

「肚腹的症狀如何？」

「一樣。」

「呃，小的聽說主公您患有瀉症。」

「沒什麼，那是……」

只是想屙屎罷了！這句話才要出口，主公趕緊換個說法：

「肚子稍微著了涼而已。」

不過話說回來，自己居然能把心一橫，在施行所那宛如堆肥池的廁所裡大便，主公愈想愈覺得得意。他以迅雷不及掩耳的速度如廁完，不僅能若無其事地整理衣物，甚至還能好整以暇地坐在地爐旁，等待一行人追趕上來。不可能有人發現主公一馬當先，竟是為了排解內急。

主公為著不為人知的忍耐與決心自鳴得意，腦中忽然冒出一個大不敬的疑問：「新田義貞公也會屙屎嗎？」

「對了，良軒。我有點睡不著，恐怕會影響明日的路程。給我安眠藥。」

話才說完，外廊的紙門「霍」地一聲打開，通宵坐更的供頭大聲勸諫：

「萬萬不可！服用藥物助眠，此事絕對不可！」

以咆哮似的語氣反駁主公的話，這簡直豈有此理！醫師和小姓都嚇得往後退步，而從未被人當面斥責的主公更是不明白發生了什麼事，只茫然地望著小野寺一路無比嚴肅的神情。

緊接著，一股未知的快感湧上心頭——原來被人斥責是這麼愉快的一件事啊！

主公從小雖然受過許多管教，但全是迂迴委婉的勸諫。換句話說，「不可」二字是帝王學的禁忌。因此對於善惡之別、該做的事或該說的話，主公都得自己思考摸索。

如果主公沒聽錯，剛才供頭是說了「不可」。主公從未想過，被別人明白指示竟是如此輕鬆的事。

供頭一臉蒼白地望著主公。會像這樣直視主公的人，除了同格的大名旗本與妻兒外，別無他人。這無疑是不可饒恕的冒犯舉動，但主公內心卻油生一股快感。與家臣以相同高度面對面直視，真是輕鬆極了！

對了，他是說什麼事不可以？受斥責的快感過於強烈，理由就變得無關緊要了，但主公還想再聽一次，於是開口說：

「我只是讓良軒診診脈，供頭為什麼出聲勸阻？」

醫師和小姓依舊驚恐萬分，但供頭卻毫不畏怯，膝行至外廊的門檻旁。

「稟報主公，在軍隊帳幕中，竟因為無法入睡而要求用藥，實在荒唐。」

多麼愉快的感受啊！「荒唐」這個說法聽起來就像連喊三聲「不可！不可！不可！」當然，這是主公生平頭一回被人這麼回話。

唔，仔細想想，新田義貞公大概也會屙屎，但絕不可能在陣中服藥助眠吧！

良軒慢慢地抬起白皙的面孔：

「恕小的無禮，小的所修習的蘭方醫術認為，如果要除去疲勞、恢復體力，除了深沉的睡眠以外別無他法。無論供頭怎麼說，主公的安康就是小的職責所在，請讓小的獻上安眠藥方。」

主公看著隔著微弱燈火對峙的兩人，過了不久才再次開口：「我還是要安眠藥。」

這下子就連供頭也無從反對了。良軒打開藥箱，取出紅褐色的玻璃瓶，以宛如點茶般無懈可擊的優雅動作將白色粉末倒在方形油紙上。

「啊，且慢！」

供頭再次出聲制止，良軒拿藥匙的手停了下來。

「按照規矩，主公入口的東西都必須經過試毒。」

良軒臉色大變，轉向供頭說：

「這可是醫師藥方。食物暫且不論，我從未聽過藥物也必須試毒。」

「不，既然是藥，更應該試毒。」

醫師見面子受辱，白皙的臉孔因為怒意而逐漸漲紅。

「唯有這一點，即便是供頭大人的命令，小的也不能聽從。藥方是醫師依據患者的病情配製而成，請健常之人試毒根本毫無意義。還是供頭大人在懷疑小的膽大包天，意圖毒害主公？」

「在下沒有這麼說。但良軒大人新來乍到，無法完全信賴。」

「這是什麼話！如果小的是新人，那麼大人更是新人了。而且說到底，就是因為大人強調遵循古禮，強行搬出莫名其妙的規矩，才害得主公連夜晚都不得安歇。大夥是敬重供頭，才不敢有半點怨言，今天就讓小的這個新人有話直說了。大人您不僅新來乍到，還是個不忠之人！

竟然駁斥主公的要求，真讓人驚訝得無法言語。」

主公不知所措。如果他不要求用藥，就不會引來這番爭吵。他深切反省，覺得這全是自己失德所致。

不過話說回來，兩人激烈的言論非比尋常，難道彼此有什麼宿怨？

「兩位大人，在主公御前請勿大聲爭吵。」

小姓驚慌失措地說，低下頭來。這番仲裁可說是天經地義。雖然不曉得兩人有何過節，但在主公前面破口大罵，是絕不容許的行為。

突然間，主公想起從田名部陣屋出發的那天早晨，也有過同樣的騷動。後見役蒔坂將監與勘定役國分七左衛門為了供頭的權限起了爭執。

必須像那時一樣，明確地說清楚才行。雖然不曉得家臣間有何恩仇，但自己身為主公、武將，絕不能坐視不管。

「放肆！」

主公穿上外衣袖子，挺直背開口說。

「聽著，我是第三十九代蒔坂家當家，十四代左京大夫。所謂的會戰，是武將在馬上報出名號，雙方一對一的殊死戰，因此家臣不過是武將的附屬物。而你們兩位家臣竟然視主公為無物，恣意爭論，不可原諒。」

記得那時也說過類似的話，主公正獨自回想，供頭、醫師和小姓全都縮成一團。

「諸位，武門之主不應贅言，因此我只說一次，你們聽仔細了。」

記得這句話也說過了。不過依照規矩，主公能說的話也就那麼幾句，無可奈何。

「我視為左右手倚重的家臣，沒有先來後到之別。受蒔坂家俸祿者，全是忠臣。為我開藥方是忠義，為我試毒也是忠義，所以我無法斥退任何一方……」

兩人屏著大氣，等待主公接下來的話。主公喝著小姓端上來的水，沉思了半晌。他並非煩惱苦思，想說的話已經定了，但適當的停頓還是相當重要。

一會兒後，主公彷彿經過深思熟慮才得出結論般說：

「如果允許旁人試毒，無疑是質疑良軒的忠心；但不經試毒，等於踐踏了小野寺的忠心。因此要同時嘉許兩位的忠心，只有一個辦法，我和小野寺同時服下良軒的藥方就行了。如此一來，我就不必辜負兩位忠臣的任何一方了。」

供頭抬頭，大驚失色。主公覺得這樣的裁決可說是理所當然，然而這名忠誠的年輕武士卻相當懷疑良軒。

供頭的反應讓主公有些意外，他立刻尋思下一句話。不過比起深思熟慮，有時隨興之至反而更容易想到機靈的台詞。

主公化身機智的歌舞伎優伶音羽屋，朗聲宣布：

「就算我因奸人的邪心而死，好過懷疑臣子的忠心而苟活。聽著，小野寺你身為供頭，不論生死都要陪在主公身邊。」

太精彩了！主公暗自竊喜。如果這不是中山道上的本陣，而是戲劇舞台上，觀眾席肯定會爆出如雷的喝采。

幽暗的燈火下，良軒開始重新調製兩人份的安眠藥。自山頂颳下來的風震動著遮雨窗板。和田宿的路口一片寂靜，只有巡更的擊柝聲緩緩經過。

供頭肯定累壞了。對於接替亡父的供頭職務過分執著，讓他累得對每個人疑神疑鬼。這麼一想，心中的舞台也熄了燈，主公打從心底出聲呼喚：

「小野寺。」

「啊、是！」

「今晚你就服了安眠藥，好好歇息吧！不必護衛了。與其看到家臣們彼此攻訐，我寧可在夢中被人取走首級。」

盛著藥粉的油紙送到了兩人手邊。喝水之前，主公再次對供頭開口。因為萬一這真是毒藥，有句話他非說不可。

「小野寺，你的父親是個不忠之臣。」

「小野寺對不起主公。」

「不，不是因為他燒了屋子。身為參勤供頭，竟然拋下我獨自死去，這是何等的不忠？」

主公這番話語意含糊，因為身為武將，不能多言。

聽到小野寺彌九郎與城門前的官舍一同燒死的消息時，主公心灰意冷，甚至覺得眼前一片漆黑。這不是因為參勤的日子近在眼前，而是彌九郎快活勤奮，生性剛正不阿，讓主公無比寵信。

主公會對隔年一度的參勤有所期待，是因為只有在旅途期間，彌九郎才會隨伺在側。天生揹負孤獨宿命的主公，時常將守在外廊的彌九郎召入寢室，請教不明白的禮節或規矩，而彌九郎總是宛如兄長，親切地解答主公的各種疑問。對主公而言，彌九郎教授的知識，遠比起亡父或老臣所教導的種種，更要清楚、正確許多。

道上供頭對主公來說，也是無可取代的人生供頭。

然而眼前這名年輕的繼承人，不可能明白主公口中「不忠之臣」的箇中含意。主公這番話是想表達，被最忠義的臣子拋下的悲傷之情是如此地沉重。

「這是自南蠻傳來的安眠藥，藥效卓越。」

良軒說話的嘴唇似乎扭曲了一下。

絕不能起疑心。彌九郎也說，武將必須全心信賴家臣。他說懷疑出於卑賤之心，而信賴則是高貴的情操。

主公驅逐邪念，仰頭服下安眠藥。供頭也照著做了。

「那麼，請主公安歇。」

良軒低著頭後退，小姓關上隔間用的紙門。

離開和田宿後，是一片平坦的佐久盆地。說到險地，就只剩下分隔信濃與上州的碓冰嶺。

不久前從京都出嫁的將軍夫人[10]，來到這裡一定也鬆了口氣吧！

主公環顧昏暗的臥室。這處和田宿不幸竟在將軍夫人入嫁前夕慘遭祝融，本陣等多處建築

10指文久二年，降嫁第十四代將軍德川家茂的仁孝天皇皇女和宮親子。

全都燒燬殆盡，宿場也在焦土上匆匆重建，因此就像白木建造的神社般潔白無瑕。將軍夫人肯定也在這處本陣的寢室休息過吧！

與年僅十六歲便降嫁的尊貴夫人相比，自己的不自由與孤獨實在算不了什麼。至少自己肩負的不是天下，不過是區區七千五百石的蒔坂家。

想到這裡，新木的陣陣清香突然遠去，天花板似乎開始旋轉。定神一看，供頭早已經趴在地上，鼾聲大作起來。

還沒來得及想「這放肆的傢伙」，主公便倒進被窩。

「太平記，第十卷，鎌倉大火之段。」

慢著，那段明晚再唸！主公的心願沒能化作聲音，就被拖入了深邃的黑暗之中。

從本陣長井家的路口要衝，沿著街道往南折返約一町，就是副本陣翠川家。

上弦月彷彿滾過夜空似地高掛在和田嶺山頂，副本陣小巧的庭院被雪覆蓋，凍結在一片白茫之中。或許是為了呼應屋號「翠川」，庭院裡栽種著松樹，那翠綠在月光的映照下更顯青翠。

側用人伊東喜惣次坐立難安，在副本陣的玄關與街道間來回走動。

小半刻間，他究竟在大門旁的角門來回了多少趟？趿著木屐幾乎赤裸的腳都凍僵了，甚至已經感覺不到寒冷。

出發至今的六個夜晚，將監都在本陣住宿，然而在和田嶺山腳的施行所，他卻突然說：

「今晚我住副本陣。」將監說這句話時，以凌厲的眼神瞪著伊東，彷彿要將他射穿。

雖然沒有說出口，但伊東明確地領會將監的意思。不，應該說是對那不能說出口事瞭然於心。

在抵達宿場前的路上，伊東思考著計畫。

從和田嶺一口氣直驅而下的主公，因為過度勉強，傷及心臟。畢竟他可是將隊伍拋在後方，一路橫衝直撞。而擔憂主公身體狀況的醫師，為了讓主公恢復疲勞，施予藥物助眠，不料南蠻傳入的強效藥藥效過強，可憐的主公就這麼在安眠中往生他界……

將監去大坂出差帶回來的年輕蘭方醫，醫術的本事如何，伊東並不清楚，只知道他異常精通劇藥處方。據說就是因為過度沉迷於這類危險的研究，才被適塾逐出師門。

確實，伊東向醫師仔細說明前因後果，暗中命令後，吃了摻毒豆沙包的供頭輔佐栗山便一命嗚呼，而供頭小野寺彌九郎則是睡得不省人事，即使家屋化作一片火海，也沒有醒來。

按照順序來說，下個應該解決的是勘定役國分七左衛門，但接連兩人橫死，似乎讓他心生警戒，不僅不碰豆沙包，邀他喝酒也全被回絕。

既然如此，就只能在參勤路上除掉主公了。

殺害當代主公原非目的，但將監說，在世局紊亂的現在，如果繼續讓那個「大傻瓜」擔任主公，蒔坂家便沒有未來。主公究竟是不是「大傻瓜」，伊東無從斷定，但讓將監成為蒔坂家的當家，則是他身為郎黨的夙願。

自己應該盡忠的對象，除了將監以外別無他人。

在為期十二天的參勤路程中除掉主公，雖然不過是除去一條人命，但說起來絕非易事。

得讓犯了弒君重罪的幕後黑手坐上主公之位，為了達成這個目的，他絕不能直接對主公下手，必須偽裝成意外事故，或是突然病死。

而且糟糕的是，原本不當一回事的小野寺和栗山的兒子，竟意外地能幹，將主公保護得萬無一失。這一路上不曉得是不是心理作祟，伊東總覺得隊伍的每一名成員都在合力鼓舞、暗中保護兩人。

將監恐怕也察覺到了，決定在和田宿做個了斷。

然而辻井良軒遲遲沒有回來。

伊東喜惣次真想索性走進本陣中察看情況，但絕不能引來懷疑。

不耐煩地來回踱步後，側用人在副本陣玄關的式台上坐下，鎮定心情。口中呼出的白色氣息融入夜裡。這絕不是什麼壞事！這是葬送那個「大傻瓜」，讓更適合的人當上主公的義行，伊東喜惣次這麼告訴自己。

聽說蘭方的安眠藥分量要是過多，服用後會在深沉的睡眠中停止心跳。這段期間將監和自己都在副本陣，毫不知情。

不是良軒的處方出了差錯，而是長驅直下和田嶺的主公身體承受不住。

和田宿是幕府的領地，前晚下榻的下諏訪則是高島諏訪家的領地，下一個宿場岩村田則是內藤家的領地。起事的時候，如果是在這處宿場，就不必接受別家的查問。

好慢……

難不成良軒出了差錯？當伊東正要從式台上站起身來，只見角門被打開，提著藥箱的醫師站立在月光下。

伊東喜惣次躡手躡腳地向前跑去。

「如何？」

他壓低聲音詢問，良軒卻不應答。

「怎麼樣了？回答我啊，良軒！」

在豆沙包裡下毒、在酒中摻安眠藥也面不改色的白面秀才，這時卻消沉得宛如挨罵的孩子。

究竟出了什麼事？寒意從光裸的腳底爬了上來。

「聽著，良軒，你那懦弱的模樣要是被將監大人瞧見，不管事成與否都會被滅口的。振作點！」

既然他獨自從本陣回來，事情肯定順利辦成了，只是弒君大罪正折磨著這名年輕醫師的良心罷了。伊東心想。

「側用人大人……」

良軒低頭抱著藥箱，彷彿踩踏在自己的影子上。

「主公可不是愚昧的人。隨侍主公身邊的大人應該比任何人都清楚這一點吧？」

更猛烈的寒氣再次猶如貫穿小腿般一竄而上。

難道他放過了千載難逢的好機會？良軒害怕了嗎？

「說出原委。」

「在過量的安眠藥裡摻入微量的砒霜，確實能使人致死。我看主公重約十三貫，已經預先調出恰到好處的分量了。」

伊東握緊拳頭等待，但良軒接下來的話卻顛覆了他的期待。

「但在下發現主公不是愚昧的人，所以在最後關頭把藥調包。」

「什麼……？」

「主公服下了適量的安眠藥，今夜肯定能好好休息吧！」

握緊的拳頭顫抖了起來。要不是事關陰謀，他早就一拳揮在那張白淨的臉蛋上了。伊東連高聲厲喝也不行，只是瞪住良軒。

「你怕了嗎，良軒？」

「不，我不害怕。」

「那麼為什麼把藥換回來？」

「如果主公就像將監大人所言，是個不折不扣的大傻瓜，我不會猶豫。但將監大人錯了。不，他不可能弄錯。他一心一意只為了私欲，企圖除掉主公大人，而您不過是一丘之貉。」

「你以為自己能全身而退嗎？」

「我不認為。既然背叛了這樁陰謀，我一定會葬身刀下。但是無妨，因為在下在不知情的情況下，已經害死了兩位善人。一聲不響地逃亡倒是容易，但背負殺人罪孽而活，我也不可能再安於醫道。在適塾被視為異端也就罷了，如果從在下身上奪走醫術，我就連半點骨頭也不剩了。大人不用麻煩，直接解決我吧！」

良軒說完，背對伊東，在冰凍的雪地上跪下。

雖然不曉得本陣究竟出了什麼事，但這傢伙在慢慢踱回這裡的路上，肯定早已經盤算妥當。如果就這麼逃走，肯定後有追兵，倒不如說些冠冕堂皇的話打動對方，或許還能保住一命。兩名家臣已經死於非命，如果又在旅途中斬殺醫師，任誰都會認為這是為了滅口。而且良軒刻意不說出本陣發生的事，換句話說，他知道即使開口要伊東解決他，轉身跪下，伊東也下不了手。

不愧是立志從醫、在適塾讀過書的，果然聰明。

「我明白了，你的命就先寄放在我這裡。」

伊東喜惣次仰望高掛在山頂明亮的上弦月，深切地想。

供頭說參勤就是行軍，形容得相當貼切。確實不錯，這正是發揮體力與智力的十二日戰爭。

2

〈供頭守則〉

十五、參勤道上行經他領

　宜速遣使者　問候主公或城代宿老

　　此事非為禮儀

道上即為戰場　據此以判敵我
若急於此　恐遭追擊
故素有交誼者　亦不得輕忽
此戰國應有之覺悟也

和田宿的失利似乎打擊頗大，將監的心情糟透了。

就算伊東喜惣次向他搭話，也一副不願理會的模樣，在馬上撇開臉去。但將監發怒也是理所當然的事，畢竟千載難逢的好機會就這麼平白溜走。主公不僅沒有毒發身亡，還因為安眠藥的作用，體力充沛，除了通過宿場時以外，一路上始終親自行走。按照禮法，主公徒步行走時，將監也必須下馬，然而他只是退到隊伍最後方，說什麼也不肯下馬。

喜惣次的內心惴惴不安。將監不肯跟他說話，而失敗的刺客辻井良軒竟也不見絲毫內疚，一臉堂而皇之。非得想出下一個計策不可，喜惣次一面走著，內心盡是焦急。

天色未亮就從和田宿出發，經過兩里路後，來到長久保宿。翻越笠取嶺，抵達蘆田宿，接著再走一里八町，在望月宿用午膳。

和田嶺的暴風雪彷彿只是噩夢一場，佐久盆地沿路上悠閒自在，供頭的指揮也愈發俐落精準，看來直到江戶，再也沒有可趁之機。

譬如用午膳時，主公與上級武士都被領到本陣的大森家，就連下級武士也都進了副本陣的鷹野家，享用肥美的燉佐久鯉。雖然是少有大名往返的季節，接待卻異常隆重。

望月宿是處風光明媚的宿場小鎮，因為鄰近左右小山，風颳不進來，日照也相當充足。鹿曲川的對岸，可以看到雄偉的戰國城址。

主公用完午膳後，在本陣的簷廊感慨地望著小丘上的城址。或許他想親身前去，看看戰國城池究竟是什麼模樣，但話一出口就會成為命令，所以只是靜靜地欣賞。

察覺主公的心情後，喜惣次幾乎就要斷念。主公雖然常有令人費解的奇行異舉，卻從來不強迫下人，處處顧慮臣子的辛勞。

這時，玄關傳來爭執聲。在簷廊日光下喝茶的主公停下手問：「怎麼了？」

「似乎是將監大人和供頭的聲音，請主公不必擔心。」

主公垂下長長的睫毛，輕聲嘆息，卻沒有追問。因為主公相當清楚，自己的話可能為臣子招來意想不到的災難。

「供頭還不熟悉指揮，也許出了某些疏失。總之不會是大事。小的去看看情況，請主公寬心歇息。」

喜惣次跪伏著退下，主公斟酌措詞，叫住他說：

「你叫將監別罵小野寺。就算有些差錯，他也已經善盡職責了。」

「是！」喜惣次應聲後，忍不住緊緊閉上眼睛。因為他覺得即使自己下手弒君，主公也會在臨終之際說出一樣的話。「就算有些差錯，伊東也已經善盡職責了。」

在玄關式台上，將監肆無忌憚地大聲斥責著，小野寺一路跪伏在他的腳邊。喜惣次擋在兩人之間說道：

「主公都聽見了，請節制音量。」

將監豎起鍾馗似的眉毛大聲喝道：

「我就是要讓他聽到，你閉嘴！」

雖然不曉得發生了什麼事，但這番話未免說得過分。如果供頭對將監心存敵意，計謀豈不是更難實行？

喜惣次不停地向將監使眼色，再次說：「請節制。」將監才總算意會過來，朝走廊深處瞥了一眼，回神似地咳了一聲。

「那麼，究竟是怎麼一回事？」

「沒什麼。過了和田宿後，按照慣例不是該一口氣趕到輕井澤嗎？如果不勉強趕路，在沓掛或追分停留也就罷了，竟然選在更前面的岩村田過夜，這是為了什麼？」

喜惣次知道理由。從田名部陣屋出發之前，主公曾經強烈地要求，側用人喜惣次便遵照主公的意思，向供頭轉達。如此一來，行程自然會變得勉強，不過上意如此，也是莫可奈何。何況熟悉旅行的主公明知勉強，卻仍如此要求，其中必有原由。

「供頭當然無法回答，因為是在下要他這麼安排的。主公要求在岩村田過夜，是身為側用人的在下奉命指示供頭。」

「我怎麼沒聽說？」

將監不悅地說，那凶狠的眼神就像在懷疑喜惣次與供頭勾結串通。

參勤路上全歸供頭管理，即使是後見役將監，也沒有資格提出異議。喜惣次覺得說明上意有僭越之嫌，但如果不做解釋，恐怕化解不了這個僵局。這件事與謀反的計畫無關。

「容在下道來……」

喜惣次娓娓說起只有主公和自己才曉得的理由。

信州佐久郡岩村田是內藤志摩守一萬五千石的陣下。

當家志摩守年僅十七歲，卻擔任奏者番大任，因為父親早逝，他年紀輕輕就繼承了祖父的職位。

而他的祖父，是從肥前唐津水野家迎來的養子、以天保改革聞名的水野越前守忠邦的親弟弟，是個精明能幹的人物。他擔任武士中的要職——大番頭十四年後，接著又擔任伏見奉行二十一年，可說是譜代大名的典範。

內藤與蒔坂兩家在江戶的官邸兩兩相鄰，因此交誼深厚，而內藤家上代臥病在床時，更將孫子的前程格外懇切地託付給前來探望的左京大夫。

左京大夫受人託孤，肯定就像親兄長般盡心地關照志摩守吧！雖然江戶城是個各家主公聚集、下人無從想像的世界。

主公說，內藤志摩守不久前終於實現內藤家長年的夙願，獲准在領國岩村田築城，等於是從陣屋大名，一躍成為城主大名。岩村田的「陣下」，就要變成「城下」了。

築城地點位於現在的陣屋南方，在能將淺間山盡收眼底的山丘上，已經劃定界線，開始動工。城名也已經決定，從內藤家的姓取名「藤城」。

主公會要求停留岩村田，就是出於這個理由。主公認為必須親眼看過藤城的地基，慰勞年輕志摩守的努力，並向長眠於陣下西念寺的上代報告此事。

「就是出於這樣的原由，還望大人瞭解。」

喜惣次說這話時，將監交手臂交抱，而供頭單膝跪在將監的腳邊，沉默地聆聽著。

參勤旅程、篡奪主家的陰謀等等，想到這些事，喜惣次的腦袋幾乎亂成一團，但他說這番話也是為了暗示將監：這是兩碼子事。

總之這是主公的意思。既然主公這麼說，就非成全他的心意不可。

「小野寺，我不明究理地罵了你，還請見諒。」

將監誠懇地說。這位大人竟會向人道歉，真是難以置信。天要塌了嗎？

「不，在下因為不知原委，頂撞了將監大人，還請大人原諒。」

「既然如此，就準備出發吧！必須盡快抵達岩村田陣下，實現主公的心願。對了，你就擔任使者，前往陣屋通報好了。這件事可不能交給其他人，知道嗎？千萬別弄出岔子來。」

「在下遵命。」

小野寺一路義不容辭地飛奔而出。

「不愧是將監大人，小的欽佩無比。」

喜惣次感動地深深低下頭來。這是兩碼子事，將監明確分辨篡奪主家的計謀與世事情理，度量寬大，果然是大將之才。

然而抬眼一看，將監卻歪著那張奸險惡毒的臉，「咯咯咯」地低笑著。

「將監大人……」

「咯咯咯，這真是天賜良機啊。」

「呃，此話怎講……？」

「你雖然有點小聰明，卻看不見大局。還有那個大傻瓜，果然是天字第一號的大傻瓜。」

將監確定隔牆無耳後，在日光照耀的式台上盤腿而坐。

「噯，你也坐下，我來告訴你一椿好事。」

接著，將監自言自語地低聲說起那不僅並非好事，甚至教人聽了毛骨悚然的事來。

聽好了，伊東，你別吭聲聽我說。

我跟內藤家的上代交誼深厚，你所說的那一段，我老早就瞭若指掌。

內藤家的上代確實是水野越前守的親弟弟，但他那早夭兒子的正室，也就是當代志摩守的母親，可是現任老中安藤對馬守的親妹妹。當今世上，還有比這更尊貴的門第嗎？

年僅十六便繼承家名的志摩守，能立刻受拔擢成為奏者番，靠的全是精明能幹上代的庇蔭，以及老中偏袒自己人。

我呢，認為賣內藤家一個人情沒有壞處，便與上代結交通好。

這些話我只告訴你一個人。本來應該繼承家名的上代嫡子，其實是在嘉永寅年突然自殺的。或許是父親的寄望過深，讓他積鬱難消，成天耽溺酒鄉，毫無來由地突然抹了自己的脖子。這是現任主公十歲時發生的事。

因為這個緣故，上代對嫡孫的前途憂慮萬分。祖父對孫子呵護備至是天經地義的事，加上兒子年紀輕輕就尋短離世，即使是名門世家，對未來憂心忡忡也是理所當然。更何況上代年僅九歲就被收為養子，繼承內藤家名，對嫡孫將來面臨的辛勞自然瞭然於心。上代在過世前長年擔任伏見奉行，也無暇教導嫡孫在殿中的舉止規矩，想必五內如焚，死不瞑目。

去年二月，我得到上代病危的消息，前往旁鄰的官邸探視。那時上代握住我的手，哭著將嫡孫託付予我。

但就算如此請託，又能如何？我區區一介後見役，甚至無法進入殿中，對主公應有的言行規矩也一無所悉。換句話說，上代是透過我，請我們家那個大傻瓜代為照顧嫡孫。

殿中似乎有個蔚為美談的慣例，由有過相同遭遇的主公來照顧不分東西南北的幼主。因為並非所有主公都受過充分的教育，直到懂事的年紀才承襲家名，成為主公。總會有些幼主在江戶城內的主公席上，瑟縮成一團，哭哭啼啼。

上代希望將嫡孫託付給有過相同遭遇的大傻瓜。

但是啊，什麼人不挑，竟然找上大傻瓜？分明有那麼多足以倚靠的人，真不曉得上代在想些什麼。

話雖如此，既是長年參與幕閣的大人的請託，也不能置之不理。當然，這也是賣人情的好機會嘛！我代為轉達後，那傻瓜便火速前往內藤家探望，答應了上代的請託，事情的來龍去脈就是這樣。

不過如果換成是我，這種事肯定免談。

因為再怎麼說，上代的嫡孫都不是個好應付的人。這要是個懵懂無知的幼主也就罷了，但嫡孫已經元服，也獲賜官名「內藤志摩守」，是個仗著伯公與舅舅貴為老中，便不可一世的年輕主公。你知道嗎？他竟敢對我直呼「將監」呢！

大概是因為父親那麼死去，使得他從小備受呵護吧！而祖代父職的祖父又長年在京，什麼也不曾教他。

在殿中，我們家的大傻瓜是怎麼照顧志摩守的我不知道。噯，這麼說是難聽了點，但烏龜照顧鱉，又能指望得著什麼好處？

好了，總之就是這麼回事，這回可有趣了。

據說，志摩守年僅十七就受封日光祭禮奉行，接著又被拔擢為奏者番，囂張跋扈，簡直到了無法無天的地步。尤其是達成主家夙願，升格城主，並獲准築城後，他就像得了天下般不可一世。

這全是一年來發生的事，而我們的大傻瓜待在領國，對志摩守的轉變渾然不知。

竟然還在岩村田過夜？大傻瓜可能沒別的意思，但區區一介旗本，竟擺出做兄長的嘴臉，志摩守肯定會暴跳如雷。

察看築城地基、參拜菩提寺，以慰上代在天之靈？如果大傻瓜這麼做，真不曉得會惹出什麼風波。

我呢，是這麼看的。

十七歲的志摩守可不會拐彎抹角地說酸話，他肯定會當著大傻瓜的面，痛斥他多管閒事、僭越無禮。最後雙方要是一言不合，甚至可能會動刀見血。

這件事無論如何，都不可能各打五十大板便能了事。對方可是老中安藤對馬守的外甥，又貴為奏者番，大傻瓜根本不是對手。

這時就輪到我上場了。我和老中交情甚篤，大目付[11]的諸位大人也早在我的掌握之中。蒔坂家是與權現大人有著深厚淵源的旗本世家，不可能就此裁廢，也不可能仿效赤穗義士的舊事，下令切腹。依我看到了最後，不是大傻瓜閉門禁足，就是交付他家監管，而家名就由蒔坂將監我來繼承吧！

怎麼了，伊東，你那是什麼表情？

哈哈！你是在懷疑事情不會如此順利嗎？

管它順利與否，我都會讓它成真。接下來只要期待內藤志摩守咄咄逼人，蒔坂左京大夫就此失態啦！

咯咯咯……

十二月十日午八刻，蒔坂左京大夫一行人抵達岩村田陣下。

這處中山道的路寬約四十三町餘，十分壯觀，但沒有本陣和副本陣。因為是大名的陣下，參勤隊伍顧慮到這一點，通常不會留宿。萬一有顯貴人士停留此地，臨時本陣向來規定在與武田信玄有淵源的古剎龍雲寺。

領主內藤志摩守的陣屋就在大道附近，與龍雲寺的寺域南方相連。一行人進入寺院後，小野寺一路便帶著輔佐栗山真吾前往陣屋。必須盡快辦妥差事，晚上請主公早點歇息，明天趁夜出發。因為要一口氣越過碓冰嶺，再通過關所抵達上州松井田宿，可是長達十里的漫長旅程。

「我大致明白了，但兩名主公會面談話，就代表雙方的情誼非比尋常？」

真吾邊走邊問。那種場面一路也無從想像。被稱為主公的貴族們，每一位都無比神秘、高貴。譬如，在江戶內就算隊伍交錯而過，最多也只會拉開轎窗，彼此點頭，雙方都不出聲。至於兩名主公彼此親密交談的場面，他實在無從想像。

「據說兩位情同兄弟，想必會相談甚歡吧！」

左京大夫虛歲三十四，聽說志摩守年僅十七，相當年輕。與其說是兄弟，稱呼父子也不奇怪。年幼喪父的志摩守或許不是將左京大夫視為兄長，而是當成父親般仰慕。

「還有件事令人不解。這裡是內藤家的陣下，而主公是客人，主人拜訪客人，豈不是主客顛倒？」

確實如此。主公原先也打算拜訪陣屋，卻被將監嚴詞諫退。

「對方是一萬五千石的大名，而敝家只是七千五百石的旗本，但將監大人卻說，交代寄合表御禮眾這樣的品級，更勝小大名。」

11 江户幕府職名，隸屬於老中之下，負責監察大名及官員。

真吾仰望晴朗的冬季天空，納悶地微微歪頭：

「就像吉良上野介和淺野內匠頭[12]吶！說到不同之處，大概就是主公沒有職位，而志摩守卻貴為奏者番，但論品級，別說俸祿高低了，在殿中的官位，志摩守大人也更勝主公。」

確實，一想到這裡，一路就覺得把志摩守叫到龍雲寺的臨時本陣，不合道理。但既然熟諳世事的將監這麼說了，大概錯不了吧！

「主公年紀更長，在殿中也對志摩守大人多有指點，由志摩守大人走一趟才合禮數吧！」

儘管這麼說，一路卻缺乏自信。再說，他從來不曾見過別家主公。雖然不知道對方是何來歷，但一想到自己這個使者要勞駕別家的主公，便緊張萬分。

側用人轉達使者來意後，內藤志摩守立刻掀翻了扶手，勃然大怒。

不僅如此，他甚至從座位站起身來，跺著腳，原本就尖的嗓子更倒了嗓大喊：

「我可是一城大名！豈有讓小旗本召去的道理？況且我為了舉辦法事，才在奏者番的差事空檔，請求上頭准許回國。路過的蒔坂左京大夫又怎麼會在龍雲寺？這豈不是太放肆了！」

重臣淺井條右衛門恐懼萬分，勸諫主公：

「主公請息怒。這不是值得主公大發怒火的事。對方有他的立場，這時應該謙卑地造訪龍雲寺，才是成人應有的風範。」

這麼說是不是不太得體？條右衛門才剛冒出疑慮，主公就劈頭大罵：

「條右衛門，住嘴！開口閉口就是成熟點、你是成人了，你會這麼說，就是瞧不起我是個孩子吧！」

「絕無此事。主公請仔細想想，令祖父可是將主公您在殿中的教育，託付給經歷過相同辛勞的蒔坂左京大夫大人啊。換而言之，兩位不是情同師徒嗎？弟子拜訪師傅，可說是天經地義，對方的召喚絕非無禮。」

「住口、住口！我不知道交代寄合表御禮眾的旗本品級有多高，但我可是城主大名。來人啊，打開紙門！」

眾小姓立刻快步經過條右衛門後方，將朝南的大廳紙門左右打開。

從紙門望出去，一座小丘彷彿座落在庭院前方的高牆上，那是已經完成伐木，理平地面，開始堆砌石牆的藤城。城界各處，染有垂藤家徽的幡旗隨風飄揚。

淺井條右衛門瞥了景色一眼，視線回到冬季蕭條的庭院內。築城確實是內藤家七代以來的夙願，但目睹這陣子主公性情丕變的模樣，怎麼想也不覺得這是一則喜事。

「條右衛門，你看看它，那座城有著長沼流軍學的城池布局，再加上法蘭西式的砲台。我貴為一城之主，為什麼非得向居住在小小陣屋中的小旗本盡禮數？」

條右衛門三番兩次諫言，而主公卻完全無法自省。他覺得繼續勸諫，也只會招來主公反感。

岩村田內藤家的主公代代勤勉，尤其是受大名們排斥的幕府職務，內藤家主公總會主動承攬。這是因為歷代主公都有自己是譜代大名中的譜代、三河以來的德川家直屬家臣的自覺。特

12 赤穗藩藩主淺野長矩。這裡指的是元祿十四年，淺野長矩在松之大廊砍傷吉良義央一事。

別是上代主公鞠躬盡瘁，更是令人感動不已。

上代主公前赴情勢告急的京師長達二十一年，擔任伏見奉行。身處安政大獄[13]的漩渦之中，逮捕梅田雲濱、賴三樹三郎等人，押解至江戶，也是上代的功勞。如果沒有上代的報效，皇女和宮殿下也不可能降嫁將軍家，而天皇與將軍的關係也不知會惡化至何種地步。

老臣奮不顧身的努力受到肯定，終於獲賜城主的榮譽，但壽命卻也走到盡頭。這一切不是自己打下的江山，而是祖父捨身報國的餘蔭，這麼簡單的道理，主公怎麼就是不懂？

更別說在築城時，主公還下令領內各村及商人獻上一千兩。除了實現歷代祖先的心願，主公眼中什麼都看不見了。如果上代還在世，肯定不會為了築城，不惜加重領民的負擔。

「明白嗎，條右衛門？」

「小的遵命。」

條右衛門挪動膝蓋，命令在走廊伺候的用人[14]：

「轉達左京大夫大人來使，說面談在敝家陣屋中進行，請大人移駕此處。」

年輕的用人不知所措地看條右衛門，那雙眼睛似乎也在責備：「主公太幼稚了！」

上代還在世時，左京大夫便不時私下拜訪相鄰的江戶官邸。大概是人在京都的上代，將照顧少主的責託付給左京大夫吧！雖然不見得特別教導什麼，但左京大夫會帶著少主在庭院散步、玩蹴鞠，或是乘小船在池裡共用午膳，像兄長般陪伴少主玩耍。

不過，蒔坂左京大夫風評不甚理想，也有些人在背地裡說他是個大傻瓜。儘管身為交代寄合表御禮眾這樣的破格旗本，卻從未擔任幕府官職，想必這些流言也全非空穴來風。

即便如此，左京大夫憐恤十歲喪父的少主，那份關愛之情依舊令人感激。畢家臣無法體會主公的心境，能夠安慰少主的，就只有同樣身為主公的左京大夫了，就算他是個無職的大傻瓜。

聽見條右衛門這麼指示，主公似乎痛快多了，放聲大笑。

主公在上間坐下，用那張仍帶著稚氣的臉點了點頭，開口說：

「大傻瓜就是因為傻，所以不明事理罷了！喏，等大傻瓜過來請安後，帶他去見識見識我們藤城的城址吧！」

「主公……」

條右衛門按捺不住出聲諫言。

「左京大夫大人蒞臨陣屋後，請主公至少走到玄關相迎。此外，也請務必邀請左京大夫大人到上間就坐。我這老頭子的建議，還請主公千萬採納。」

「知道啦，就說我不是小孩子了。」

「哇哈哈！」主公的笑聲聽起來就像腦袋空洞的傻笑，難不成我們家的主公，其實才是大傻瓜？條右衛門忍不住懷疑起來。

就算對自己人總免不了有些偏袒，但過去怎麼會沒有想過呢？聰明勤奮的上代，怎麼可能將輔保金孫的重責大任託付給一個大傻瓜？這麼一想，關於左京大夫的流言或許就只是流言，

13 日本幕末安政五年，大老伊井直弼等人為了提升幕府權威，策動大規模鎮壓。

14 江戶時代的武家職位，負責處理主君公務傳達及家中庶務。

上代肯定看出了他聰慧的本性。

而能以兄長身分管教眼前這個大傻瓜的，除了蒔坂左京大夫之外別無人選。

「我說條右衛門啊，坦白說，我不怎麼喜歡左京大夫。」

條右衛門第一次聽到主公這麼說，他默不作聲，等待下文。

「他在人前一聲不吭，但每回跟我私下獨處，卻彷彿變了個人似的。要我做這做那、這不行那不行，簡直像爺爺附了身似地說教個沒完，真是煩死了！我都是一城之主了，如果他還想囉嗦，我可不能自己跑去挨教訓。」

「啊啊！」條右衛門發出不成聲的嘆息。錯不了，上代識人的眼光千真萬確。

淺井條右衛門跪伏在地上懇求：

「主公，請您想想松之大廊的舊事啊！」

「那是啥？」

「無論吉良上野介說了些什麼，都千千萬萬、切不可拔刀。還有，不管淺野內匠頭多麼無禮，都不能出言侮辱。」

主公稍微思考了一會兒，但最後還是聽若罔聞，望向遙遠的藤城地基。

「我可是擁有城池的大名內藤志摩守，才不把區區陣屋旗本放在眼裡。」

冷風越過庭院吹拂進來，讓條右衛門一陣戰慄。

3

「岩村田的主公似乎成了個目中無人的小子。不過是個有了城池的陣屋大名，卻只派個下人出來迎接，而我們派遣使者前去通知，別說陣屋的主公出來問候了，甚至還叫我們主公過去請安，簡直無禮到了極點。與其吞下這奇恥大辱，倒不如別再逗留，直接經過算了！」

佐久間勘十郎跟隨騎馬的主公走著，嘴裡嘟噥埋怨個不停。他自以為壓低了嗓門，但天生聲如洪鐘，主公想必全都聽見了。他說的完全正確，小野寺一路也裝作事不關己地聽著。

「吶，小野寺，我可不是在計較身分上下。據說主公在志摩守大人年幼時，就像師傅般處處關照不是嗎？一日為師，終身為父，志摩守大人理當善盡禮數。即使當上奏者番、城主又如何？這完全違背了禮節。對吧，小野寺？」

看來勘十郎是假裝竊竊私語，實際上想說給主公聽。看他一副直爽豪氣的模樣，沒想到竟如此不乾脆。

至於主公，他騎在以馬飾妝點的小斑身上，絲毫沒有不悅的模樣。

「喂，勘十。」

主公突然喊了勘十郎的名字。那聲音太過單純，兩人還以為是哪傳來的珍奇鳥叫聲，忍不住仰頭望向冬季的天空。

「是！」勘十郎回神，躬下龐然的身軀，跑到馬旁。主公輕輕地打了個哈欠，也不停下馬來，直接對著勘十郎說：

「你那身絢爛華美的裝扮也不壞，但像那樣穿著短衣，安靜地在一旁伺候，可真是個翩翩美男子。」

雖然心有不滿，但既被吩咐陪同主公，便不能穿著那身金光燦爛的武者打扮上陣。每位隨從都穿著全套染有家徽的禮服，上下布料相同的短衣與褲裙。

「哪裡哪裡。」

勘十郎按住後頸，一陣害臊。

雖然是個可靠的前鋒，但腦袋還是不夠靈光，一路心想。其實主公的目的不是稱讚勘十郎英挺的外貌，而是警告他不必多話。

主公從馬上俯視勘十郎的表情，有些失望地嘆出白色的氣息。

「還有一件事……」

「是！除了美男子以外，還有什麼嗎？」

「不是那個。不可直呼供頭的名字。平日或有身分上下，但在參勤的路上，對供頭必須敬重。主家無論任何人，都不許直呼供頭名諱。」

這番話雖然令人感激，但主公不是在指點禮儀，而是拐個彎警告勘十郎：「你說的話我都聽到了，也明白了，所以別再說了。」

勘十郎忍不住心生敬畏，悄悄退回一路身旁。

他八成不明白主公話中的暗示。一路認為主公簡短的話中，蘊含無限深意。

主公意在提醒他們，不可輕易提起「身分上下」，隊伍必須對行經的領地表示敬意，指責領主更是絕不可有的事。換句話說，蒔坂將監主張請志摩守到龍雲寺本陣的判斷是錯誤的——這就是主公的言下之意。

「佐久間大人，主公通曉一切，接下來就請您別多話了。」

一路小聲地責備。

剛才一路接到志摩守的回覆，返回龍雲寺時，將監的反應竟超乎常理，憤慨萬分，還得勞動主公出言安撫。

沒有出迎，也不來訪，肯定有什麼理由。志摩守在公務繁忙中抽空返國，指揮築城，不該勉強他。沒關係，就由我去拜訪吧！

主公說完站起身來，而將監像是刻意讓主公聽見似地喃喃道：「沒骨頭！」還咂了一下舌頭。

那句話似乎也讓主公不由得感到不悅，但他立刻收斂神色，下令準備。

拜訪陣屋的隨從在將監指示下決定了，是側用人伊東喜惣次、供頭小野寺一路、道上先鋒佐久間勘十郎、幾名小姓和押足輕。

勘十郎也被指名，實在令人意外。因為勘十郎與將監一樣，對志摩守的跋扈的態度憤憤不平。雖然不太可能，但萬一會面時，勘十郎的急性子忍不住發作，事態可就非同小可。

一行人很快地抵達面對中山道的大門。

從龍雲寺的山門筆直南行，便可直接抵達陣屋前門，但這回不是派遣使者，而是主公親自訪問，因此必須經由大門入內。

在門前相迎的，是剛才在玄關轉達一路的來意，看上去相當年輕的用人。這太奇怪了，一路也不禁起疑。照理說，對方的主公會在這時有禮地出來迎接才對。最起碼也該是家老、宿老等重臣前來迎接，即使志摩守親自出面相迎，也不足為奇。

穿過大門內的直角通道，迎面就是正門，信州岩村田一萬五千石內藤志摩守的陣屋。但這裡也只有平日的守衛，不見前來迎接的身影。

一路察覺對方的惡意。無論再怎麼忙碌，也不該如此怠慢。況且陣屋一片清閑，絲毫不見忙亂，可見其中必有惡意。

主公在門前下馬，佐久間勘十郎勸諫道：

「公主，這實在是欺人太甚！寧願受辱也要會見對方，是蒔坂家之恥。既然如此，倒不如直接返回本陣，早早收拾走人，趕往下一個宿場。」

一路也這麼想，怒意從丹田深處滾滾而上。對方要求他們過來，然而實際前來一看，卻彷彿沒這回事似的。主家的屈辱自然不必說，擔任使者的一路顏面也徹底掃地。

「佐久間大人說的沒錯。距離小田井宿只有短短的一里七町，就這麼辦吧！」

只見主公不動聲色，用手梳著座騎的鬃毛問：「小斑，妳怎麼想？」

結果花斑馬搖了搖頭，將馬飾搖晃得叮噹作響。

「什麼什麼？這樣啊，妳說不管受到什麼侮辱，背對敵人就是武門之恥。與其如此，倒不如任由對方侮辱是嗎？這樣啊。」

「主公！」兩人同聲叫道。

「這句話可不是我說的，是馬說的。」

主公說完，把韁繩託給牽馬的小廝，逕自走入門內。

「伊東大人為什麼不勸阻一聲？」

勘十郎以凶狠的眼神尋找側用人的身影，而伊東喜惣次卻像想避免和他們扯上關係似的，搶先一步單膝跪在玄關前。

莫非將監設下了什麼詭計？一路心想。這步步近逼的惡意，會不會是將監的陰謀？

這麼一想，宏偉的陣屋頓時宛若戲劇舞台的背景畫。彷彿只要繞到背後，就可以看見撐著薄木板的木棒，一群身穿黑衣的人正窺看著舞台上的情形。

然而無論如何，都不能把別家扯進掠奪主家的陰謀中。

一路收拾心神，跟在主公身後。

外殿玄關也不見志摩守的人影，只有一位穿著短衣的老臣跪伏在式台處。

「蒔坂左京大夫大人，歡迎大駕光臨。在下淺井條右衛門，久疏問候。」

主公似乎認得這名老臣，親切地應道：「哦，好久不見了。」

招呼不重要。為什麼只有一名老臣在玄關迎接？而主公怎麼不責怪這天大的失禮，還與他相互應答了起來？一路焦急得都要喘起氣來。

「主公在裡頭已經等不及了。來來，快請進。」

「好，那麼我就不客氣了。」

主公大人解下腰間佩刀，走上式台時，一路背後傳來激烈的喘氣聲，緊接著是一聲大喝：

「且慢！」

佐久間勘十郎橫眉豎目，一臉凶相，顫抖著拳頭站起身來。

「主公請留步。內藤志摩守大人公務繁忙，無法出來迎接客人是嗎？那麼沒有考量貴府的情況便逕自來訪，算是敝家的疏失。這次僅在玄關致意，就此告辭！」

這時，主公惡狠狠地瞪著勘十郎，一路從未見過主公露出如此可怕的表情，但接下來的聲音卻十分平靜：

「不得放肆，勘十。」

勘十郎立刻屈下膝蓋。

「有疏失的不是你，而是左京大夫我。要在玄關告辭的也不是你，而是我。但我得先向志摩守大人為自己欠缺思慮而道歉，才能告辭。聽見了嗎？」

一路的怒意全消，他雙手伏在沙地上，仔細琢磨主公的話。

還是不明白。其中有何道理？主公究竟在想些什麼？一路完全讀不出主公的心思。唯一明白的是，主公急中生智，遏止了勘十郎那名正言順的憤怒。如果主公一句話也不說，而是向內藤家的老臣埋怨，勘十郎可能會不顧場合，賭上田名部家臣的顏面，不計後果地拔出刀來。

四周頓時一片寂靜。因為主公的這番話，眾人不曉得該如何是好。

「沒骨頭……」

將監的聲音又在耳邊響起。或許真是如此，一路心想。主公應該不是個傻瓜，但或許意外地懦弱吧！武將的顏面都被踐踏至此，竟然還想向對方道歉？

「左京大夫大人。」

名叫淺井條右衛門的老臣跪在主公腳旁，緩緩地抬起頭來。

一路反射性地扶住刀柄。如果敢對主公有半句冒犯，非當場斬了他不可。

「怎麼了，淺井大人？」

主公問道，條右衛門堅定地望著主公腰部的高度開口：

「在下要違抗主命，向大人稟報真心話。左京大夫大人恩重如山，而敝家主公竟然恩將仇報，還請大人您大量，務必寬恕他。小的求大人了，求大人了！」

主公在式台上蹲下，把手擱在條右衛門的肩上。

「我知道。我也給內藤家的上代大人添了許多麻煩，想想這算是因果報應，沒有什麼寬恕或不寬恕的。」

聲音雖小，一路卻一字不漏地聽見了。

「承蒙大人體恤，小的愧不敢當。」

老臣維持著毅然的表情，潸然淚下。

「好慢……」

內藤志摩守在大廳走來走去，不停地看著壁龕裡的西洋鐘。

要是太陽西下，氣溫轉涼，不就不能帶他去參觀藤城了？這可是個千載難逢的好機會，能讓那老是擺出父親姿態的小小陣屋旗本，明白兩人的地位懸殊啊。

條右衛門要他至少到玄關迎接，但天下哪有這種道理？一萬五千石的城主大名，憑什麼得對無職的陣屋旗本低頭獻媚？因為祖父大人託他關照？哼！又不是我拜託他的，擺什麼師傅嘴臉！

我可是一城之主，又是將軍身邊的奏者番，再過不久，就能爬上老中若年寄的位置了。

志摩守天馬行空地想著，更覺得自己地位超凡，於是從下間的會面席上搬起坐墊，親自擺到上間的主公御座。

這麼一來，下間只擺著客人用的坐墊便顯得奇怪，就算眾小姓像雞叫般不停地喊著「主公大人、主公大人」，志摩守也不予理會，直接把客人的坐墊扔到走廊上。

「這樣就行了。」

志摩守暗自竊喜。這下可就不是客人來訪，而是城主准許觀見了。大名與旗本，一萬五千石與七千五百石，奏者番與無職主公。只是不巧江戶官邸兩兩相鄰罷了，打從一開始他們的地位就不對等。

「主公大人、主公大人！」

志摩守裝作沒聽見，走遍大廳每個角落，親手拾起灰塵，將紙門門框一一對齊。

內藤家歷代當家的性格都相當勤奮，無論祖父或父親都閒不下來，因此經常授任繁忙的幕府職務。又或許是代代擔任這樣的職位，才會在七代之間養成了勤奮的性格。

格外勤奮的祖父動輒命令勤奮的父親做這個、做那個，嘮叨過了頭，他聽說父親會沉溺酒鄉，最後因精神失常而自殺，就是出於這個緣故。所以祖父身為伏見奉行，長年不在領國，對志摩守而言反倒是值得慶幸的事。然而不知為何，卻換成住在旁鄰官邸的蒔坂左京大夫不時登門拜訪，對他嘮叨個不停。

自從祖父過世，志摩守年紀輕輕便繼承家名之後，情況更是變本加厲。這回非要讓那個不知好歹的左京大夫認清自己的斤兩不可。

「蒔坂左京大夫大人駕到。」茶和尚打開走廊的紙門說。

總算來了嗎？

茶和尚一抬頭，便發現大廳的情況不尋常，露出驚愕的表情。

「怎麼了？」

「不，沒事。」

「快把左京大夫帶過來。快點接見完，再讓他早早回去。我可是忙得很，不必端茶了。」

茶和尚不知所措，說了聲「遵命」連忙告退。

慌什麼慌？我可是一城大名呢！

志摩守坐在上間，才剛擺好高高在上、從容不迫的主公姿態，走廊的另一頭便傳來一聲怪叫：「鉍——兒——！」擱在扶手上的手肘忍不住一滑。

志摩守名叫「鉍一郎」。從小開始，會厚著臉皮叫他「鉍兒」的，就只有住在旁鄰官邸的大傻瓜。

這個「鉍」字非常罕見，除了自己的名字以外，志摩守不曾在別處看過或聽過這個字。

「鉍——兒——！」

志摩守差點反射性地回答「是！」，連忙用外衣袖子掩住嘴巴。

他突然想起兒時曾在江戶官邸的池畔，問左京大夫自己名字是什麼意思。這是遠在伏見的祖父為他取的名字，但志摩守不明白箇中含意，家臣、甚至是教學問的師傅都不肯回答他，就連書本裡也未曾見過這個字。

那時，年輕的左京大夫蹲在沙地上，用指頭寫下「鉍」字，也沒怎麼深思就當場回答：

「這是矛柄的意思。出色的矛，連柄都是鋼製的，所以從金字旁。鉍兒的祖父真是替你取了個雄壯健勇的名字吶！」

那肯定是從祖父那裡聽來的。江戶城裡的大名旗本都異口同聲地叫他「大傻瓜」，這樣的左京大夫肚子裡不可能有半點墨水。

「鉍——兒——！」

真是個不折不扣的大傻瓜，看來左京大夫的腦袋在十年前就已經停止成長了。這時該罵他「放肆」嗎？眼前情景完全超乎預料，讓志摩守不知所措。

總之，不能再跟那個直到現在還把自己當成孩子看待的大傻瓜平起平坐了。我已經十七歲了，不能讓任何人覺得我不夠成熟。

「鉍——兒——！」

志摩守一隻手肘放在扶手上，抱住了頭。他一直努力不讓家臣把自己當成稚氣未脫的小孩，如今苦心建立的形象全被左京大夫給毀了！

到底該以什麼表情與他見面？志摩守還沒思考清楚，一股凝重險惡的氣氛便向前逼近，原來是發現自家主公被嘲笑的內藤家家臣們打開內外各處的紙門，走進大廳來了。

大傻瓜來了。西美濃田名部七千五百石的旗本蒔坂左京大夫。身為高貴的「交代寄合表御禮眾」二十家之首，在城中與大名為伍、常駐帝鑑間辦公，骨子裡卻是個傻瓜。正因為代代都是傻瓜，所以代代都沒有職位。

而且還是個戲痴。三月一日，特別開放給百姓欣賞的能劇上演時，左京大夫突然跳上舞台，跳了段笨拙不堪的「藤娘」，惹得將軍不悅。之後又將正在走戲步的成田屋拖下舞台，甚至喬扮成村民，等到戲終散場，便受町與力[15]盤問，被罰在家閉門反省。當他穿上向成田屋借來的古代武者鎌倉權五郎的戲服，還畫上臉譜，從旁鄰官邸跳進家裡來時，就連臥病在床的祖父都忍不住對他破口大罵。

除此之外，令人難以置信的荒腔走板行徑，更是不勝枚舉。

「不許衝動，安靜在一旁待命。」

志摩守命令家臣們。很快地，大約十人並排在一旁待命，要是對方一有無禮的舉動，就立刻拔刀砍去。

面南的紙門有道人影經過，帶路的茶和尚以沉穩的聲音開口：

15 江戸時代負責江戸城中治安工作的官員，相當於鎮警長。

「蒔坂左京大夫大人駕到。」

「好，進來。」志摩守高傲地說。家臣刀鞘震動的聲音合而為一。

一想到下個瞬間即將發生的慘劇，志摩守的胸口便怦怦地跳個不停。

紙門左右打開。不知為何，只見左京大夫在走廊跪伏著，頭垂得比茶和尚還低。

左京大夫頭也不抬地說：

「承蒙大人恩准在下冒昧來訪。聽說志摩守大人您榮升奏者番，並動工築城，在下由衷慶賀。」

「辛苦了，進來。」

志摩守覺得心頭暢快極了。這就是一城之主的權威。那張自詡師傅的嘴臉、以及先前不知分際的嬉皮笑臉彷彿不存在似的，左京大夫縮著身子，端坐在連張坐墊也沒有的下間。

在外廊伺候的隨從也不由得露出不滿。淺井條右衛門在上間的門檻旁，一副家老模樣地坐著。這樣就好。

志摩守原本打算，只要左京大夫敢跟他對看一眼，就大喝一聲：「無禮！」但左京大夫謹守著下人的本分。

接著小姓奉上贈禮。那是放在高茶几上，包著禮箋的布匹。

「這是在下領國內生產的絲稠，布料相當保暖，請用來縫製日常衣物。」

雖然不是什麼了不起的禮物，但不失禮數；左京大夫的話也不流於多辯，相當適切。

「左京大夫大人，勞你費心了。但敝家正在築城，開銷正大，至少包個禮金，才算得上做鄰居的心意，不是嗎？」

條右衛門大驚失色，責備似地喊了聲：「主公！」

隨從們也都變了臉色。然而左京大夫卻連眉頭也不皺一下，接著說：

「這可不好了，在下因為旅途忙亂，顧慮不周。喂，伊東，你身上有金子嗎？」

左京大人一臉悠哉地轉向在走廊伺候的侍從。

寒意從小腿直竄而上，嚇得伊東喜惣次一身冷汗。

他小聲地問坐在身旁的供頭：「有嗎？」供頭搖搖頭說：「沒有。」喜惣次無奈地雙手伏地，向志摩守稟報：

「僭越了！恕小的代替主公回答。敝家出門在外，手頭不太如意，禮金日後必將派人奉上。失禮之處，小的在此向大人謝罪。」

在喜惣次的心中，兩種不同的情緒正猛烈地激盪著。

這樣就行了。主公再怎麼忍耐也有極限，接下來肯定會拔刀見血。一切就如同將監大人所預料。

儘管這麼想，志摩守那傲慢無禮的態度還是教人忍無可忍，喜惣次義憤填膺，覺得自己會搶先主公拔刀。

回神一看，供頭的膝蓋正憤怒得顫抖著。「忍下來。」喜惣次責備。只見小野寺一路把手伸到一旁佐久間勘十郎的膝上，一樣低聲說了句：「忍下來。」

將監的吩咐在腦中響起：

「聽好了，伊東。大傻瓜是個窩囊廢，或許不管對方如何嘲弄，他都不會拔刀相見。我讓佐久間勘十郎隨行就是為了這個時刻。那傢伙性情剛烈，肯定會搶先動手，拔刀傷人。這樣就大功告成了！勘十郎的武藝可是蒔坂家第一，志摩守肯定會一刀斃命。無論如何，大傻瓜都脫不了關係。」

這是一場噩夢嗎？喜惣次心想。然而無論夢或現實，都會迎向驚心動魄的結局。冷汗沿著後頸流到他的背後。

他悄悄抬眼偷看志摩守的臉。如果能在那個傲慢的年輕人臉上劃上一刀，就算所有計謀都化為泡影、即使被當場碎屍萬段，他也在所不惜——這樣的想法湧上心頭。

這股情緒真是令人意外。混沌的腦中變得一片空白，下個瞬間，喜惣次的手已經伸向了膝旁的刀。

「哎呀，手頭不如意，實在教人見笑。既然如此……」

主公的手抓住膝旁的刀，喜惣次立刻縮手。

大廳裡的眾人全都作勢起身。

只見主公雙手捧著刀，泰然自若地膝行靠近上間。感受不到絲毫怒意。

「這是東照神君大人御賜的『一文字吉房』。如果將它變賣，應該還夠蓋一座角樓吧！做為鄰人的一點心意，還請大人收下。」

這時志摩守臉色一變，隨即幼稚地點頭應聲，伸手要拿那精緻的灑金飾刀。

「主公！」

喜惣次忍不住喊。

「主公！」

條右衛門也同時大喊。兩家家臣全都七嘴八舌，大聲喊著：「主公！」勸諫自家主子。

供頭忍不住奔向大廳，主公厲聲喝斥：「退回去，小野寺。」接著才與志摩守第一次四目相接。

「志摩守大人意下如何？世上武士何其多，但武將每家卻只有一人。這是武將獻上的物品，就由武將來收下吧！」

志摩守半蹲在座位上，像個孩子似地縮回手。

「那樣的寶物我不能收。」

「將一度獻出去的物品再收回來，世上再也沒有比這更大的羞辱了。還請大人收下。」

「我不要。」

淺井條右衛門挪轉膝蓋，用扇尾敲打榻榻米說：

「主公，請道歉。這是主公的不對。」

志摩守不知所措，但主公不予理會，突然像街坊百姓似地發出「嗳嗳」的嘆息聲，轉向條右衛門。

「淺井大人的進言令人感激，但武將可不能輕易認錯。哎呀，志摩守大人也真是有出息了。聽說大人在大廳裡迫不及待，我還一直以為鈊兒還是從前的那個鈊兒呢！哎呀，我真是僭越得離譜。」

如果喜惣次沒有看錯，志摩守頓時就像個失去父親的小孩，一張臉哭喪了起來。

主公收回刀。

「那麼我就吞下這恥辱吧！」

「左京大夫大人。」志摩守總算開口了：「請參觀我的城，我帶你去。」

「不。」主公望向外廊另一頭山丘上飄揚的垂藤幡旗。

「對陣屋旗本而言，別家的城池看了只是教人心酸。比起觀城，我更想到先代大人的墓前，報告志摩守大人力爭上游，出人頭地，成為一城之主的好消息，可以嗎？」

志摩守點了一下頭，主公小聲地嘉獎了一句：「很好。」

陰謀再次失敗。

伊東喜惣次僵硬的背部顫抖著，為了該如何將這段始末報告給將監而頭痛不已。

4

〈供頭守則〉

十六、佐久盆地至輕井澤

沿途風光明媚　平順易行
仍不可懈怠　應健步速行
不可落後於自北陸道遠到者
參勤乃參謁江戶之行軍
故身分無分上下　禮節法度不拘
主公蒔坂左京大夫　天下無雙之武者也
宜一馬當先　不讓他者

「哎呀，這下可不妙……」

空澄和尚抬起饅頭笠，喃喃自語。

他正在黑夜中的信濃國，追分宿的岔口。

從江戶的方向望去，路在此處分向兩端，但從前往江戶的中山道及北國街道看過去，這裡卻是兩道交會的要衝。

在那裡，宛如水燈般無數的燈籠光匯聚成一處，往東流去。

和尚自年輕時便把外出修行當成消遣似地四處遊歷，因此熟悉每一條街道，不過如此萬頭鑽動的人潮，就他所知，除了行旅吉日一大清早的日本橋以外再無其他。

肩上搭著行李的商人、帶著隨從的武士、看似正要前往善光寺參拜的一對身穿短外衣的旅人、搖晃著沉重行李往前走去的牛馬、載著女人的客棧轎子。在這些人群之間，有特急飛腳飛奔而過。

左京大夫一行人在曉七刻自岩村田出發，很快就會來到追分宿的這處岔口。今天要一口氣越過碓冰嶺，趕往松井田宿，一共十里路程。但路上行人這麼多，實在不可能趕得上吧！

旅人愈多，愈得用心展現參勤隊伍的威嚴，更何況在人潮中推擠趕路，只會替百姓增添麻煩。

說到不可能，如果不能在今日越過碓冰嶺，那麼要依照預定的時期抵達江戶，就難上加難了。這下該如何是好？

「和尚，怎麼像尊石菩薩似地呆站在那裡？」

出聲呼喚的是個用手巾圍住香粉脫落的後頸，赤腳趿著木屐的飯盛女。是出來為共度良宵的恩客送行嗎？燈籠光從底下照亮了那張小狸貓般的臉龐，掛著兩行離別的清淚。

「可不是假哭喲！那真的是個好客人。也許看起來像在是送熟客，但不是的。一想到再也不能相見，可是比送走熟客更加教人難受。」

是我喜歡的類型，空澄和尚心想。當然，念頭一閃，他立刻回神，將繞著念珠的一手對著飯盛女誦道：「色即是空，空即是色。」經文用在這裡或許文不對題，但他覺得煩惱似乎也跟著消失了。

朝漆黑的前方望去，無數燈籠如流水般遠去。想到提著其中一具燈籠的人是這名飯盛女的一夜恩客，空澄便感到胸口一陣苦楚。

「色即是空，空即是色。」

不，意思還是不錯的，空澄想。

「倒是，請教姑娘一下。」

「一下的話，百文就好了。」

「這樣啊……好。啊，不是，我不是在問那種事。我從沒見過岔口這麼熱鬧，究竟是怎麼了？」

飯盛女以手掩口，呵呵嬌笑。為了送別一夜恩客，她匆匆搽了胭脂，畫出紅色的櫻桃小嘴，模樣惹人憐愛。果然是自己喜歡的類型。

「不該跟師父開這種玩笑呢！其實，也不知是何緣故，進入臘月以後，每天都是這副景況呢！」

「所以說是為什麼呢？」

「大夥都說是幕府政道廢弛，所以武士跟商人都忙得不可開交吧！」

這世道尊皇攘夷的聲浪不斷，幕府的威信一敗塗地。但怎麼會帶來街道來往的混雜人潮呢？

「師父那麼聰明，應該知道吧？」

不明白。這世上還是有愚笨的和尚。

愚也哉，不識為識。

師父的一喝在空澄的耳邊響起。無知不是愚蠢，不懂裝懂才是愚蠢。

「我不明白吶！政道廢弛，怎麼會忙碌？」

飯盛女瞪大渾圓的眼睛說：

「還用說嗎？師父，因為不曉得世局會朝哪兒發展，所以商人要趕著收帳啊。武士得在江戶和領國之間來來去去，上名剎神社參拜的百姓也多了。」

原來如此。北國街道行經的越後是魚米之鄉，也是物流要衝，是大名領國、旗本采邑與幕府天領交錯林立的地方。如果世局動盪，與江戶間的往返增加也是理所當然的吧！此外，沿路也有許多靈驗的神社佛閣可供參拜。

「與俗事無緣的和尚，怎麼會打聽這種事呢？」

飯盛女扯扯和尚衣袖問。因為妳是我喜歡的類型——總不能這麼說，空澄和尚摘下饅頭笠，仰望逐漸轉淡的星空。

只有冠了雪的淺間山山頂像飄浮在半空的弘法大師斗笠般，染上淡淡的橙色。

「稟報乙姬小姐，淺間山的日出極為吉利，請務必欣賞一番。」

供頭的聲音才剛響起，轎子便輕輕地落到地上，宛如浮在水面上。

「不要緊。小姐要下轎，觀賞淺間山。」

小姐自轎中下來，那身金線織花打掛[16]反射出曙光，在一旁伺候的家臣們都被那燦光照得踉蹌退步。

當然，小姐的尊容絕不能直視，如果有哪個莽夫膽敢偷偷窺看，肯定會被那如花似玉的光耀容顏刺瞎眼睛。

小姐芳齡十六，她的美天下無可匹敵；她的聲音清脆如鈴鐺，或是天竺的琴弦妙音；她的一頭秀髮烏亮柔順，長及腳踝。如果以物比喻，就宛如停在水邊的一隻白鷺。

小姐那雙鑲著修長睫毛的眼睛被日光照得瞇成一線，眺望著淺間山。這一幕，不是小姐在欣賞淺間的日出，反倒像是籠罩紅色曙光的淺間山，面對路經此地的小姐怯生生地展現身影。乙姬小姐就是如此神聖，宛若天仙。

「扇子……」

貼身女侍以衣袖捲起扇子，遞給小姐。小姐伸出凍僵的手，以看了令人疼惜的緩慢動作打開扇子。那是一把金色的扇子，隨著扇葉展開，彷彿天色也將隨之放晴。

小姐隔著打掛的衣袖握住扇子，高舉右手，揮舞起來。

「美極了！美極了！」

小姐稱賞染成淡橙色的淺間山。

乙姬小姐是加賀一百二十萬五千石前田宰相慶寧侯的妹妹。基於某些原由，她待在領國直到適婚年齡，為了前往江戶別墅為佳期做準備而踏上旅途。

不過並非婚事已定，乙姬小姐也尚未許嫁。畢竟小姐是那位戰國武將前田利家公的後裔，雖非生母，但父親的正室可是十一代將軍家齊公之女。

父親與兄長貴為「從三位上宰相」，是除了御三家、御三卿以外的三百諸侯之首，當然，「加賀百萬石」也是無可匹敵的名門顯貴。

---

16 日本武家婦人的禮服，最外層的長外套。

以位於本鄉的官邸為首，江戶的四處屋舍共有三十二萬八千坪，占地廣闊，可與將軍坐鎮的江戶城相比擬。

乙姬小姐出身如此名門，再加上天賜的美貌，即使到了芳齡十六，還是遲遲找不到可以與之匹配的夫婿人選。

簡而言之，小姐的一切都太過完美，沒有男人配得上她。

這趟旅途不急不徐。往返江戶與金澤的旅途，主要沿著北國街道行經越後，再進入中山道，參勤旅程通常是十三天十二夜，但貴族女眷的旅行卻可花上二十天優雅地前進。一共一百一十九里的路程，花上二十天行走，可說相當從容。

供頭建議小姐參觀淺間山，其實別有理由。

三百多人的隊伍一停下，轎子四周立刻圍上染有梅鉢家徽的帷幕，路上的旅人、牛馬只能悄悄地從帷幕另一頭快步通過。因為小姐的隊伍前進得太慢，而百姓們又不能冒犯超前，所以十二月的中山道壅塞不已。

「請小姐再觀賞淺間山片刻。」供頭觀察著背後說道。

「動作快！」武士們催促著，但擠得水洩不通的旅人卻不肯迅速通過，不是探頭向帷幕內窺看，就是不停地回頭望。這些湊熱鬧的群眾無禮至極，引發了更嚴重的堵塞。

「供頭，小姐看膩淺間山了，出發吧！」

「是！請稍候片刻。」

供頭屈身退開轎前，斥責武士們：

「還在那裡悠哉！叫旅人快快通過！就算動用權勢也無妨。如果有人膽敢放肆，殺無赦！小姐已經等得不耐煩了！」

當然，美若天仙的乙姬小姐心地也同樣美善，絲毫沒有不耐。不平、不滿，這些都是世俗之人才有的情緒，乙姬自出生以來，就是個衣食無虞的公主，根本不曉得不平、不滿是為何物。

過了小半刻後，妝點著優雅的梅鉢家徽，三百多人隊伍緩緩地動了起來。遠遠望去，那不像活人的隊伍，而是以黑漆金泥描繪而成的一幅燦爛的蒔繪[17]。

「不，師父，這可不行。」

小野寺一路駁斥了空澄和尚的提議。

「在輕井澤留宿絕不可行，隊伍更不需要展現威儀。就像我再三說的，參勤就是行軍，必須盡快趕到江戶。無論如何都要快速前進，趕到松井田。」

在追分的岔口處，空澄和尚正等在那裡。來自北國街道的旅人確實特別多，但即便如此，也不必刻意展現隊伍的威儀，或是害怕為百姓招來麻煩。

「哈哈，一馬當先是嗎？你也真是的，年紀輕輕脾氣卻如此頑固，不過我佐久間勘十郎也不遑多讓。我欣賞你的志氣。無論如何，都要快步走完到松井田的這十里路。」

17 日本傳統工藝，在漆器表面以金、銀等金屬粉繪製而成的泥金畫。

勘十郎拔下揹在燦金戰袍背後的旗幟，以意外流麗的筆法寫上「一馬當先」四個大字。如此一來，隊伍也做出蓄勢待發的覺悟了。

一路走在待命的隨員之間宣布：

「各位，接下來的中山道擁擠非常，諸位可要目不斜視，勇往直前。旅人及農民町人的失禮，一概不予追究，就算隊容凌亂也是莫可奈何。如果有人落後，不論抵達時間早晚，都要到松井田宿本陣向在下報到。輕鬆地走過平順的路程，有違田名部武士的本分；將輕鬆也化為磨鍊，才是我們的真本事。聽到了嗎？」

這時，八十名田名部家臣都舉起拳頭高呼：「是！」

一路接著單膝跪在轎旁向主公稟報：

「主公，接下來的十里路將快速趕過，請主公下轎騎馬。」

「咳！」主公咳了一聲，說了句：「很好。」

馬立刻牽了過來。等待多時，總算有了出馬的機會，小斑似乎相當愉快，彎著長頸，不停地扒抓前腳，展現氣魄。

一路跑到隊伍後方，向馬背上的蒔坂將監報告狀況。

「了不起的決心。但道路這麼擁擠，我也是生平第一次見到。無論如何都要速速通過是吧？」

「是，無論如何。」

「大丈夫一言既出，駟馬難追啊。不過要是挑剔供頭的指示，又要挨主公的罵了。就讓我見識一下你的本領吧！」

準備已經妥當。一路站在隊伍最前頭，朗聲命令：

「快步前行，出發！」

大夥的呼吸、腳步一致，蒔坂左京大夫率領著一行八十人，朝向繞著淺間山山腳緩緩上升的中山道奔馳而出。

大名旗本家延續了兩百五十多年，也會發展出各自獨特的慣例。這些規矩因為過於古老，常不知從何而來。換句話說，那些慣例為何執行、有何理由或價值，大夥往往不知其解，只因為是「古老的規矩」而受到重視，至今也無人加以質疑。

譬如，蒔坂家就有個奇妙的傳統。兩名武士一起行走時，一人要在前兩步說「嘿、嘿」，另一人則接著在後兩步唱和「喝、喝」。無論是陣屋的走廊，還是陣下的路上，都必須這麼行走。這是自古以來的規矩，所以也不需要刻意執行，幾乎形同呼吸般自然。

行走時不問身分上下。當然，上級武士與下級武士、家臣與陪臣不會並肩行走，但只要同屬武士階級，就必須前後應聲，至於誰先誰後，則沒有明定。

只要是田名部的武士，無論是在領國或駐江戶都有這個習慣，因此也成了笑柄。有時會有頑童跟在後頭，一邊模仿，但對本人來說，那就像呼吸一樣自然，即使被人譏笑或鼓譟，也完全不受影響。

據說這唱出了田名部家臣的堂堂氣慨，但也有不同的說法，例如「嘿、嘿」來自催促馬匹的聲音，而安撫馬時則是「喝、喝」。還有另一種說法，是步行中應避免私下交談，為了保守職務上的機密，所以沿路不停地喃喃唱和。

那麼隊伍實際的情況又是如何？按照慣例，自由行走時不這麼做，不過在通過城下町或宿場時，或是在起駕、到駕前後的數町距離，即使無人命令，也會自然而然地發出「嘿、嘿」、「喝、喝」的聲響。

這個時候，雖然沒有規定，但左右隊伍，或是前後各半，也自行唱和起「嘿、嘿」、「喝、喝」。

好了，現在要從追分開始快步前進了。走不到一町，聲音就變得整齊劃一。隊伍左側唱著「嘿、嘿」，右側則應著「喝、喝」。

在隊伍的最前頭，佐久間勘十郎揹著寫著「一馬當先」四個大字的旗幟，領先眾人。

「路上的諸位，我等正兼程趕路，不須下跪，開道讓路！」

有些人突然被這麼命令，會出於習慣跪到路旁，但多數人聽到勘十郎的聲音，只是愣了一下，站在原地不動。

跟在後方的雙胞胎家奴肩上扛著丈餘朱槍，放聲呼喊：

「嘿、嘿！」

「喝、喝！」

「嘿、嘿！」

「喝、喝！」

「前面讓路！」

「前面讓路！」

「主公御馬，」

「正要通過！」

「不必！」

「下跪！」

「不須！」

「行禮！」

「嘿、嘿！」

「喝、喝！」

「嘿、嘿！」

「喝、喝！」

這是條又長又緩的山坡道。眾人聲氣一同，腳步便輕盈許多，呼吸也變得輕鬆。隊伍的速度加快了。主公座騎的鈴聲與空轎的吱呀聲宛如唱和一般，讓人更加起勁。

一路跑在馬前，忽然想到——

這聲「嘿、嘿」、「喝、喝」，原本會不會是快步行走的步調？說完「嘿、嘿」兩聲後，配合對方的「喝、喝」應聲，再吸上兩口氣，而吐出來的氣息又成了「嘿、嘿」，他覺得這真是快步行走的秘訣。田名部的祖先們是不是也像這樣配合著呼吸，比任何人都更早一步趕赴戰場，衝鋒陷陣？肯定是為了出征的那一天，便從平日就訓練起快步行走的呼吸法。

「嘿、嘿！」

「喝、喝！」

「這小野寺小子，無論如何都要跑完這十里是吧！嘿、嘿！」

將監在殿後的馬上說。

「喝、喝！照這樣來看，也不是不可能的事。」

「但是伊東，像這樣趕路，越過的可不只有平民百姓啊，嘿、嘿！」

「喝、喝！大人這話的意思是？」

「很簡單，現在是臘月年關，連百姓都忙著趕路，路上肯定也有連影子都不能踩到的尊貴人物啊，嘿、嘿！」

伊東邊跑邊想。這個時節罕有參勤隊伍，但或許會有將軍的使者、朝廷敕使、從佐渡金山運來的御用金[18]，或為了其他理由而往返路上的大名。

「喝、喝！那麼一來，就不能如此橫衝直撞了吶！」

「說到重點了，嘿、嘿！」

將監發出陰險的大笑。

「喝、喝！大人說的重點是……？」

「先鋒的佐久間不僅腦袋空無一物，更是第一次參與參勤，所以肯定看不出走在前頭的貴族地位有多高，不管三七二十一便直接超過。嘿、嘿！」

「喝、喝！原來如此。小野寺一路也人如其名地直性子，一跑起來就不可能停下腳步吧！」

「而大傻瓜就這樣騎著馬經過，嘿、嘿！」

「喝、喝！咦，才正說到這兒，前頭怎麼就愈來愈壅塞？」

正在疾馳前驅的隊伍收勢不住。不僅如此，還一點一點地靠向路邊，彷彿無論前方是何人物，都要一口氣超前過去。

「看來是一支相當華貴的隊伍，而且前進得非常慢。嘿、嘿！」

「喝、喝！大人從馬上也看不到幡旗嗎？」

將監在馬鐙上站直，用手遮住眉毛。

「啊、啊啊！嘿、嘿！」

「喝、喝！大人怎麼了？」

將監嚇得連聲音都倒了嗓。

「是梅鉢家徽，加賀百萬石的隊伍！嘿、嘿嘿、嘿嘿嘿！」

奔馳的隊伍停不下來，在乾燥的地上揚起沙塵，速度愈來愈快。

太陽升至中天，火盆內燒起熊熊烈焰後，轎子裡便襖熱得教人受不了。

「窗戶……」

18　江戶時代，幕府或藩主為了補足財政的困乏而向農民、商人課金。

乙姬小聲說道。那聲音幽微可憐，宛如螢火蟲振翅飛翔，或是沙沙搖曳的竹葉聲。無論發生什麼事，小姐都不能大聲說話。

所以貼身女侍必須彎身依偎轎旁，在行走間不遺漏小姐的一點聲音。

「遵命，小姐請稍待。」

即便在這種時候，也不允許隊伍一邊前進，一邊開窗的粗魯做法。首先必須轉達供頭，停下三百人的隊伍。當然，小姐不可能親自開窗。

「外頭風寒，這樣的寬度還可以嗎？」

「再多開一點。」

「啊，轎內確實悶熱，小姐肯定相當不適。那麼這邊的窗戶也打開好了。」

「辛苦了。」

兩側窗戶一開，清爽的高原涼風便驅散了熱氣，小姐感到無比舒適。

「如果小姐覺得冷，請再吩咐小的。」

女侍回報後，供頭便下令出發，外頭傳來眾人起身的聲音。

然而就在這時，隊伍後方傳來非比尋常的吶喊聲。小姐豎起耳朵。

「無禮之徒，還不肅靜！這可是加賀宰相胞妹的隊伍！」

一道粗暴的聲音彷彿蓋上來似地回應：

「敝家正在參勤道上，不論身分上下，逕行通過。得罪了！」

小姐稍微推開轎窗的簾子，觀看外頭的情況。只見滾滾煙塵席捲而來，無數的腳步聲震動地面。難不成是戰爭？攘夷之策未竟，外國的軍隊就已經兵臨城下了？

「怎麼了？」

小姐的聲音立刻被軍旅的腳步聲給掩蓋。

供頭高舉雙手，擋在轎旁。

「退下！這真是天大的無禮！來者何人？」

在滾滾煙塵中一馬當先的，是個宛如端午人偶的九郎判官般、一身燦金戰袍的武者。

「要人報上姓名，未免太過狂妄！這是蒔坂左京大夫的參勤隊伍，讓路！」

小姐興奮起來。她從未有過不滿的情緒，然而那聲「讓路」的粗暴男聲，竟令她毫無來由地感到一陣幾乎戰慄的愉悅。

蒔坂，她從沒聽過這個姓氏。然而宛如一陣旋風跑過轎外的武者背上，揹著割菱家徽的旗幟，所以應該是武田信玄公的家臣吧！小姐心想。

信玄公是遙遠古代的武將，現在在某處還有他的後裔嗎？或是信玄公目睹幕府不爭氣的施政，率領軍隊自彼岸現身，領兵攘夷？無論如何，如果那位信玄公正在行軍，就沒有唐突或冒犯可言吧！小姐這麼覺得。

供頭被對方的氣勢所震懾，恭敬地稟報小姐：

「小姐，此番無禮，日後必定追究，請小姐忍耐片刻。」

乙姬壓抑興奮之情，好不容易才回了句：「不要緊。」

在先鋒武者後方，兩名家奴高舉直衝雲霄般的長槍，齊聲吆喝著「嘿、嘿」、「喝、喝」，直驅而過。

聽在小姐耳中，那聲音就像在吶喊著「堂堂正正[19]」。後方的武士們，也踩著整齊一致的快步，齊聲高喊「堂堂正正」。而這些人跑過轎前，都會在換氣之間高喊一聲：「得罪了！」

加賀百萬石的隊伍被超越了，不知來者何人。無人能及的至高權威，就這麼被一聲聲的「得罪了」踐踏而過。對於出生以來，從未對任何人低聲下氣的小姐而言，這種快感就彷彿被心愛的郎君緊緊擁抱。

供頭正要拉上轎窗，小姐連忙伸手制止。

這時，騎馬武將來了。一身華麗馬飾的花斑馬，像極了哥哥的座騎。武將以精湛的馭馬手法，將馬控制到常步。

「在下蒔坂左京大夫於馬上問候，冒犯小姐了。未下馬問安的理由，日後將呈報加賀宰相大人。得罪了。」

啊，多麼英挺啊！小姐才剛覺得一陣陶陶然，只見一名年輕武士汗水淋漓，單膝跪在轎子窗邊。當然，與陌生男人面對面，也是小姐從未有過的經驗。

「在下是蒔坂家的供頭。此番失禮全是在下的責任，還望小姐恕罪。」

小姐無法壓抑那股毫無來由的感動，說了連自己都難以置信的話：

「不要緊，把頭抬起來。」

年輕武士肩膀一顫，彷彿大感意外，一會兒才慢慢將頭微微抬起。

「再抬高一些。」

小姐掀開簾子。與下人以相同的高度對望，是絕不允許的事，然而那名年輕武士端麗的容貌與健碩的體格，完全攪亂了小姐的芳心。

「你叫什麼名字？」

年輕武士也沒有別開目光。

「在下小野寺一路。」

「小野寺一郎……」

「不，小姐，是一路。寫成一條路的一路。」

啊，小姐發出一聲嘆息。武士光潔的月代凝滿了汗珠，皮膚被太陽曬得黝黑，佈滿泥土的髒污，然而那雙眼神卻堅定注視著遠方，這副景象深刻地倒映在小姐的心中。

「我是乙姬。」

小姐忍不住說出自己的名字。伺候的女侍們全都驚駭地抬起頭來。身為千金小姐，是絕不能向別人報上姓名的。

「不勝惶恐。那麼，就恕在下告辭了。」

年輕武士就要挪膝後退，小姐連忙叫住他：「稍等。」

今日一別，後會無期。即便如此，小姐還是想將這一瞬的緣份烙印在心中。

「這個給你。」

19 此處的「嘿、嘿」音為「せいせい」，「喝、喝」音為「どうどう」，音同日語的「堂堂正正」（正々堂々）。

小姐從烏黑的頭髮上摘下珊瑚玉簪，遞向年輕武士。雖然沒有說出口，但小姐希望它能插在年輕武士的妻子、或是未來妻子的頭髮上。

小姐絕非單純賞賜物品，她覺得這麼做，可以讓自己一部分的靈魂寄託在髮簪上，與他相伴直到永遠。

年輕武士惶恐地領受賞賜時，小姐終於承受不住滿腔激情，潸然淚下。

「告退。」

年輕武士留下果決的一聲，離開了。隊伍在捲起的沙塵中逐漸遠離。小姐期待他回頭顧盼，然而年輕武士的背影卻愈來愈小，終於朝向松井田宿的方向，消失在街道的另一頭。

「鞋子。」

小姐輕聲說。轎門打開，紅色鞋帶的草鞋遞了上來。

「扇子……」

乙姬站在餘塵飛揚的中山道上，以打掛寬袖握住扇子，高高舉起右手，揮舞那面金扇。

「美極了！美極了！」

如果這就是女侍們所說的初戀，那實在是太錐心、太短暫了。這麼一想，小姐對自己錦衣玉食的尊貴地位感到萬分窩囊，不停地揮扇稱賞，直到淚水乾涸。

六

前途遙遙

1

〈供頭守則〉

十七、碓冰嶺後　道上再無難關
只須朝江戶前行
然則身心俱疲　家臣爭執
或病者頻仍　皆自此地之後
故萬不可怠忽
萬一主公不豫臥床　當快馬通報江戶老中
參勤之行伍　行軍也
延遲達陣　乃主家廢絕之大罪也

「暮六刻投宿，曉七刻出發」是旅行的原則。

換句話說，必須在日暮時分抵達下榻處，趁著天色未亮出發。漫長的一天結束後，如果又趁夜趕路，不僅危險，也會對身體造成負擔。既然如此，趁早出發更符合道理。

這天，曉七刻從信州岩村田出發的蒔坂左京大夫一行人，不畏信濃追分後的壅塞路段，翻越碓冰嶺，朝上州的松井田宿前進。

從佐久盆地到輕井澤，是繞過淺間山山腳一條又緩又長的上坡路，能在不知不覺間爬高，因此沒有翻山越嶺的辛苦。再加上天公作美，沿路只見山間日陰處稍有積雪。也就是說，被稱為中山道難關的碓冰嶺，因為上州與信州之間有段高度差的緣故，往京都方向的路程十分艱難，但往江戶方向則不那麼疲憊。

但隊伍已經精疲力竭。一想到只要爬過這山嶺，接下來就是平坦的關東平原，每個人心中都萌生一股安心，反而讓長途旅行的疲累一口氣壓了上來。可說是旅程還在半途，心卻早已飛過了終點。

「話說回來，這下坡也真漫長啊。膝蓋都發軟了，隨時會斷。」

矢島兵助一邊說著洩氣話，一邊走下曲折的夜間山路。杉林間坂本宿的燈火若隱若現，就像身在夢中似的，怎麼走也到不了。

「總覺得好像被狐狸給騙了，難不成我們一直在山裡頭原地打轉？」

中村仙藏無力地應聲，他的手中握著一根粗樹枝代替拐杖。大概是膝蓋發軟，使不上力吧！

「聽說松井田宿還得從坂本再走兩里十五町吶！光想就要頭昏了。」

兵助說完嘆出一口白色的氣息，仙藏板著臉罵他：

「你的牢騷話也太多了。每個人都一樣難受，適可而止一點，猴子。」

雖然因為動作靈巧而得到「猴子兵助」的綽號，但被人當著面喊猴子，兵助還是忍不住臉色一變。

「還敢說我？好好的一個年輕人，拄什麼拐杖！你也顧及一下做武士的體面好嗎？」

「什麼！總比嘮嘮叨叨、洩氣話說個沒完的你還要好吧？你才要知恥一點！」

兩人邊走邊吵，連前後的同僚都開始口氣凶惡地埋怨起來。

「每個人都一樣累好嗎？」

「有空吵架，不如閉上嘴走路！」

「為什麼不在坂本留宿啊？」

「天曉得！你自己去問供頭。」

「啊，肚子好餓。」

「別說暮六刻入宿了，走到松井田都過五刻[20]了吧！」

「我受不了了。」

「沒錯，受不了了。」

兵助俯視曲折的夜路。明明是不費力的下坡，每個人卻都像扛不住身上的行李似地，垂頭喪氣地走著。偶爾還有人「啊」地一喊，燈籠一掀，累得重心不穩，不小心絆跤或滑倒了。

漸漸地，連竊竊私語的埋怨聲也消失了。

究竟是怎麼回事？這真的是跋涉木曾路、翻越暴風雪中的和田嶺、一口氣通過佐久盆地的那支隊伍嗎？難道真的是鬼怪作祟？

「主公……？」

即使叫喚，轎中也沒有應答。一路一邊走著，屈身更進一步報告：

「就要越過碓冰嶺山腳，抵達坂本宿了。距離再過去的松井田宿，還有兩里十五町，主公是否要下轎騎馬？」

主公睡著了嗎？隔了一段時間，才傳出一聲「不必」。

一路回望山路。蜿蜒曲折的下坡路，點點延伸出一條燈籠火光。步伐極為緩慢，就像《行軍錄》上記載的，一行人身心疲勞，幾乎到達了巔峰。

「隊伍靠攏！」

一路朝著暗夜命令。聲音確實被傳遞出去，但拉長的隊伍卻不見縮短。

「小野寺……」

來到道路大致平坦之處，主公叫了一路的名字。

「是！小野寺在此。主公您要騎馬嗎？」

「不……」

主公的聲音虛弱，一路不安了起來。

「好像有點發燒……」

一路覺得當頭被澆了一盆冷水。《行軍錄》上寫著：「萬一主公不豫臥床……」。

坂本宿的燈火近在咫尺，就在一路左右尋思時，主公以微弱的聲音說：

「不要驚擾坂本宿。應該經過的隊伍突然停下，會給眾人添麻煩，照預定行程往松井田去

---

20 指夜五刻，即戌時，也就是現在的晚上七點至九點。

吧！」

從中山道的壅塞的程度來看，山腳下的坂本宿肯定住滿了旅人。如果這時有急病的主公停下轎子，肯定會鬧得雞飛狗跳。

坂本宿是上州安中三萬石板倉主計頭的領國，東依碓冰關所，西傍碓冰嶺，是處有四十間客棧的大宿場。主公沒有多說，大概是認為在這個時間和地點引發騷動，造成的麻煩也非同小可吧！

「距離碓冰關所只有半里路，請主公再忍耐一下。」

一路沒有停下隊伍，下命：「眾人快步前進！」

「哎呀呀，隊伍怎麼頭也不回地往前奔去？這是怎麼啦？」

「還能怎麼樣，這下連下跪都來不及了。」

坂本宿的客棧二樓，朧庵與新三正俯視著街道。

江湖術士與巡行梳頭師傅，兩人不愧是熟悉旅行的人，受不了拖拖拉拖地下山的隊伍，抄小徑搶先了一步。他們進坂本宿泡了湯，正對著晚膳準備小斟一杯時，隊伍才總算抵達。而且是抛下受驚嚇的路人，從街道直奔而過。

「唔，都這個時辰了，會緊張也不是沒有道理。」

「就算是這樣，堂堂的參勤隊伍竟然不顧體面和名聲，一路奔過宿場，這可不太尋常。」

因為事出突然，兩人都驚訝得合不攏嘴。但在樓上觀看也不算太有禮數，兩人就像要堵住驚訝的嘴巴似的，斟酒自飲了起來。

隊容不像在佐久盆地快步急馳時那樣整然有序。隊伍隨著下山的步伐分崩離析，就這麼七零八落、氣喘吁吁地往前直奔，模樣實在太不像話。但換個角度來看，再也沒有比這更稀奇的事了，所以客棧二樓和平台上，每一處都擠滿了看熱鬧的人們。

「唔，你怎麼看？」

「這個嘛，是不是在趕關所的閉門時間？」

朧庵從容地回答。

「這不可能。碓冰關有安中派來的兩名番頭，是輪夜班的。板倉大人是三萬石的譜代大名，對於越過碓冰嶺而來的參勤隊伍，不可能不講通融。這一點跟先前的福島關應該不同。」

「原來如此。這麼說來，安中的板倉大人可是位舉世聞名的名君呢！」

說著說著，凌亂的隊伍三三兩兩地通過了。

「對了，新三，你知道『安中遠足』嗎？」

「是，當然知道。板倉的主公認為武門之人，最重要的就是必須跑得快，據說安中的家臣每一個從小都是飛毛腿。」

「說到鍛鍊，聽說他們會從安中城一路跑到碓冰嶺，往返競走呢！」

「天哪！來回碓冰嶺嗎？」

「我有一次碰上『遠足』的訓練，那是幾個人一組的隊伍，總之就是一個字，快。簡直就像一陣陣席捲草木的旋風。」

「噢，我明白了，左京大夫大人素來以腳程快自豪，難不成是想跟安中的遠足一較高下？」

「哈哈，要真是如此也頗有趣味，但卻不見主公人影呢！喏，你看，從那些轎伕的腳步來看，左京大夫大人還在轎中。」

兩人從二樓探出上半身，目送經過下方的轎子。

「如果是這樣呢？左京大夫大人因為路途奔波，終於病倒了，所以隊伍得盡快趕到松井田宿。」

朧庵仰頭飲盡，「唔」地一聲。

「那可不妙。」

「就是吧？師傅，那可不妙吶！」

「唔，參勤遲到是一等重罪嘛！」

「那會怎麼樣？」

兩人邊斟酒邊喝著，俯視街道。恰好殿後的蒔坂將監騎馬經過下方。

「正中敵人下懷。」兩人異口同聲說。

確實，惡徒被宿場燈光照亮的那張臉，不曉得是不是心理作用，看起來就像正得意地笑著。

隊伍在除了官吏以外，別無閒雜人等的碓冰關所放下轎子。

上方的夜空，上弦月正綻放清光，照亮妙義山威武的雄姿。雖然無風，卻冰寒徹骨。

打開轎門，一路便屏住了呼吸。無論再怎麼疲累，也總是端坐轎中的主公，這時竟深深地頹靠在靠背上，渾身無力。臉色蒼白得宛如鬼魂，也不全然是月光照射的緣故。

醫師辻井良軒立刻趕上前來。

良軒說完，握住主公的手腕，登時一驚，回望一路。

「小的為主公把脈。」

「到松井田還有多遠？」

「從這裡最多一里半。」

「那太遠了，途中沒有宿場嗎？」

「就在旁邊的橫川，還有再過去的五料，有茶屋本陣。」

一路也一眼就看出主公病況危急。

「主公燒得厲害，脈搏也相當急促。必須盡快躺下來休息。」

茶屋本陣並非正規的本陣，但建築樣式與本陣相同，是貴族的休息所。但現在情況緊急，無論何處，總之必須盡快讓隊伍落腳。

「那麼，就到橫川的茶屋本陣。」

一路立刻做出決定，這時主公卻從轎中厲聲開口：

「不准！到松井田。」

主公氣若游絲地接著說：

「變更本陣，對松井田和橫川的宿場都是一大困擾，更會為主計頭大人添麻煩。相較之下，因生病而受累就只有我一人。不能給外人添麻煩，不許抗命。」

黑夜的另一頭傳來了邪惡的聲音。那是背對著猶如剪影的妙義山、有如天狗般站立的蒔坂將監。

「主公說的沒錯。看啊，關所官吏也正納悶出了什麼事，惶惶不安。別擔心，主公還年輕，短短一里半的路程不算什麼。」

既然主公和後見役都這麼說了，無可奈何。

良軒獻上退燒藥，從主公面前退下時，將監就像在說給一路聽似地開口：

「喂，良軒，你剛才調合的藥確實是退燒藥沒錯吧？」

良軒沒有答腔，將監趁勝追擊似地又說：

「你也要保重身體啊。人們常說『醫者不養生』，這句話也不無道理。」

一路忍不住想反駁，但主公撐起身體，握住他的手制止。那掌心如火的熱度，讓一路戰慄不已。

上州松井田並非大宿場，卻是有著一千多名人口的富庶小鎮。

不知何時開始，信州各藩的年貢米紛紛集中在這處宿場，挪出部分銷售，因而成了米市。因為它的利潤，這座小小的宿場十分富裕。

原本從各領國送往江戶的年貢米，除了發給江戶家臣的祿米之外，還會換成金錢。既然如此，不必運到江戶，能在路上賣掉正好。因此在中山道上，這處松井田以及再過去的倉賀野宿便成了米市。

伊東喜惣次的心情就像昏黑的夜晚般沉悶，自從在碓冰關所得知主公身體不適，他的腳就像綁了鉛塊般沉重，也從快步趕路的隊伍中脫隊了。

身為側用人，即使是供頭指揮的參勤途中，也要守在主公身邊隨時伺候。然而，喜惣次無論如何都不想見到主公突然不適的模樣。

多麼矛盾啊，喜惣次心想。一心期待主公失勢，好讓將監繼承主家的自己，為什麼會對這個求之不得的機會感到心痛？別說讓主公失勢了，自己甚至還想取主公的性命啊！

深夜五刻，主公被抬了進去，本陣的金井家上下亂成一團。

在先鋒佐久間勘十郎的指示下，內房已經鋪好了床，轎子就這麼直接從拉上帷幕的玄關抬了進去。

比一行人更晚抵達本陣的喜惣次，看到立在門前的「田名部左京大夫寓」的關牌，腳下頓時一軟。因為他覺得那就像是將惡鬼阻擋在門外的護身符咒。

主公沒有更衣，只脫了褲裙和外衣便躺在床上。只要看上一眼，就能明白病情非同小可。

喜惣次把辻井良軒叫到外廊。

「怎麼樣？」

良軒用那張白淨的臉對著喜惣次，神色懷疑，遲遲不肯回答。

「怎麼樣？這句話是在問好還是壞？」

這尖銳的一問戳進了喜惣次的胸口。他全心祈禱主公康復，別無他意。當然，他也懷疑別無他意的自己心中的這種矛盾。

「一定要讓主公好起來，拜託了，良軒。」

喜惣次將心虛化為聲音，垂下頭來。

「唔，就算大人這麼說，在下一時也難以置信。大人怎會突然良心發現？」

喜惣次想不到答案，他的心就像庭院的營火般不停地搖擺著。

「我不是良心發現。身為武將，因病而亡，未免也太死不瞑目了。」

「還在說這種冠冕堂皇的話……」

良軒冷冷地打斷喜惣次的話。聽起來的確像是冠冕堂皇的說詞吧！畢竟連這麼說的喜惣次自己都覺得不齒。

「在燒退之前，絕對不能動身。如果因為只是傷風而小覷，很可能侵犯肺腑，丟掉一命。」

「燒會退嗎？」

「我已經奉上了有效的蘭方藥，只要安靜休息，早晚會退燒。」

「不能確定就糟了。如果明天早晨不能出發，就趕不上抵達江戶的期限了。」

「那是不可能的……」

良軒打住話頭，再次狐疑地觀察喜惣次的臉色。

「我是個醫師。雖然過去差點迷失了自己的本分，但現在已經不再迷惘。無論主家有何苦衷，醫師都必須把人命擺在第一位。還請諒解。」

良軒果決地說。這讓喜惣次羨慕極了，他覺得盡本分是件多麼幸福而容易的事。

然而自己卻為了彼此衝突的兩種本分而搖擺不定、進退失據。

良軒返回寢室後，外廊前方一道影子動了，將監還沒脫去行裝，就這麼無聲無息地現身了。喜惣次快步跑進黑夜中，在紙罩燈旁跪了下來。

難道是剛才的對話被聽見了？將監的臉色帶著怒意。

「看來你已經忘了貧賤。」

噯，將監嘆著氣，在走廊坐下。

「這裡不方便談話，請大人進屋裡。」

「不，無妨。我只是出來如廁。我跟你之間臭不可聞的對話，比起屋裡，更適合在這裡談。」

四周只有一盞小紙罩燈亮著幽光，其餘一片漆黑。比起擔心紙門外有他人耳目，外廊確實更讓人安心。然而對喜惣次而言，本陣深處漆黑的夜色，就像自己內心的黑暗。

「上面的廁所是主公專用的。」

喜惣次望向廁所的木門說，彷彿在做最起碼的抵抗。

「大傻瓜用的廁所，我不能用嗎？」

將監傲慢地說，用扇尾敲了一下喜惣次跪著的膝蓋。

「更何況那個大傻瓜，腦袋燒得連廁所都去不了，真的是天命在我啊。晚到江戶，形同在戰爭中遲赴戰場。可喜可賀！大傻瓜將永遠隱退，老中會共同推舉我成為第十五代蒔坂左京大夫吧！」

「小的斗膽提問，參勤遲到就只有這點處分嗎？近年幕府支出浩繁，也有可能做出撤廢家名、沒收領地的處分。」

將監打開扇子搧著喜惣次的臉，就像是瞧不起他說的話。

「別擔心，我會讓大傻瓜切腹。如果他永遠隱退，豈不是吃我一輩子白飯嗎？只要拿性命換取延續家名的恩典，老中也不會不肯吧！」

被惡鬼的扇子一搧，喜惣次的身體整個瑟縮起來。他質疑將監的說法毫無道義可言，卻沒有勇氣說出來。

「倒是伊東，我看你好像忘了自己的出身是吧？」

「不，小的不敢忘。」

「那麼你總不會想變回窮人吧？不光是金錢的問題，你沒有忘記被家臣們踐踏侮辱，被譏笑是將監大人郎黨、下人的屈辱吧？」

「是的。」

能夠脫離窮困與屈辱，全賴將監的提拔。而被任命為側用人以後，主公對他也關愛有加。兩人對他的恩顧，應該是同等的。

喜惣次直到現在都還會夢見住在將監官邸的門長屋時，那段窮困與屈辱的日子。那不是自己一個人的不幸，是父母與祖父母也忍受了一輩子的、徒有武士之名的淒慘生活。

廁所的臭味彌漫，喜惣次覺得自己被逼到了仁義與欲望的黑暗中，動彈不得。

「吶，伊東，你想再變回窮人嗎？」

喜惣次被紙罩燈光照亮的下巴處，不停地淌下淚水。

不是為了自己一人的私欲。想要彌補父母與祖先的遺憾、謀求妻兒的幸福，就必須將利字擺在仁義之前。然而才剛下定決心，胸口深處的道義卻又逼得喜惣次潸然淚下。

「好！」

上野國安中城內與城下，在板倉主計頭勝殷侯精神抖擻的一聲中醒來。

主計頭在曉七刻起床，無人催促，當然也不可能依靠時鐘，時間一到，他便立刻從床上跳躍起身。這時，發出一聲嘹亮的「好」，先是叫醒了小姓和坐更的近侍，一同唱和：「好！」接著，這「好」聲隨即從城內傳往城下，響起鼓聲和鐘聲。因此安中上上下下，沒有任何人會賴床，要是有人過了曉七刻還不起床，雖然不至於被問罪，卻會招來莫大的鄙夷。上至重臣，下至商家小夥計，無人不遵守這樣的習慣。

不過這聲「好」並沒有特別的含意。如果勉強解釋，大概就是「好，今天也要努力」的意思吧！換句話說，是在天色未亮的七刻跳起身來，立刻展開一日活動的氣魄。

主計頭今年四十二歲，但由於平日注重的鍛鍊，身體健壯有如鋼鐵，這聲「好」的氣勢也有如獅吼。

板倉家的家祖，是東照神君信任有加的駿府及江戶町奉行，後來擔任京都所司代的伊賀守勝重公。想想勝重公身為東照神君的心腹，就近學習神君的養生之道及鍛鍊身心的技巧，最後演變為世代家法，當代主計頭的這聲「好」也相當合情合理。

此外，勝重公的兒子內膳正重昌公以大坂冬之陣的軍使聞名，後來授命為平定島原之亂的大將，因為恥於接受援軍的支援，明知不可為而為之，率兵強行進攻，最後壯烈地犧牲了。由此也可以理解當代主計頭那武勇專一的脾性。

還有，勝重公的嫡子周防守重宗公，長年擔任京都所司代，為人公正無私、裁決明斷，被譽為後世龜鑑。所以當代主計頭那超凡的正義感和責任感，一樣是血統使然。

簡而言之，主計頭絕非蒼白虛弱的大名主公，而是集身強體壯、武勇專一、公正無私等武家道德於一身的名君。不過對於家臣及領民來說，這是不是值得慶幸的事，就有待商榷了。畢竟人們的幸福，總是來自於某程度的馬虎隨便。

話說這一天，比所有家臣更早起的主計頭一面在主城御殿的大廊大喊：「好！好！」一面前往浴室，以冷水潑洗那身肌肉盤結的身軀後，氣勢更是振奮。眾小姓趕來時，主計頭已經親自換好兜襠布，刮好鬍鬚和月代，做好鍛鍊的準備了。

像這樣對身旁瑣事親力親為的主公，在三百諸侯當中，恐怕再也找不到第二個。

「好，開始跑吧！」

主計頭用衣帶束起劍道服的袖子，撩起褲裙兩側的開口處挾住腰帶，迅速穿上草鞋，從庭院跑了出去，後面跟著不甘落後的家臣們。早膳前的跑步，是繞行城池一圈，然後繞過馬場外側數圈。跑著跑著，天色也逐漸發白，奔跑登城而來的武士也匯聚一處，熱鬧非凡。

勤於鍛鍊弓馬刀槍是武門慣例，但沒有哪一家的家臣只顧著奔跑。不過板倉主計頭的信條是，萬般武藝之根本全在於奔跑，不僅親自領跑，也要家臣不停地跑，並一貫獎勵領民奔跑。

上代創始的「安中遠足」素來頗負盛名，那是一氣呵成地往返城下到碓冰嶺山頂、險阻重重的七里路。由於必須往返光是下坡就教人腿軟的上州的陡坡，總讓不知情的人聽了，直呼這根本非常人所能。

奔跑與其說是鍛鍊，更成了家風。按照規定，年滿五十七才能免除奔跑的苦行，因此板倉家的武士即使到了壯年，也不見一人頂著大肚腩。從主公開始，每位家臣都曬得一身黝黑，體格精實健壯。

晨跑歸來的主計頭再次進入浴室，沐浴冷水，然後無比清爽地前往表書院。

他用著極為簡樸、一菜一湯的早膳，聆聽一天的行程。報告預定行程的，是今年得以免除奔跑苦行的家老。

「主公今日也健步如飛，令人敬佩。」

「這沒什麼。」

每天早晨會像這樣對答的，大概就只有這對主僕了。

然而今天早上，家老卻道出了緊急的消息：

「昨夜戌時，蒔坂左京大夫大人一行人進入松井田宿本陣了。」

「這樣啊。在年關參勤，真是辛勞。我和左京大夫交情甚篤，不如今天就到城下去迎接他吧！」

「但是主公，據松井田宿捎來的消息，左京大夫大人在路途上忽然發燒，今天似乎無法成行。」

正在大嚼醃蘿蔔乾的主公停住下巴。附帶一提，主計頭的牙齒有如獅頭般強健，將下巴硬生分成兩塊。不僅如此，如果再用那雙有如不動明王的眼神狠狠一瞪，所有家臣都會嚇得魂飛魄散，無法言語。

簡而言之，經過長年來的奔跑鍛鍊，主公的身體沒有半分多餘。

「好！」

主公冷不防地站起身來。他身長近六尺，所以城裡的門楣都做得特別高。不明白這聲「好」是何用意的家老，被主公渾身散發的氣勢嚇得往後退。

「立刻就去探病！」

「是！小的立刻吩咐備馬……」

「不必！」

主計頭喊著，如脫兔般跑出了表書院。

「主公，請稍等！」

「沒什麼，到松井田只有短短的兩里十六町路，比起策馬，用跑的快多了。哇哈哈！」

接著就像競賽似的，小姓和近侍全都跟在主公後面跑了出去。每個人都知道，板倉主計頭認真跑起來可是比馬還快。

2

下楊在輕井澤宿，向鎮守碓冰嶺山頂的熊野神祈求旅途平安的乙姬，對著日出揮舞扇子讚美了幾聲「美極了」之後，在石階下的神官屋舍稍事休息。

這棟宏偉的屋舍，被旅人稱之為「赤門大宅」，是堂堂百萬石加賀家，仿照江戶本鄉官邸的朱漆御門建造而成，捐獻給神社的。

因此神官恭敬地請乙姬進入內房上座，誠心講述此地的種種傳說。

「這座神社，恰好鎮守在信州與上州的國境之間，是水源的分界之處，山上的雨水會從石階下分往左右。」

光是聽到「分」這個字，小姐就胸口一痛。以珊瑚玉簪做為餞別的那名年輕武士，現在正走在中山道的何處呢？

「據說過去平定東國的日本武尊，途經武州、上州，站立在這座碓冰嶺山頂時，曾望著東南方位，嘆息三聲：『吾嬬啊……！』」

雖然不太明白，但似乎是個悲傷的故事。乙姬壓抑著心頭的痛楚問：

「『吾嬬啊』這句話是什麼意思？」

「是，意思就是『我的妻子啊』。在相模國的馳水海口乘船渡水時，日本武尊的妻子弟橘媛為了平息海神的怒意，自願獻出生命，跳海犧牲。」

乙姬的心幾乎碎裂。如果能夠，她真不想再聽下去。

「日本武尊就是站在這個視野遼闊的山嶺上，望向來時的方向發出悲嘆。原本應該要將心意寄託於歌中，但即使貴為武尊，也無法將滿腔感情化為言語，只能嘆息一聲：『吾嬬啊！』啊，小姐，您怎麼了？」

乙姬垂下頭去，淚水淌落在打掛的膝上。

「沒什麼……日本武尊實在太可憐了。」

小姐幻想起不可能發生的事。譬如，淺間山突然爆發，或是妙義山突然崩落，自己成為獻祭給狂暴神明的供品——只為了讓心愛的郎君旅途平安。這麼一來，那位郎君是否也會望著來時的方向，悲嘆一聲「吾嬬啊」？

乙姫為這個不可能的夢想陶醉不已，甚至流下淚來。

神官惶恐地退出內房，一旁的貼身女侍不安地觀察小姐的臉色。

「小姐，您有什麼憂心的事嗎？」

小姐搖搖頭，將髮上的飾物搖得叮噹作響。

「如果小姐有什麼心願，請告訴小的吧！」

她有心願。如果能夠，她想再見那位名叫小野寺一路的年輕武士一眼。然而他們的隊伍早已快步奔馳而去，根本無從追趕，就連她如此悲嘆之際，兩人的距離也正愈拉愈遠。

乙姫愁苦極了，確定房內無人後，將女侍招近過來。

「鶴橋，妳來……」

貼身女侍鶴橋深受小姐信賴，也相當能幹，完全不輸男人。她的言行舉止就像一把十字鎬，儘管細瘦，卻沉重、銳利。

「我戀愛了……」

即使聽到這番表白，鶴橋的表情依然像嵌進石子裡的十字鎬般紋風不動，真是個不平凡的人物。

山頂的空氣無限清淨，彷彿充滿了太古武將的氣息。鶴橋俯首若有所思，接著以一如往常的堅定語調問：

「那位幸運兒是哪家的公子？」

乙姬為自己說溜了嘴感到懊悔，她明白那是不可能實現的戀情，只希望能得到些許安慰，然而鶴橋的嘴唇卻像鋼鐵一般緊抿著，甚至連微笑都不肯。這名老女侍從來不曾在小姐面前露出笑容。

「是昨天我給他簪子的那位。」

小姐無法將刻劃在心口的「小野寺一路」這個名字說出口，一旦說出口來，她肯定會因為過度思念而當場昏厥吧！

「這是不可能實現的感情。」

「我知道……」

「那麼小姐為什麼要告訴鶴橋？」

鶴橋斥備道，那聲音宛如連岩石都能擊碎的十字鎬。非回答不可，乙姬心想。

「無法實現的感情，就連說出口都不能嗎？」

「這只會讓說出來的小姐，還有聽到的鶴橋，雙雙陷入悲傷而已。」

「我知道。」

「那麼為什麼……」

小姐抬起被淚水浸濕的臉，明白地說道：

「我想再見他一面，即使只是遠遠地看一眼。如此一來，我便再也不提起這段不可能的感情。」

這時，鶴橋彎下那更勝男子的高挑身子，退了下去。

「遵命。等進了江戶，這件事再也沒有實現的可能。一切就交給鶴橋吧！」

小姐反倒困惑了。那勇往直前的強悍隊伍，不可能追趕得上，但主人的願望一旦說出口，就成了不可動搖的命令。

「鶴橋，不必勉強。」

「不，小姐。加賀百萬石沒有難成的事，請立刻準備動身。」

沒辦法吧！乙姬想再說，但鶴橋只留下打掛的磨擦聲，人影消失無蹤。

這時，躺臥在松井田宿本陣金井家內室的蒔坂左京大夫，病情愈發危急。

雖然辻井良軒處方的蘭方妙藥發揮功效，讓病情一度好轉，然而在主公沉沉昏睡的一大清早，卻來了個吵鬧不休的探病客人，使得高燒又回來了。

常人探病總會顧及病人，安安靜靜，展現對自身的健朗感到歉疚的謙虛之情，然而這位一大清早來訪的客人卻缺乏這樣的體貼。

畢竟這群綁起衣袖、拉起褲裙的武士，是從安中一路跑過兩里十六町路而來的。

「哇哈哈！振作點啊，左京大夫大人！不過是害了風寒罷了，潑桶冷水，燒就退啦！沒食欲的話，別喝什麼粥，扒碗酒泡飯就行啦！」

板倉主計頭坐在枕畔，俯視病人的臉，渾身冒出滾滾蒸氣。光是仰望下巴分成兩塊的那張臉，主公就感到一陣天旋地轉。

有病的是誰？主公心想。但對方是三萬石的大名，這裡又是他人的領地，他連聲抱怨也不能。

「來來來，提起精神來。不是都說病由心生嗎？喏，首先像這樣在丹田使勁，從肚腹深處吐出裂帛之氣。好！」

主計頭大聲使勁，結果發出的不是裂帛之氣，而是大蒜的薰臭，被迎面這麼一嗆，主公都要吐了出來。

更令人心煩的是，呼應主計頭的氣勢，紙門外的庭院傳來家臣們的齊聲高喊：「好！」主從一心，固然令人敬佩，但主公實在不認為這算得上武門精華。這一家上下果然有病。

「難道……全是奔跑而來？」

「哇哈哈！還有什麼難道，這叫理所當然！在下一聲令下，隨我跑出城的就有五十多人，都還沒用早膳呢！」

「還沒用早膳？」

「一點也不錯。我們板倉家相信遠足才是一切武術的根本，因此幾乎每天都會跑上碓冰嶺或榛名山鍛鍊腳力。」

「哦……這件事我早已久仰……」

「所以從安中到松井田的兩里十六町的平路，就像早膳前的一碟小菜！」

「抱歉，主計頭大人，在下頭痛得很，可以小聲點嗎？」

「哇哇，這可不好！我已經壓低聲量了，還是太大聲嗎？」

兩人在江戶城中同駐帝鑑間辦公，是知心好友。在全是浦柳之質的眾家主公之中，板倉主計頭那戰國般的武將風采顯得格外耀眼，人人對他避之唯恐不及。

不過我們的左京大夫一向不怕生。他既能親切地關心鬧脾氣的幼主，也能與孤獨的主公結交友誼。

「吶，左京大夫大人，我跟你可是起誓不能同日生，也要同日死的至交。」

不，雖然有些交誼，但主公不記得曾發過這種誓。

「所以我不會勉強病重的你站起來行走。」

這不就在勉強嗎？

「不過在參勤的路途中生病，也會有不少麻煩吧！只要是為了你，我這個主計頭願意赴湯蹈火。不必客氣，儘管吩咐吧！」

等一下，主公頭暈腦脹，閉上眼皮想了一會兒。

昨晚，側用人和供頭苦惱地商議良久。

「如果主公在這裡病倒，就趕不上抵達江戶的期限了，要不要派遣快馬通知老中？」

當時因為藥效，高燒暫時退去，因此主公命令絕對不能快馬通知延遲，隔天一早立刻出發。但是不是探病者害的姑且不論，主公又開始發燒了，現在實在不是能夠坐轎啟程的狀況。

「在下惶恐，稟報主計頭大人。」

在房間角落伺候的供頭代替主公說道：

「事已至此，不僅今天無法出發，明天、後天或許也難以成行。主公不許派快馬通報，現在也已經失去了通報的時機。要是主計頭大人有何妙案，還請賜教。」

主公以無力的聲音責罵：「小野寺，不可僭越。」內心卻感謝他說出了難以開口的請求。

全是自己太小看病況了。情勢無可挽回，而且是發生在主計頭領內的事，必須忍辱向領主報告不可。

「哈哈哈！我還以為是什麼要上刀山下油鍋的難事。怎麼了，就這麼一點小事？」

這個傻瓜，主公看著主計頭。然而主計頭絲毫沒有不知所措，看起來也不像是在逞強。現在連派馬都來不及了，怎麼可能不是難題？

主計頭哈哈笑著，霍地站起身來。六尺高的魁梧身體散發出汗水、油脂和大蒜的氣味，充斥四周，讓在場的蒔坂家家臣全都忍不住往後仰。而距離最近的主公終於忍耐不住，吐了出來。

「開門！」

主計頭一聲令下，面向庭院的紙門左右打開。在那裡伺候的，是早膳前輕鬆越過兩里十六町而來的安中健兒。五十多人的汗水、油脂及大蒜的氣味宛如朝霧般籠罩，更讓眾人嗆鼻作嘔。

主計頭走出外廊，以破鑼般的宏亮聲音說：

「有哪個人能在今天內跑完三十二里，從松井田到江戶？」

「噢！」幾乎每隻拳頭都舉了起來。每張臉都喜形於色。那看起來不像是在回應命令，也不像是急於搶功，而是想跑得不得了。果真有病。

「很好。不過這是蒔坂左京大夫家中要事，至關重大，不是哪個人都行的。我要三名精銳，行『風陣之秘走』。尚未修習完『走術』的人手先放下。」

結果幾乎所有的拳頭都放了下來，有人垂頭喪氣，嘆息著說：「太遺憾了。」

主公讓小姓扶著背起身，對這番景象瞠目結舌。他不知道「風陣之秘走」是什麼秘術，但簡而言之，就像劍術真傳一樣，是窮極此道的練達之士才能獲得的真傳吧！

「好，那麼我來指名。這不是主公的命令，而是以安中遠足師傅的身分所做的公平判斷，不許有任何不滿。此外，就像我常說的，遠足是以心克己之術，可不是能夠要求獎賞的卑賤之行，明白嗎？」

「噢！」家臣們齊聲回應。

主公感動極了，這一家上下的鍛鍊，果然不是病。武門之人專注於武道，鍛鍊身體雙腿，怎麼會是病呢？

「不論身分上下，我要在出師的人當中，從最近一次參加碓冰嶺及榛名山遠足儀式的前幾名中挑選。」

聽到這裡又有許多人垮下肩膀，大概是在最近的「遠足儀式」中成績不佳吧！

「風陣之秘走第一跑者，根本國藏。」

「是！」應聲響起，一名年輕武士滿臉歡喜地站起身來。

「第二跑者，石塚與八郎。」

一名全身上下沒有半點贅肉、精瘦無比的年輕人高舉著拳頭站了起來。

所有的武士都屏著大氣，每個人都在祈禱，最後一個叫到的會是自己的名字，或是親友能獲得這項殊榮。

「第三跑者，海保數馬，以上這三名等文件備齊，立刻出發。運用『風陣之秘走』，便可在三刻半內跑完到江戶的三十二里路。好了，準備！」

主公再次感到一陣強烈的暈眩，癱倒在床上。三刻半跑完三十二里，快馬根本望塵莫及。要是以這陣子公家採用的法蘭西式兵學的單位來換算，等於是用七個鐘頭跑完一百二十八公里。光想就令人頭昏眼花。

側用人膝行到枕畔說：

「主公，三刻半跑完三十二里，就算是飛天天狗也不可能辦到。請主公親口婉拒吧！否則不僅是主公，可能連主計頭都要蒙受幕閣的譴責。」

從卑賤的陪臣被提拔為側用人的伊東喜惣次因為嚐過辛勞，因此思慮極深。主公認為那是不拘泥武家體面或尊嚴的獨到見識，所以從不輕視這名側用人的意見。

因為途中生病而延遲抵達江戶是莫可奈何的事，但如果沒有書信報備，便會被視為參陣遲到，蒙受責罰。因為江戶參勤實為行軍，如果應到的士兵沒有在時間內出現，將會對全軍造成重大的影響，但只要事前報備，就能變更作戰策略。基於這樣的想法，嚴格禁止未經報備卻擅自延遲。

但如果因為害怕遭罪，而將急使的任務託付給別家，最後還是來不及趕到，會有什麼後果？不僅任何說詞都不會被接納，就連別家也得扛起部分的延遲之罪。

這麼一想，確實就像側用人說的。

「主計頭大人，請來一下……」

主公發著高燒，意識模糊不清，用手招了招主計頭龐大的背。

「什麼？」主計頭若無其事地在主公枕畔坐下，交抱起粗如圓木的手臂。

「左京大夫大人，你不必跟我客氣，我們可是刎頸之交啊！」

不管怎麼想，主公都不認為兩人是那種交情。對圓滑世故的主公來說，如果這樣就算「刎頸之交」，那麼三百諸侯跟他幾乎全是這種交情了。有幾顆頭都不夠砍，主公心想。

「難不成你在懷疑名震天下的安中遠足？」

「不……不是這樣……」

三刻半跑完三十二里，怎麼算都不可能，這股壓力讓主公瞬間失了神。

「振作啊，左京大夫大人！在下指名的三名跑者，都是敝家首屈一指的好手——不，是好腳，絕不會有任何閃失。與其操那種多餘的心，倒不如快點吩咐文案，寫好通知信函吧！」

主公把臉一倒，隔著主計頭厚實的膝蓋，望向庭院。安中的武士們已經退出庭院，被選為跑者的三名正在專心地做暖身運動。

每一個看起來都不是強壯的武士。三人體格瘦得像隻鶴，一下伸展一下縮起，高高抬腿，或忙碌踏步，就這麼不停地重複。

「安中遠足自有一套作法。首先，額頭上綁著厚厚的手巾，用來止汗。袖口以繩帶束起，褲裙的兩側高高紮進腰帶，腳則打赤腳。因為是武士出陣，所以佩刀，但不帶小刀。腰上綁著裝水的竹筒，懷裡揣一塊岩鹽。」

注意到主公正在解說，三名健兒並站在簷廊上，各自以雙手舉起水筒和鹽塊。這是出發前檢查用品的儀式嗎？

「在下冒昧，請教主計頭大人。」

坐在被褥腳邊的供頭望著跑者說。

「貴家傳的『風陣之秘走』是什麼模樣？就在下的想像，是三位接力傳遞信函，合力跑完三十二里，但既然是從同一個地點出發，便無法如此傳遞。」

確實如此，主公躺著點點頭。他懷疑主計頭會不會是一頭熱，其實根本沒有想清楚？

然而主計頭毫不遲疑，反而不悅地回答：

「不必擔心。這是真傳的秘走之術，所以無法向你們說明。唔，就讓我透露一點好了：三人一體。」

三人一體？主公綁著紫色頭巾、熱騰騰的腦袋裡，幻想著「三人一體」這神秘的形態。

譬如——三人鼓足勁道，抱在一起，化身飛天天狗。不可能。

又譬如——家傳其實是忍者自來也或孫悟空的那種幻術，三人一結手印，就會冒出大蝦蟆或觔斗雲，一躍飛至江戶？更不可能。

對了。一個人先跑，跑到心臟破裂，下一個人從他的屍體抽出信函，再跑到斃命，然後下一個在他死後——根本不可能。

主公懶得想了，夢囈似地擠出聲音說：「召文案過來。」

區隔上野、信濃兩國的山嶺寒冷徹骨，乙姬的心卻像春天般雀躍。

赤門宅子的玄關，擺著百姓旅人使用的輕竹轎，而在周圍伺候的，肯定也是從三百人的隊伍當中精挑細選、一看就是強壯魁梧的武士及轎伕。

「聽神社的神官說，蒔坂左京大夫大人的隊伍停留在松井田宿。」

鶴橋附耳細語。那疾行飛馳的隊伍，怎麼會在松井田停留到日上三竿？難道是乙姬的心願傳入熊野大神的耳中，神明以祂的神力攔下了他們？

「其實，剛才板倉主計頭大人的家臣才從安中奔馳而來，據說是為了在松井田宿突然發燒的左京大夫祈求病癒。說到熊野大神的靈驗，蒙受其恩的小姐是最清楚的。請上轎吧！既然心願已經上達天聽，就得盡人事才行。」

鶴橋脫下乙姬的打掛，以輕盈的紅呢絨毯罩覆她的身體。

「小姐，妳下定決心了嗎？接下來一切全看人事，要以趕赴戰場的意志上路。鶴橋和其他人隨後就到。」

乙姬坐上小轎，握緊吊環。

「鶴橋，到了松井田宿後，我該怎麼辦才好？」

只見老侍女嚴峻的表情變得更加嚴厲，在乙姬的耳畔低喃：

「女人的幸福，除了愛情，別無其他。不管是要遠遠地看，還是跑上去擁抱，都依照小姐的意思吧！不管別人說什麼，鶴橋都會一肩扛下所有責備。聽著，小姐，女人的幸福，唯有愛情。如果心中沒有愛情，生為女人就毫無意義了。」

這時，一群武士宛如疾風般奔過朱漆御門外。個個綁著白頭巾，領頭的高舉竹竿，上頭夾著護符，後方則是染有板倉家巴字家徽的旗印。

「那就是鼎鼎大名的安中遠足嗎？」

「是的。好了，小姐，就跟在他們身後前去吧！從現在開始，就如同令祖先前田利家公所參加的桶狹間之戰，乙姬小姐一生一次的戰爭就要開始。」

小巧的轎子輕盈地離開地面，緊接著宛如飛天般飛奔而出。

乙姬自出生以來，從來沒有嚐過「趕」的滋味，只能奮力咬緊牙關，抓緊吊環。

女人的幸福，唯有愛情。鶴橋再三叮囑的話在乙姬的腦中盤旋著。鶴橋一直到了被稱為侍女長的年紀，都未曾嫁人，一心一意地侍奉小姐，這是她毫無隱瞞的真心話嗎？

小姐聽說，參勤隊伍是行軍，因此抵達江戶有規定的期日。既然如此，蒔坂左京大夫也許會勉強動身出發。更別說安中的武士甚至遠道跑來，祈禱左京大夫痊癒。對於自己和武士們兩相衝突的願望，熊野大神究竟會眷顧哪一方？所謂盡人事，指的肯定就是這個。

圍繞著輕盈竹轎的一行人共三十名，見轎伕疲勞，便立刻換人，衝下曲折險峻的坡道。

俯視一看，安中遠足果然名不虛傳，人影早已經到了遙遠的山腳下。儘管佩服，但唯獨這次不能出聲讚賞，乙姬緊緊地抓住吊環。

她從來都不曉得，通往幸福的道路竟是如此艱辛可怕。

在松井田的宿場，通知遠足出發的鼓聲傳遍各處。

雖然正值嚴冬，天空卻萬里無雲，是個啟程上路的大好天氣。已經四刻[21]了。據說三刻半可以跑完三十二里，因此要在日落之前抵達蒔坂家的江戶官邸，這個時間出發即可。只要拜訪留守人員或老中官邸，遞上通知延遲抵達的信函就行了。

本陣前，除了主計頭率領的自安中趕到的五十名武士以外，還聚集了許多松井田當地對腳程有自信的人，熱鬧得就像一場祭典。三名跑者被各自的朋輩親友包圍著，按摩手腳。

聽說這些人要隨著跑者一同跑到安中城下。

佐久間勘十郎準備賭上主家的顏面，舉著片鎌十文字槍伴跑。這身光采奪目的衣裳相當礙事，但他對自己的腳程極有自信。

通告「預備」的鼓聲響起後，勘十郎內心興奮得無法自持。他原本就是那種只要吹捧幾下，就願意上刀山、下油鍋的個性，當然，他也具備能從刀山、油鍋安然歸來的實力。在同僚們「上啊」的鼓譟聲下，他開始萌生躍躍欲試的念頭，甚至考慮視情況一起跑到江戶，展現田名部武士的威嚴。

很快地，鼓聲隨著勘十郎的心跳愈來愈快，轉為暗示「就位」的連擊。

以三名跑者為中心，甚至加入農民百姓的群眾，在宣布「出發」的鐘聲中，捲起沙塵往前奔去。

真是壯觀。武士不帶小刀，只佩了單把大刀，但不知為何，就連農民都荷著鋤頭、商人也抱著算盤和帳簿奔跑。他們似乎有帶著引以為傲的物品奔跑的習慣。

不到一町，三名跑者便從群眾中脫穎而出。不愧是安中遠足術出師，腳程與一般人有著雲泥之差。

勘十郎拚命追趕。跑出宿場時，除了前方三人外別無人影，因此也算得上是「力戰」了。來到松井田宿與安中城下之間，在原市的杉木道這一帶，勘十郎還勉強跟上三人。根本國藏、石塚與八郎、海保數馬，這三人排成縱隊，身子緊貼著奔跑。從後方看去，完全是一個人。

勘十郎這才發現，所謂的「風陣之秘走」，莫非就是這麼回事？

來到杉木道途中，跑在前頭的根本國藏「喝！」地一聲，聽到那聲號令的石塚與海保屈身向前，在一瞬之間閃過兩人，貼上後尾。這時三人速度加快，勘十郎被甩了下來。

突然間，他明白了。「風陣之秘走」不僅是三名跑者化為一體奔跑，更是依次更換在前頭抵擋風阻的人，以維持高速，跑過遙遠路途的秘術。

已經追趕不上了。勘十郎目送著在杉木道上遠離的三人一體的鬼怪，終於不支力盡，改為走路。

一直以來，他深信刀槍弓馬之藝才是武術，自己的這種渺小，讓勘十郎忍不住羞愧落淚。如果沒有馳騁戰場，或是脫離險境的敏捷雙腿，武藝再怎麼精湛，依然無用武之處。勘十郎第

21 指朝四刻，即巳時，也就是現在的早上九點至十一點。

一次醒悟到，「遠足」才是武士的看家本領。

「拜託你們了！」

佐久間勘十郎對著已經聽不見聲音的跑者背影大喊，在杉木道上跪下雙膝，朝他們的方向跪拜。

呈稟書

今臣於参謁江戶道上

至上州安中領　發熱臥床

不克如期於十二月十四日馳赴

欲延遲一兩日抵達

謹具函稟報

事出突然　望請宥恕

文久辛酉十二月十二日

蒔坂左京大夫　花押

致老中諸位

前文情事經查無誤

板倉主計頭　花押

3

「各家親眷共兩百八十三人，爭先切腹，是時屋舍已然著火，烈焰衝天，黑煙覆頂。門前士兵見此情景，或切腹躍入烈火之中，或父子兄弟互刺，疊股枕臂，屍橫遍地……」

小姓誦讀《太平記》終於來到〈鎌倉大火〉的壯烈場面。

遭到新田義貞猛烈攻擊，幕府軍節節敗退，得宗高時與北條一門在菩提寺、東勝寺自殺，鎌倉幕府就此敗亡。

「血溢大地，漫漫如洪河……」

小姓的聲音愈來愈小，終於停住了。那雙眼睛在主公的病榻上倉皇遊移，最後停在坐在對面的一路胸口。

無論如何，在高燒病重的主公枕畔誦讀〈鎌倉大火〉，為免有欠思慮。

一路迷惘了。在本陣通宵朗讀戰記故事，是自古以來的規矩，雖然是個令人不解的慣例，但主公似乎相當樂在其中。然而剛巧不巧，竟然在這種夜裡讀到〈鎌倉大火〉。

主公的月代浮出大滴汗珠，不住地低聲呻吟。也許他本身也正在做著親臨東勝寺，有如煉獄般的噩夢吧！

「稟報主公。」

一路挪近膝蓋說道：

「這段內容有些不妥，今晚就先略過，請主公好好休養。」

然而主公卻憂愁地抬起眼皮，說了聲：「不許。」

「等主公痊癒，再繼續讀。」

「不許。」主公又說了一次，氣若游絲地訓誡著：

「武將夜不能眠，必須聆聽武勇的戰記故事，這句話不是你說的嗎？」

「是，確實。」

「在陣中得病，是身為武將的我不德，繼續讀。」

主公並非鬧彆扭，而是尊重這趟依循古禮的參勤。這麼一想，一路就覺得強迫主公遵守遠古祖先留下的《行軍錄》的自己，實在是窩囊極了。

這位大人真的就如傳聞所言，是個大傻瓜嗎？或者是個大智若愚的賢君？一路到現在仍然無法判斷。不過唯有一點他可以確定，就是主公是個如清水般無私的人。

主公三番兩次命令，一路無可奈何，只好點點頭，讓小姓繼續讀起《太平記》。

「血溢大地，漫漫如洪河，屍首並路，累累如郊原。屍首焚而不存，後訪其名實，喪命此處者，共八百七十餘人也……」

莫非是睡前的湯藥見效了？主公的呼吸稍微和緩。

得宗北條高時切腹身亡，屍山血海的另一頭，彷彿可以看見烽火連天的鎌倉街道。高掛源氏白旗的軍船勝利的吶喊傳了過來。由比濱頭的海面，在初夏中靜如止水。

「得宗大人真是了不起。」

主公微微張開乾燥的嘴唇喃喃說。一路豎起耳朵，聆聽主公究竟想說些什麼。

「鎌倉統領天下一百四十年，這段漫長的期間，得宗家延續了九代，應該早已忘記武家的本分。然而他卻能率領八百七十多名的家臣，果斷地切腹自殺，這種壯烈的犧牲，我實在是難以奢想。要是在參勤的路上病死，到了陰曹地府，我無顏面對得宗大人啊。」

一路忍不住頂嘴：

「主公，這種不吉利的話，就算是玩笑也不可以說出口。」

「不，不是玩笑。我的身體難受得要命，但聽著這個故事，漸漸地覺得絕不能死。我原以為通宵聽《平家物語》、《太平記》是個古怪的慣例，沒想到確實有它的功德。你的祖先定下來的規矩沒有錯。小野寺，辛苦你了。」

主公說完，很快地便發出睡著的安穩呼吸聲。

得到主公的讚賞了。一路在流過臥室的誦讀聲中深深垂下頭，按住收在懷裡的小冊本。

數刻之前的午後，距離上州松井田宿二十一里的中山道桶川宿，在光天白日下出了怪事。

桶川宿距離江戶板橋只有短短的八里餘，只要投宿此地，隔天就算前往大宮的冰川神社參拜，也能在日落前抵達江戶。因為路程之便，使得這個宿場熱鬧非凡。

桶川宿就像一把尺規，筆直地向前延伸。然而來到冬季日光和煦的午八刻，一場怪事發生了。

悠閒的宿場町裡，突然颳過一陣旋風。

只見乾透的中山道上掀起一陣塵土，緊接著商家門簾由北朝南一面面地掀起。這些門簾都以當地盛產的紅花染色，所以那景象之嬌艷，就宛如站成一排的藝妓同時掀開和服裙擺，露出底下的紅絹裏衣一般。

不，不只是門簾，路上行人的衣袖和衣擺也全被掀起，別說紅絹裏衣了，就連不想看見的濃毛小腿和屁股也都露出來見人。拐杖被吹掉的老人踉蹌跌倒，馬的鬃毛如火焰般豎立，不巧剛從梳頭店梳理妥當的客人髮髻也被當場糟蹋。

運氣特別差的，是趁著好天氣奮力修補茅草屋頂的工匠們，他們連同還沒綁妥固定的茅草，就這麼像雪崩似地滑落下來。

然而這一連串的悲劇，全發生在一瞬之間，因此人們一頭霧水，不曉得究竟出了什麼事，全都愣了好一會兒。真是光天白日下，怪事無奇不有。

「是迦葉山的天狗作怪嗎？」

茶店老闆娘喃喃道，手中的茶水和糯米糰子掉了一地。

「反正與我無關。」

旅人將莎草笠的笠簷壓得低低的，握緊條紋斗蓬的衣領，以渾厚的聲音回答。

「倒是老闆娘啊，可以盡快端茶來嗎？喉嚨都快乾了。」

遭旋風吹襲的人們，對這個若無其事地坐在條凳上的旅人心生敬畏。那削瘦的背影，散發出一股對生死不再執著的不尋常氣息。

「各位，剛才那不是天狗作祟，不必擔心。」

只有旅人識破了怪事的真相。他看出那是三名武士，頭纏白巾、高高撩起褲裙兩側，捲起塵土，以非人的速度飛快奔過了宿場。

換茶上來的老闆娘仔細打量旅人的樣貌說：

「客人，看您風采不凡，如果是哪個有名的賭坊大東家，還請原諒小的失禮呀！」

旅人斗笠底下的薄唇往旁邊一咧，笑了。真是個性格小生。

「我沒什麼可以示人的名號，就像妳看到的，只是個六親不認的無賴賭徒。」

人稱「暮蟬阿淺」，或是「暮蟬淺次郎」。

本人把這「暮蟬」的綽號，解釋為夏季傍晚鳴叫的茅蜩，自認符合自身的風流形象，十分滿意，然而事實並非如此。沒有賭博才能，卻生性好賭的淺次郎，總是身無分文。換句話說，這「暮蟬」的意思，是指他的荷包就像蟬的生命一樣短暫，朝生暮死。

昨晚他也在本庄宿的賭坊輸得一文不剩。之所以還能繼續旅行，是因為他向舊識的賭坊東家哭訴，對方才賞了他一套行裝和一點盤纏。淺次郎的中山道前往江戶的旅程，始終都是這副德行。

另一方面，說到「暮蟬阿淺」，他也是居合道劍術的高手，聲名在外。找他當打架時的幫手，可以以一抵百，因此碰到口袋空空的他前來求情時，賭坊的東家都會趁此機會，不是要他寫借據，而是簽下「無條件助陣誓約」，也就是幫忙當打手的起誓文，然後賞他盤纏。

而這些錢也會在下個宿場的賭坊輸得一乾二淨，只有人情債愈欠愈多。俗話說，有一長必有一短，淺次郎就是絕佳的例子。換句話說，他的背影散發出無以名狀的威嚴，是在每處宿場不斷地捺下血手印所累積的誓約重量。

「如果不是迦葉山的天狗，那到底是什麼？」

茶店老闆娘遠遠望著塵土遠去的方向，在淺次郎身旁坐下。

老闆娘的膝蓋蹭上他的襯褲膝蓋處，淺次郎的表情歪得更厲害了。他天生討厭女人和納豆。

「那是安中遠足，應該是去江戶通知急報吧！」

「咦，是這樣嗎？我怎麼看都是一陣旋風啊。」

淺次郎捏起斗笠的笠簷，仰望午後刺眼的太陽。

「看得見別人看不見的東西，是一種不幸啊。」

老闆娘的膝蓋用力蹭了過來，淺次郎忍不住把屁股往旁邊挪去。

「咦，這位客倌能通靈嗎？」

「不，沒那麼了不起。」

「那你怎麼看得見？」

淺次郎閉上修長如姑娘的睫毛，以臉迎著溫暖的日光。

「在償還種種江湖債的過程中，所有會動的東西，在我看來全像是靜止的。」

老闆娘喉嚨咕嚕作響，逼近上來。條凳已經坐到底了。

「如果客倌願意，進來給我丈夫上個香吧！」
「咦？這是為什麼？」
「請問客倌貴庚？」
「哦，老大不小，已經二十六歲了。」
「二十六哪裡叫老大不小呢？正值壯年啊。」
為何世事如此不盡人意？比起三餐更愛的賭博非旦沒有半點天分，討厭的女人卻從小姑娘到老太婆，個個都對他頻送秋波。
「抽支煙再走嘛！」
老闆娘把煙盆拖了過來，點了火送上來的煙管口沾滿了胭脂。
「抱歉，我不抽煙。」
「那進裡頭喝一杯如何？」
「不巧，我也不喝。不菸也不酒。」
老闆娘眼角的皺紋擠得更深，大膽地依偎上來。
「都從中山道走到這了，明天就算用爬的也到得了江戶不是嗎？喏，來給我丈夫上柱香，不會遭天譴吧？」
「老闆娘，有人在看。」
「是啊，你忍心讓女人家出醜嗎？」
直到這時淺次郎才發現，對面胭脂鋪的小學徒、路上的行人，個個對他們視若無睹。簡而言之，這是一家對旅人賣笑又賣身的暗娼店，而這女人是攬客的吧！居然裝成喪夫的茶店老闆娘，這手段還真是高明。

真是世風日下，淺次郎面不改色，在內心喟嘆著。延續了兩百多年的幕府政道正搖搖欲墜，世人都在傳，很快又要換天朝掌政了。各處領國飢饉連年，武士的薪俸以「征借[22]」的名目遲遲不肯支付，參勤隊伍也變得寒酸。這年春天，淺次郎甚至還看到有大名在殘破的寺廟內餐風宿露。

如此不景氣，旅人也把荷包看得更緊，茶店光靠正經生意已經無法維持了吧！

「客倌，你是哪裡人？」

老闆娘似乎看出無法從這名客人身上撈到好處，直起身子，仔細端詳淺次郎的側臉。

「彥根。」

不假思索地回答後，淺次郎才為這苦澀的謊言皺起了眉頭。其實他出生在比彥根城下更東邊的田名部。

「雖然在那裡出生，但無親無故。如妳所見，就是個貧窮的漂泊者。」

埋葬在胸口深處的記憶甦醒，淺次郎像撞鬼似地緊緊閉上眼睛。

他們一家在田名部陣屋大門前的官舍遭沒收，被放逐出境。奉公守法地擔任郡奉行[23]的父親不可能有任何過失，然而主家不僅將他革職，甚至沒收官舍，這樣的重罰，如果不是哪裡弄錯了，就是惡意帶來的災禍。

「我如果開口，將會導致主家動亂。」

前往彥根投靠遠親的途中，父親仰望寒冬中的月亮這麼說。那語氣太過悲傷，所以淺次郎再也沒有提起這件事。

傳聞田名部主公的身邊有個奸臣，見當代主公年幼，趁機私攬大權。

之後父親在彥根得了塊田，毅然拋棄武士身分開始務農，然而不到幾年，一場猖獗的瘟疫便奪走了父母的性命。

「哎喲，怎麼突然一臉凶惡，到底在想些什麼？」

茶店老闆娘拍打肩膀，淺次郎才回過神來。

「沒什麼，與別人無關的事。」

「客倌願意的話，說給我聽聽嘛！像客倌這樣的好男人，就算是無關的事，也想沾點關係啊。」

淺次郎說出當前的憂慮：

「其實昨晚，我給本庄宿的賭坊東家寫了助陣的誓約。」

「咦，真是豪邁。看來客倌的本領很受賞識喔！」

「前天晚上，我給再過去一點的高崎賭坊東家也寫了同樣的誓約。」

淺次郎從條紋斗蓬懷裡伸出貼滿膏藥的左手。因為每到一處宿場，就不斷地捺血手印，割得五根指頭全都是傷。

---

22 江戶時代，財政困難的藩主向家臣以借用的名義，減少薪俸的支出。

23 江戶時代各藩的地方行政官，負責管理農民、徵稅、訴訟的事宜。

「哇！客倌您也太重情義了吧！可是……」

「不必妳說，我也知道。地痞無賴間會起衝突，都是因為地盤之爭。要是本庄跟高崎兩邊的東家打了起來，我該加入哪一邊才好？」

茶店老闆娘臉上嬌媚的神色消失了。

「我說客倌啊，只有昨天和前天吧？」

「不，前前後後二十天，簡單點說，從彥根出發以後，一路上都是如此。」

老闆娘盯著淺次郎那張側臉好一會兒，才明顯地露出輕蔑的表情：

「還是別跟你有瓜葛好。」

老闆娘離開後，淺次郎覺得自己就像被拋棄的孩子一般，無依無靠。

母親留給他的，只有不似旅人的白皙皮膚，以及戲子般的容貌。而父親留給他的，則是迅雷不及掩耳的居合道本領，除此之外別無其他。

今年夏天，淺次郎被由江戶放逐，從傳馬町的牢裡釋放出來。他一面在東海道的每個宿場寫下誓約，回到睽違十年的彥根，因為他認為會連賭連輸，都是沒去替父母掃墓的緣故。

當年彥根的大當家收留了孑然一身的淺次郎，是他的大恩人。本以為長年音訊全無會遭到責罵，沒想到大當家寬宏大量，盛情款待，小夥子們也都尊稱他「淺大哥」。

只要不賭博，淺次郎儀表堂堂，威嚴十足。況且比起雇用虛有其表的無主武士當保鏢，淺次郎的身手更為可靠。

然而平靜的日子才過了幾個月，秋末時分，大當家向他提起一件不尋常的事。

「我說阿淺啊，你總不是個徹頭徹尾的流氓無賴。沒錯，真要說起來，你可是田名部七千五百石蒔坂左京大夫的家臣後代。其實呢，先前勘定役國分七左衛門大人私下來訪彥根，託付我一件至關重大的事。噯，你就做好覺悟聽我說吧……看來呢，主公的宗人蒔坂將監竟膽大包天，正策劃篡奪主家。當然，在領國有國分大人和其他家臣盯著，所以將監無法出手，但是在參勤的路上，狀況就不同了。更何況幾天以前，與國分大人交情甚篤的供頭似乎也被滅口，將監的陰謀已經無庸置疑。所以國分大人找我商量，能否在路途前後，派個保鏢以防萬一？我想既然如此，與其派些蝦兵蟹將，有個再適合也不過的幫手。吶，阿淺，這可不是道義的問題。現在我才能告訴你，田名部的蒔坂將監，對你來說形同殺父仇人。這份差事，你可不會推託吧？」

淺次郎嘆了口白色的氣，仰望無情的太陽。

旋風通過後，桶川宿恢復了原有的平靜。外頭風和日麗，為何只有我的心狂風大作？淺次郎對自己的命運感到絕望。

父親臨終之際的聲音響起——

「絕不能與田名部再有半點牽扯。切記，置身事外，才是你唯一能盡的忠義。」

淺次郎在斗蓬裡懷抱著彼此衝突的兩樣情，一路走過這中山道。然而自己已經遭到流放，無法越過戶田渡口。悠閒的中山道，是一條去不得、也回不來的死路。

「反正與我無關。」

暮蟬淺次郎告誡自己似地自言自語，從茶店的條凳上站起身來。

捏起斗笠的笠簷，回望街道盡頭。抵達江戶的日子應該迫在眉睫，卻不見舊主的隊伍蹤影。

「加賀宰相胞妹，乙姬小姐路經此地！」

赫赫有名的百萬石，無所不能，只要揮舞梅鉢旗印這麼一喊，連碓冰的關所都能逕行通過。侍奉信長、秀吉、家康天下三代，卻能明哲保身，至今仍維持百萬石餘的領地及從三位上宰相的身分，可說全賴家祖前田利家公的人德。世上沒有前田家發誓要做卻不成就的事。

關所官吏們倉皇地跑了出來，紛紛跪下相送。不知為何，轎子是越嶺的輕竹轎，而小姐也只包裹著呢絨毛氈，只留下一句「辛苦了」，就這麼經過了。

「這陣子怪事還真多。」

隊伍揚長而去後，關所官吏們都納悶地歪起腦袋。

幾天前，關所接到一名被逐出江戶的「無宿人[24]」循小路通過的消息，進行了搜山，並調查宿場。

而就在昨天，臭名昭彰的大傻瓜蒔坂左京大夫，帶著一支荒唐的隊伍經過。而且轎中的主公嚴重高燒，奄奄一息。

接著今天一早，安中的遠足武士們臉色大變地衝向山嶺，才一眨眼的工夫就拜領了「康復祈願病魔退散」的護符下山。就在眾人納悶之際，這下則是加賀小姐的快轎通過。

江戶、朝廷的異事，或街道上諸國的動亂，關所官吏都會第一個獲知消息，然而這回卻沒有收到任何通知。

「也不是強行闖關，不過是一兩個走小路通過的人罷了，不必斤斤計較吧！」

「熊野大神靈驗無比，只要護符送到，左京大夫大人的病也會立刻痊癒吧！」

「但加賀小姐的快轎又是怎麼回事？難不成是江戶官邸的親人重病？」

「不不不，不可凡事都往壞處想。我看看，會不會是突然要與御三家、御三卿的公子成親，所以必須盡快趕回江戶？」

「哦，原來如此。太值得慶賀了！」

「真是可喜可賀！太好了，太好了。」

就這樣，被兩百多年的太平盛世所馴養的官吏們，將怪事當成喜事，悠哉談論著。這時，又冒出一群古怪的人來。

「加賀宰相胞妹乙姬小姐貼身女侍鶴橋路過，失禮了！」

從輕竹轎探出身子這麼喊叫的，是一名身穿白衣，紮起衣袖，額頭甚至綁著帶子，威嚴懾人的老婦人。不停地以裂帛般的氣魄吆喝。那與其說是老女侍鶴橋，更像是正在擊碎岩石的十字鎬。

然而再怎麼樣，也不能讓區區一介貼身女侍就這麼擅自經過關所。官吏高舉雙手，擋下快轎。

「且慢，給我站住！女侍身穿白衣，束起衣袖，這模樣太不尋常了。如果要前去復仇殺敵，

24 指被從江戶的戶籍帳「宗門人別改帳」中除名的人，通常是受到當時的連坐制度，而被判流放的罪人親族。

請出示官方許可。」

官吏心想總不可能真是去尋仇，但還是這麼問。當然，報仇這檔子事，他們只在戲裡頭看過，但老女侍的打扮完全就是那麼回事。而且老女侍那堅毅細長的臉上充滿了「在這遇到我，是你氣數已盡」的氣魄，就彷彿歷經無數風霜，總算揪出了仇敵的所在。

快轎停在關所沙石地上，一身尋仇白衣的老女侍下了轎。

身材清瘦，身量卻比男人還高，炯炯目光震懾了官員們。

「哦，報仇？」

老女侍以低沉的聲音說。遠遠圍觀的武士紛紛往後退。

「如果是報仇，必須出示官方許可是嗎？」

「是的。」

官吏回答的聲音都沙啞了。

「如果我說沒有呢？」

「我們不能讓妳通過。妳在此等候主子的隊伍到來吧！」

「要是因此而讓仇敵逃之夭夭，那可怎麼辦？」

「總之不能讓妳過去。如果沒有官府的許可狀，就不是合法的報仇。」

「那麼就算必須動刀，我也非過不可。」

鶴橋反手握住貼身短劍的刀柄，緩緩推出刀子。刀身上黃金打造的卡榫反射出光線，照得官吏們幾乎眼花。

「等等、先等等。妳的話讓人一頭霧水。簡而言之就是，加賀百萬石的小姐去尋仇，而貼身女侍為她助陣，是這麼回事嗎？哇，說出口來，更教人莫名其妙了。」

即使對方作勢動刀，也不能拔刀相應。官吏們只能手握刀柄，七嘴八舌地出聲安撫。

「噯、噯，妳先冷靜下來。報仇什麼的，應該是在下誤會了吧！請告訴我們為什麼小姐和妳要這麼趕路？」

老女侍依舊殺氣騰騰。鶴橋睥睨團團包圍的官吏們，眼神宛如停在松枝的上大鷲鳥，開口說道：

「正是報仇沒錯。我找尋不共戴天的仇敵已經五十多年，如今終於有了實現心願的機會。如果你們也是重義的武士，就話不多說，讓我過去吧！」

「如果不答應呢？」

「無論是與你們殊死一搏或是自殺了結，我都已經有所覺悟。」

這話愈聽愈讓人莫名其妙，但萬一把事情鬧大，對方可是加賀百萬石。

官吏還在猶豫，恰好一行隊伍下山來了。

「抱歉，冒昧擋駕了，我們會私下祈禱妳順利達成心願。過去吧！」

老女侍將短劍收入刀鞘，誠懇地彎下綁著白布的髮髻行禮。

「再快點，必須在松井田宿前追上小姐的轎子。」

鶴橋喝令，轎伕隨即換手，速度更快了。來到道路平坦處後，甚至加上了兩條拉繩。

中山道上的枯田左右搖曳，說到靜止不動的景色，就只有南方遠處的妙義山。

鶴橋在轎中搖晃著，按住一身白衣的胸口。

報仇？確實，這身喪服看起來就像如此。

但鶴橋覺得那全非誤會。她確實是去報仇的。這是對於將女人終身封印在百萬石的閨閣深處、無處伸張的恨意。

這不是鶴橋想要的人生。大多數的同僚都在學到禮儀、在武家閨閣鍍金之後便辭職嫁人了，或是有些姑娘天生幸運、長相可人，成為主公的側室。

可是無論什麼時代，都必須有犧牲自身幸福，甘心終老閨閣的婦人。等到年老無用之後，便只能出家為尼，侍奉佛祖。

確實，她領受了不少俸祿，也得到相應的權力。但每當想到身為女人的幸福，那一切實在輕如鴻毛，完全無法相提並論。

得知乙姬愛上萍水相逢的年輕武士時，鶴橋感動地落淚，認為自己一手呵護帶大的小姐，代替自己得到了身為女人的幸福。

雖然到底是不可能修成正果的戀情，但幸福不在於能不能開花結果。愛情本身，就是女人的幸福。

距離那真正的幸福，小姐還差一步。但即便無法觸碰心上人的手、將心意傳達給他，哪怕只能再靠近一步，為了那一步，鶴橋甘願犧牲性命，在所不惜。

這就是鶴橋的復仇。

很快地，快轎進入松井田的宿場，甩下驚慌的眾人，朝本陣金井家直奔而去。

「停轎。」鶴橋命令。

冬季晴朗的青空刷過一道雲彩，在那片碧藍的包圍下，聳立著本陣宏偉的門長屋。

乙姬就像個人偶般，身披緋紅呢絨毯，站在竹轎前。在巨大屋頂投下的陰影中，那名年輕武士茫然地站立著。

小姐。女人的幸福，不在戀情是否能開花結果。再靠近一點，撲進他的懷裡啊。

鶴橋暗自祈求著，拚命地試著回想在遙遠的過去，她曾經愛過的、那唯一的心上人的長相和名字。

4

這晚，一路做了可怕的夢。

城門前的屋舍被紅蓮烈焰包圍。田名部的陣下急鐘陣陣，人們拚命救火，火勢卻不見控制。不巧這天吹著西風，危機跨越護城河，就要逼近陣屋。值班的武士站在大屋頂上，揮舞掃帚打下火星，或是汲起護城河裡的水傳遞，潑在灰泥牆上。

「父親大人！父親大人！」

一路奔跑著，腳卻陷在深深的泥濘裡，遲遲無法前進。

歷代祖先居住的家屋燒了起來。是生長在江戶官邸的自己初次造訪的故鄉家屋。

「少爺，不可以過去！」

下人與平緊緊抱住一路的腳說：

「要是連你也有個什麼萬一，小野寺家就完了！」

叔父也從背後架住他。一路甩開眾人的手，跳進火海中。

穿過漆黑的煙霧跑了一陣，眼前就是玄關，那裡寂靜得就像能劇的舞台。父親端坐在那裡，彷彿正在迎接來客。

「一路，你回來了。」

父親神情落寞地說。一路雙手伏在式台上，向父親賠罪：

「不，父親大人。這是夢。我接到父親大人的訃報，匆匆趕回來。我親眼看見屋子燒得只剩下一片焦土。我依賴父母的慈愛，長年住在江戶官邸，未從向父親大人學習任何關於職務的事，結果落得這個下場。」

父親挺直穿著黑色外衣的背，點了點頭。

「陣下失火是重罪，更別說是城門前的官舍，火星都飛到陣屋去了。」

「這不是失火，肯定是惡徒灌醉父親大人之後縱的火。」

「即便如此，這還是大罪一樁。原本應該負起責任，沒收俸祿，逐出領地，全賴國分七左衛門大人的保全。他懇求主公，說彌九郎的嫡子一路肯定能順利辦好這次的參勤，期望主公寬恕。」

「那樣的承諾太胡來了！我現在雖然身在上野松井田宿，但距離江戶還是前途遙遙。」

「不是只剩三十二里路嗎？」

「不。在這之前，隊伍已經再三勉強。奸臣們虎視眈眈，尋找機會下手。而身為供頭的我也疲憊不堪，連主公都因為太過勉強而病倒。事已至此，我已經無力對抗傾覆主家的奸計了。」

「你說你精疲力盡了？」

「是的，父親大人。」

一路再次告訴自己這只是夢，然後垂下頭來，雙手一搗，放聲大哭。

「混帳東西！」

父親瞇著眼睛環顧圍繞屋子的火焰，安靜地斥責道。

「男子漢大丈夫，只有一個時候能哭。」

「是父母親過世的時候對吧？父親大人過世了，所以孩兒才哭。」

只見父親動也不動，對著一路搖了搖頭。

「不，不是。我不記得我是這樣教你的。父母過世時哭泣，那是農民百姓做的事；身為武士，就算父母過世也不能流淚。」

「那麼，武士無論碰上任何事都不能哭嗎？」

父親注視著一路，那雙眼睛倒映著火光，燁燁閃耀。

「不。一路，你聽著，身為武士，能夠掉下眼淚的場面只有一個，那就是戰敗切腹時。敗戰是至痛之事，再怎麼流淚都不為過。而你現在卻為了勝負未定的戰爭，承受不了辛苦而哭泣。

身為武士，你不覺得羞恥嗎？」

父親是個寡言的人，一路從不記得被父親當面教訓過，但每當他犯了過錯，父親就會拎起竹刀，帶著他去練武，直到累得連站也站不起身。

「你似乎想起來了。為父向來希望不以言說，而是以身教來教導你。武士只有戰敗時才能流淚。世上沒有悲極而泣，或喜極而泣的事，身為武士，只能悔極而泣。」

確實，父親會一直揮舞竹刀，訓練到兒子哭出來為止。而不甘心地流淚之後，一路才醒悟到自己做錯了。耳朵聽到的教訓或許會忘記，但疼痛與屈辱帶來的真理，卻會烙印在肉體上。

「聽好了，一路。國分大人對我無所不知，他相信我一手帶大的兒子絕不會錯，所以才讓他的掌上明珠與你共結連理。這次的旅程，國分大人也相信只要由你指揮，絕對不會讓奸人有機可趁。因此這是一場不能輸的戰爭，也不是落敗切腹就可以了事的。」

兩人在凶猛的火焰圍繞下面對面。端坐在式台的父親，與跪坐在一旁的一路，不約而同地仰望故鄉的夜空。天上的星星超越火焰與黑煙，兀自閃耀。

「看，一路！星星看似只有一顆，卻不只一顆。只要凝目細看，就可以發現那團光輝，是由無數的星星凝聚而成。正義，就是星星。無論夜空的黑暗再廣，正義也絕不孤單。正義所在之處，必有群星綻放光輝。醒來吧，一路！站起來，跨出腳步。剩下的中山道，是千萬里路或短短的三十二里路，全看你的決心。」

一路醒了。

在漆黑的深處，一道爭吵的聲音傳了過來。

一路穿著行裝打盹的小廳房，與本陣的廚房只有一面門板之隔。

「啊，妳的話我實在不懂。什麼？加賀百萬石的小姐吵著要看星星，所以要借用敝家的供頭隨身保護？本領高強的家臣，貴府肯定多得是，怎麼會提出這種要求？」

從門板隙縫間望去，吊燈的微光下，是佐久間勘十郎龐大的背影。在進屋處的地爐邊與他對坐的，是一名確實具備百萬石武家女侍威嚴的老婦人。

「真是個不解風情的粗人。如果你也是個男人，就別讓女人說白了才明白。」

「這位女侍，恕我反駁，在下是一介武人，所以腦袋愚鈍。如果不直接挑明了說，在下實在茫然不解。」

「總之，我想直接跟供頭說話。跟你這個傻子再多說什麼，也只是對牛彈琴。」

聽到這傲慢的言詞，勘十郎也不動氣，扶住了後頸。

「這未免太過強人所難。小野寺正在照顧臥病的主公。要供頭丟下臥病的主公，跑去保護別家的小姐，這任誰來看，都不合道理啊。」

勘十郎說著，臉略朝旁邊轉去，一手繞到屁股後頭揮了揮。

是察覺一路醒來的動靜吧！那手勢像是在說：「交給我辦。」

勘十郎向來被當作愣頭愣腦的武人，但事實上似乎不然。他會不會是抱持著身為武人，就該裝瘋賣傻，與世事少有瓜葛的心態？一路覺得就算勘十郎沒有機靈到那種地步，肯定也是一直以這樣的態度，來避開家中的種種糾紛。

「如果你覺得任誰來看都不合道理，就動動你的腦袋好嗎？聽好了，乙姬小姐說她想跟府上的供頭一同欣賞冬季的夜空。都說成這樣了，你還不懂嗎？木頭人！」

「啊，不懂吶！如果需要一個風雅的陪客，在下也行吧？在下的武藝也不差，作為保鏢，恰如其分。」

「你不行。」

一路在漆黑的小廳房中抱著膝蓋，背靠在粗柱上。主家存亡之際，怎麼會冒出這麼一樁麻煩事？

在淺間山山腳下，他從秀麗的小姐手中獲賜一支髮飾。一路不明白自己為何受到賞賜，一心只想著趕路。然而不知為何，小姐竟雇了快轎，追趕上來。

就在一路正要離開松井田宿本陣的門長屋時，快轎抵達，小姐竟投入他的懷中。

他不明白究竟發生了什麼事，然而懷裡像小鳥般不停顫抖的小姐令人憐惜，他靜靜地抱著小姐片刻。

「如果大人無論如何都不肯答應，我也有我的想法。」

老女侍更加盛氣凌人地說。

「哦？願聞其詳。」

勘十郎也毫不退讓。

「聽好了，敝家聽聞蒔坂左京大夫大人急病，故而讓出本陣，屈就副本陣。三百多名的隨行人員大多住在附近的寺院或農家，家奴則得在這寒天中露宿戶外。加賀百萬石竟屈居於區區七千五百石的旗本之下，這是絕不能有的事。如果連這點小事都不願答應，那就請貴府立刻讓出本陣。」

一路驚愕地抬頭。老女侍說的有理，在參勤的路途上，如果因為某些差錯造成本陣衝突，地位較低的一家當然非退讓不可。更別說百萬石的領國大名與七千五百石的交代寄合，地位懸殊，根本無法相較。

然而勘十郎卻不受威脅：

「啊，女侍，妳的話我也不是不明白，但這種做法未免過於粗暴。敝家原本就預定留宿松井田，因此我家主公才拖著病體，勉強趕路來到這裡。而貴府臨時來到這不曾預定留宿的松井田，還以此為由要我們讓出本陣，這再怎麼說也太不講理了。」

果然不是個傻瓜，勘十郎說的也有道理。

勘十郎膝蓋往前挪去，就像要責備沉默的老女侍似地說：

「百萬石與七千五百石確實是雲泥之差，但百萬石的小姐，與七千五百石的主公，又是兩回事了。恕我冒昧，如果所有眷屬都憑恃大名的權威，為所欲為，每處宿場都為了爭奪本陣而鬧得雞飛狗跳——不，不只是參勤路上，就連最根本的天下政道都無法確立了。我這麼說難道不對嗎，女侍？」

老女侍無可反駁，只是注視著勘十郎的胸口。隔開兩人的地爐餘燼悶燒著，將煙霧送上忠心耿耿的武家女侍臉上。

「一介武人，還真敢說！」

老女侍抬起打掛的衣袖擦拭眼睛，不是被煙燻疼了眼睛，而是無法盡忠盡義的憾恨讓她流下了淚水。一路再也忍不住，打開木門。

「在下道上供頭小野寺一路，這就陪伴小姐出遊。讓出本陣一事，還請擔待。」

只見勘十郎咂舌抱頭，而老女侍露出了歡欣的笑容。

滿天星辰好像要灑下來似的。

像這樣一同坐在河邊的枯草地，就彷彿乘坐小舟在銀河中漂蕩。

如果是牛郎與織女，一年至少還能相會一次，然而在下與乙姬小姐，此生再無緣相會。

不過這又是另一番風雅。人與人的邂逅，每一次都無比地短暫寶貴，也因此能在不斷更迭的歲月中，愈見光輝。

任性？不不不，這是什麼話？姑娘家就是要任性點才惹人憐愛，而能聽從姑娘家的任性，是男人的幸福。因此能夠滿足小姐這樣的任性，在下真是全天下最幸福的男人了。

小姐此次參府，應是為了出嫁。說到匹配得上加賀宰相胞妹的對象，不是天子近親，就是御三家、御三卿的公子，再往下便不可能匹配得上。

小姐知道在下的身分嗎？是旗本的陪臣，俸祿八十俵的供頭。從百萬石的身分來看，這樣的俸祿形同草芥，但是在主公家中，仍然算得上是個上級武士。

也就是說，小姐是天上的明星，而在下是地上的雜草。而這明星與雜草，就算只有片刻，卻能夠像這樣肩並肩，自比牛郎織女，世上再也沒有比這更幸運、更風雅的事了。

小姐將把這一夜的回憶藏在心底，嫁給某處的貴公子；而在下要順利走完路程，與故鄉的未婚妻結為連理，再無其他未來。

坦白說，在下原本為了小姐的任性而感到氣憤。我心想，小姐要思慕誰是小姐的自由，但在下處境艱難，根本無暇顧及其他事，然而小姐卻毫不顧念下人的辛勞，只會任性要求。

不過，把那股怒意按捺下來，仰望著這片星空，在下萌生了不同的想法。我在內心發誓：好，無論如何都要順利走完剩下的路途，迎娶未婚妻。

請小姐原諒在下這麼說。原本在下對這段旅程感到精疲力竭，絕望極了，是小姐從那絕望的灰燼之中，又撩起了希望的火種。

這樣就好？

感謝小姐，小姐這句話更讓在下振奮。

剛才我在本陣的小廳房打盹時，亡父入夢了。

在下的亡父說，星星看起來只有一顆，其實不然。

靜靜地望著夜空，我開始明白確實是如此。只要凝目細看，便可明白看似閃閃發光的一顆星星，其實是無數的群星所組成。而這些星星彼此吸引，形成星座，坐鎮在不動如山的夜空裡。所謂正義，就是天地的至理。

啊，有流星！

原來如此。所謂的惡意，就宛如意圖玷污宇宙正義的流星一般，何足為懼？

在下一直以為只有自己獨自承擔著供頭的重責，但事實不是如此。只要在下是正義的，那無數的星星就會支持我的一舉一動。我明白了是所有人同心協力，才創造出天地的真理。

如果小姐不堅持您的任性，在下或許就不能領悟這個真理，而將短短三十二里路當成千萬里遙遠路途，拋下職責也說不定。

小姐想必也是支持著在下的一顆巨大明星吧！

小姐，您會冷嗎？

恕在下無禮，讓我摟住您穿著打掛的肩膀。

雖然身分低微，但在下身為武士，無法坐視姑娘家冷得顫抖的模樣。

請小姐在我的懷裡作夢片刻吧！

對於小姐不經意間為我帶來的上天庇佑，我無以回報。

請小姐也相信自己的命運才是正義，踏上往後的路途吧！

人不分貧富貴賤，全是行走在艱難路途上的旅人。因為我們人人平等，全是扛著命運這個重擔的旅人……

「是蔥啊……？」

聽到有人送來當地特產的解熱特效藥，辻井良軒跑進廚房一看，在進房處堆得像座小山的竟然是蔥。

他也有身為蘭醫的自尊。不，在夙負盛名的大坂適塾學醫的辻井良軒，雖然有些偏執，卻是個自命不凡的人。當南蠻傳來的秘藥遲遲不見效，他的自負也開始動搖時，有人送來了當地的特效藥。

「是蔥啊……？」

他再次發出無力的聲音。

「可是醫師大人，世上沒有下仁田的蔥退不了的燒。小的聽說有主公大人在松井田宿場進退兩難，所以趁著天還沒亮，就到田裡去摘蔥，趕緊揹了送來。」

要是有官員或村長陪同也就罷了，但這個農民卻直接從田裡就這麼跑來。良軒懷疑難不成是為了討賞而信口開河，但跪在泥土地上的農民，模樣卻顯得堂堂正正。

「小的今年七十七歲也夠長壽了，多虧這個蔥，從來沒得過風寒。不，只要稍微有點風寒的症狀……聽好囉！首先呢，蔥白沾上生味噌直接生吃，而青色的部分呢，則像這樣裡外對翻過來，把濕黏的部分貼在額上。唔，模樣是不怎麼好看，不過一會兒就退燒了。」

那蔥跟一般的蔥相比，形狀怪異，既粗又壯，蔥身也短。良軒蹲下身檢查，老農民留下一句「然後病就會好了」，就這麼離開了。

甚至沒有報上名字就離去，表示他對自己的善意極有自信吧！但蘭醫都下了那麼多藥，哪有這時再採用偏方，拿蔥治病的道理？良軒苦惱起來。

天色已經大亮，廚房旁的小廳房卻傳來如雷的鼾聲。打開木門一看，供頭小野寺一路和值宿的佐久間勘十郎在同一床被子裡抱成一團，呼呼大睡。

不曉得到底作了什麼夢，濃毛密布的小腿纏繞在一塊，教人看了噁心。

「怎麼了，良軒？你終於束手無策，要拿烤蔥來處方了是嗎？」

回頭一看，蒔坂將監似乎正從井邊回來，擦著那張惡毒的臉對著他笑。

「不是烤蔥。蔥白的部分，沾上生味噌食用；蔥青的部分則翻過來當膏藥。」

「哈哈哈，適塾都是這樣教你的嗎？」

將監走上木板地，從良軒手中一把搶過蔥，張開大口咬了下去。

「確實，這蔥又甜又美味，拿來切末煮鮪魚肯定是一絕。不過就算拿來貼在大傻瓜的頭上，也不可能退得了燒啦！」

然後他啃下第二口，招手要良軒附耳過去，笑道：「俗話說，傻瓜不會得風寒，看來這話是錯了吶！」

「將監大人，請注意您的措詞。」

「喲，你竟然有臉說這種話！」

將監瞥了小廳房一眼，把良軒拉往廚房角落。

「事到如今就算反悔，也不能消抵你的罪過。下藥迷昏供頭、毒死輔佐的，不是別人，就是你。好啦，別管什麼藥啊蔥的，直接讓那個大傻瓜吃點更美味的東西吧！大傻瓜現在高燒昏迷，就算心臟就這麼停止，也不會有人起疑。」

良軒壓低聲音抗辯：

「我不是反悔。是將監大人和國家老由比大人假稱為了主家，矇騙了在下，而在下在這趟旅途中發現了明確的真相。有罪，在下甘願受罰，但我不能一錯再錯。」

「在受罰之前，你會先沒命。」

「總比罪加一等來得好。」

良軒推開將監的胸膛，走近農民送來的蔥山。

正因為是差點奪去的生命，才更必須挽救。即使得拿自己的性命做為代價，他也在所不惜。然而南蠻傳來的秘藥卻不見效，主公的性命有如風中之燭。良軒懷著在河裡抓住浮木的心情，抱起那堆蔥。

主公正做著舒適的美夢。

夢裡他正哼著曲子，走在春風吹拂的花園裡。風和日麗，平日連歌者都要甘拜下風的清元小調歌聲也格外清朗悠揚，彷彿要直入雲霄。

馬上就要越過奈何橋了吧！主公認為肯定是如此，但因為太愉悅了，他完全興不起折返的念頭，而且他對這世上也沒有太多留戀。

是不是傻瓜呆子姑且不論，但我可真是悠哉啊，主公心想。

「裙擺飛揚身形搖，小姐吉三巧攀梯，水冰滑溜步蹣跚，雁聲陣陣心驚惶，追兵前後相交攻……」

說到主公最喜愛的戲劇演目，是《三人吉三廓初買[25]》，特別是第五幕的壓軸場面，常常令他興奮得忘了身分，在台下連聲叫好。

25 歌舞伎戲碼，描述三個名叫吉三的盜賊的奇緣悲劇。

「正當招架不及，後方少爺吉三來助陣，快快登梯上望樓，執起那鼓捶一敲……

噢，這歌聲美妙得簡直不是自己的聲音。主公整個人開心極了，唱得更加賣力動聽。

就在此時，成片花園忽然消失無蹤，他來到烏雲低垂的河岸邊。

吹來的風帶著濕氣，另一頭雷電交加。主公知道，這便是分隔陰間與陽間的奈何橋頭——賽之河原。

鼓聲轟隆作響。那可不是小姐吉三在望樓上揮擊的大鼓聲，而是震動古老戰場的戰鼓聲。

一群騎馬武士自對岸橫渡而來。濛濛霧靄之中，紅色鎧甲與飛揚的旗幟逐漸變得清晰。

「呀，來者何人？」

主公害怕了。武將們身上揹的旗幟，是蒔坂家的割菱。騎馬往兩邊散開，停留在淺灘上。

主公以為祖先從另一個世界來迎接他了，跑過河岸直奔而去。

「不可！」

雷鳴般的一聲巨響，讓主公嚇得腿軟。

「站住，左京大夫！此為武田信玄公駕臨。信玄公聽聞，因稱賞其武功而下賜割菱家徽的蒔坂家後裔，竟敢不待天命，擅自離世，故親自出馬。還不跪下！」

主公立刻解下腰間佩刀，趴倒在石頭上跪拜。就算只是一場夢，未免也太令人惶恐了。主公把額頭用力按在河岸上，心想就算在天子御前，自己也不可能如此敬畏。

馬蹄聲近了。馬轡在頭上作響，主公也不敢抬頭。他覺得就算是東照神君顯靈，也許還不至於這麼令人驚恐。畢竟說到信玄公，那可是連東照神君家康公都敬畏萬分的武將。

「小的不勝惶恐。」

主公雙手伏地，勉強擠出這幾個字。馬上傳來低沉的聲音：

「辛苦了，左京大夫。」

「是！大人體恤，左京大夫感激涕零。」

主公實在忍不住，抬頭窺視馬上一眼。是心理作用嗎？總覺得馬上的武者像極了自己特別青睞的歌舞伎優伶當代成田屋。主公按捺著想將他從舞台上拖下來的興奮，更加恭敬跪伏。

「你死期未到，回去人世吧！」

「是！但是在下在旅途中病倒，高燒不退。身為武將，如此死法雖然遺憾，但也是天命。」

話一說完，主公才驚覺不妙，記得信玄公也是在上京途中病死的。

只見馬上的信玄公羞愧似地乾咳了一陣說：

「唔，這無關緊要。如果高燒不退，我這就賜你軍中秘藥吧！」

「是！小的感激不盡。」

一樣東西「咚」地一聲落在主公面前。

「怎麼會有蔥？」

那是以草繩束在一起、肥碩粗大的蔥。

「下仁田的蔥有解熱之卓效。蔥白佐白味噌食用，蔥青翻開貼在額上。如有多餘，可煮鮪魚進食，人間一大美味。」

主公把蔥抱進懷裡，抬頭一看，信玄公與騎馬武者都消失無蹤了。

「是蔥啊……？」

主公自言自語地喃喃道。

「諸位，快快集合！主公康復了！」

小姓在走廊四處奔跑呼喚，把一路驚醒了。

先不管自己怎麼會跟佐久間勘十郎抱在一起睡覺，如果這不是夢，就太令人欣喜了。兩人同時跳身起來，以發自內心的笑容對看一眼，然後匆匆穿上褲裙，趕往主公寢室。兩人在走廊與一臉憤恨的將監擦身而過，但他們並未讓道，也沒有出聲問安。

主公完全康復了。如果託付安中遠足的書信平安送達老中手裡，那麼便能如同書面所述，在「延遲一兩日」後抵達吧！主家可保安泰了。

主公！主公！一路與勘十郎嚷著跑進寢室。

主公正坐在寢具上，啃著沾了生味噌的蔥。月代上貼著綠色的蔥青，不僅如此，又不是端午佳節，卻用紫色頭巾將一大串蔥綁在頭上，那模樣說有多古怪就有多古怪，然而主公的臉色確實好轉許多。

「主公覺得怎麼樣？」

一路湊近床畔，好不容易才開口問道。

「好極了。良軒不愧是名醫，一得知南蠻傳來的妙藥無效，立刻處方了當地的蔥。確實如此，當地的病，就要用當地的藥，這不是很合理嗎？」

辻井良軒趴跪在房間角落。身為醫師，這肯定是大功一件，然而不知為何，他的神色看起來有些悲傷。

「請主公切勿勉強。」

良軒低著頭說。

「好，出發了。備馬！」

家臣們大吃一驚，作勢起身。

「雖然很想這麼說，不過還是坐轎吧！」

真是個棘手的主公。家臣都鬆了口氣，跪了回去。

「小野寺，離江戶還有多遠？」

「是！只剩下短短的三十二里路。」

十四代蒔坂左京大夫站起身來。雖然步履還有些蹣跚，需要小姓們扶著腰，但從紙門照進來的日光，那模樣就像體內寄宿了歷經戰國時代的祖先靈魂般，神采駿發。

參勤旅程，正是參謁江戶的行軍。

5

十二月十三日清晨，田名部陣下完全埋沒在昨天以來的大雪中。

辰時的鼓聲響遍四周，也無人前往城門。幾乎所有家臣都隨著參勤隊伍離開了，留在陣下的，只有負責留守的武士，以及承受不住長途旅行的老臣。

國分七左衛門把傘打斜，仰望灰黑的天空。細雪絲毫不見止息。

「大人早。雪下成這樣，路途一定也艱辛難行吧！」

突然出聲搭訕的，是一名相貌不善的百姓。那人穿著鋪棉短外套，脖子上圍著呢絨圍巾取暖，臉上有條緊繃的舊疤。

「大膽狂徒！」侍從臉色大變，七左衛門出聲制止，向來人致歉。

「不要緊，請別介意。這麼小的一處陣下，也沒有上下可言。」

七左衛門之所以這麼說，是因為那陌生男子的舉止有種非比尋常的威嚴，即使被侍從怒吼，眉毛也不抬一下。

「啊，失敬了。小的是這橋對面客棧的掌櫃。」

侍從附耳向七左衛門報告。聽說宿場邊緣，有家每夜大開賭坊的可疑客棧。

陣下的巡吏之所以不加以取締，大概是因為沒有害處吧！確實也不曾聽說有何糾紛，如果只是讓旅人和附近農民村人賭點小錢的小賭坊，趕盡殺絕也未免太不近人情。

「其實呢，那個屋舍被燒的供頭大人，在小的那兒投宿了一段時間。噯，也因為這樣的緣分，小的擔心他是不是在路上遭遇困難了。」

回頭望去，小野寺家官舍原本的所在地，已經成了一片雪地。只有燒剩的玄關孤伶伶地佇立著，讓人觸景傷情。

「這樣啊。還沒報上名字，我是勘定役……」

「是，小的知道，大人是國分七左衛門大人。」

男人正面迎視他說。雪地彷彿吸收了所有聲音，一陣寂靜向七左衛門逼近。他是什麼人？不等七左衛門發問，男人便以粗啞的聲音繼續說下去：

「彥根賭坊的大東家時常提起國分大人的仁德。不過大人不是我這種不入流的客棧掌櫃所能拜會的，因此像這樣在路上偶遇，也算是上天的安排吧！」

說到彥根城下的賭坊大東家，應該只有七左衛門認識的那位。

七左衛門與那名大東家是老相識，受他多方照顧。就算無從還清的借款日益高築，大東家也從不催促，還幫忙收留蒙受不白之冤、被逐出田名部的郡奉行一家。

幾天以前，七左衛門才上門商量，請大東家助一臂之力，以防參勤路上有什麼不測。就連這樣的不情之請，大東家也用一句「沒問題」答應了下來。

難不成彥根賭坊的大東家，明白無法深入談論的蒔坂家內情？七左衛門心想。正因為如此，才會派他的手下到田名部，在客棧開賭坊蒐集情報，四處調查。

一想到肯定是如此，七左衛門立刻挪開傘，低頭行禮。

但不能開口質問。畢竟這可能是別領的人一面顧全田名部武士的面子，在暗中相助。

「國分大人，這是做什麼?」

即使不能說出口，至少也該低頭盡禮數，才算是保全了武士的體面。

聽說每家大名旗本都在橫徵暴斂之後，依然債台高築，財務捉襟見肘。這要是商人，早就破產了，時代卻靠著無謂的武士權威支撐著。既然如此，武士也只能默默向平民行禮了。

「原來如此。彥根的大東家說的不錯，大人果真是個了不起的武士。」

男子踩著草鞋踏雪靠近，從七左衛門手上拿起油紙傘，肩並肩往陣屋走去。

「適可而止一點，太放肆了!」

侍從再次斥責，男子卻將後傾的油紙傘轉了轉打斷他。護城河對岸，城門的守衛訝異地看著這一幕。

「無妨。」

七左衛門明確地說。因為並肩的瞬間，他便確信這名男子不是無賴流氓之輩，也非一般百姓。

果然，男子以完全不同的語氣在七左衛門耳畔低聲說：

「在下是彥根家的家臣。敝家因去年櫻田門外的事件，主公遇害，因此疏遠了幕府，但向譜代之首的家徽發誓，實在不忍坐視鄰國的災厄。雖然助益有限，還望大人別把它當成是多管閒事。」

七左衛門抬頭仰望細雪紛飛的天空。

「小野寺一路是摯友的遺孤，也是我獨生女的未婚夫。如果隊伍出事，小野寺家和國分家都會斷絕。要是有個萬一，請閣下立刻返回彥根。如果讓貴府捲入敝家的繼承權之爭，在下到了陰曹地府，將無顏面對掃部頭大人。」

男人也仰望細雪紛飛的天空說：

「大人的決心令人敬佩，但絕不可能有萬一。那個叫小野寺一路的武士，肯定能達成任務。」

七左衛門道了聲謝，越過城門前的橋。

那番話雖然可靠，但心頭的不安並沒有就此消失。參勤的路上究竟發生了什麼事？起駕之後便音訊全無，七左衛門只能每天自我安慰：沒有消息就是好消息。

他總覺得這細雪紛飛的灰色天空，一直覆蓋到江戶前方的中山道。

陣屋的內廳裡，國家老由比帶刀正等得不耐煩。

「噢，七左。這樣的大雪天，辛苦你走一趟了。」

由比是代代擔任國家老的重臣，卻向蒔坂將監低頭諂媚，不可原諒。他根本沒有侍奉主家的忠義之心，也不是為了蒔坂家的大局著想，只是見將監比主公更強勢，便轉而支持他的陰謀。

「家老有何貴事？」

七左衛門在走廊上雙手伏地，眼睛盯在坐在上間上座的由比膝前。

那裡擺了一只以油紙包裹的信函。

「剛才來了個上州松井田宿派來的驛遞飛腳。如果我來開封，你又要埋怨了，所以正迫不及待等你來呢！」

「應該由家老來讀才是吧！在下不過是個勘定役。」

「不過是個勘定役的你，不就對我所做的每件事樣樣挑剔嗎？好了，快過來，為了免去後顧之憂，我們一起開封吧！」

七左衛門坐到由比對面。喉嚨一陣乾渴。

「由比大人，免去後顧之憂是什麼意思？」

可能是察覺了自己的失言，那張狡猾的老臉動搖了。一會兒後，由比歪起嘴唇苦笑。

「吶，七左。你可想過，為什麼小野寺彌九郎死了，而你是他的朋友，卻還能像這樣活在世上？」

這句話就像一把刀砍了上來。雖然相當迂迴，但由比第一次提起傾覆主家的陰謀。

當然，七左衛門沒有回答。

「你身為勘定役的才能無人能夠取代，將監大人也清楚這件事。如果不是你，不管是領地的商人，還是大坂的米倉，沒一處使喚得動。俗話說得好，一技之長，救人一命。我會替你在將監面前美言幾句，你就低頭吧！」

「吶，七左。」由比探出身體再次說。

那封信他恐怕已經讀過了吧！正因為勝券在握，由比才會開始遊說：現在還為時未晚，快投降吧！

七左衛門閉上眼睛，平定激盪的心。如果不是照著陣屋的規定，進來時將大小佩刀寄放在玄關番所，他肯定會毫不猶豫，當場砍了由比。

「原來家老把在下的職務當成了技藝？」

「別挑語病了，那只是個比喻。」

「即便是比喻，也未免太口不擇言了。一直以來，國分七左衛門向商人、札差[26]低下不能低的頭，為主家鞠躬盡瘁。旁人無可取代的在下，技藝也不過如此罷了。」

「確實，那不是人人都做得來的。」

「在下還有句話。國分七左衛門侍奉上代、當代蒔坂左京大夫至今，除了江戶的少主之外，如果有人敢妄稱十五代左京大夫之名，在下絕不會為了五斗米而折腰。」

由比帶刀將拿在手上把玩的火筷刺進火盆的灰裡，厲聲斥喝：

「你就不明白我的苦口婆心嗎？你曉不曉得我為你求情過多少次，好保住你這條小命？不過是個連對商人、札差都可以低頭的賤吏，別太不識抬舉！」

「要是大人如此體恤下人，為何除了在下這名賤吏以外，不肯為他人求情？」

由比想要反駁，最後還是做罷。

「罷了！你的意思是，即使能為主家向人低頭，也不肯為自己的小命向人懇求是吧？好吧，世上就有你這種令人欽佩的武士。」

26 江户時代負責發放旗本、家臣祿米，以及兌換現金等手續的商人。

家老以老衰的手弄出刺耳的聲音打開油紙。

「喏，你自個兒讀吧！」

七左衛門屏息看過信函後，瞪大了眼睛。

自陣下出發以來，疏於音信，敬請見諒。

因事出火急，故致書通報之。

十二月十一日，主公於道上忽然高燒，一行停留於上州松井田宿。眾人雖竭力救治，然砭石、祈禱皆不見效，主公病狀險極。而後雖蒙神佛護佑痊癒，仍需數日恢復，不克按期抵達江戶，亦不及派遣急使，故幕府之譴責在所難免，請家中上下有所覺悟。

恐惶匆促敬報之。

伊東喜物次拜

致由比帶刀大人

於松井田宿

儘管明白不可失態，七左衛門卻將折到一半的信函一把捏住。

主公向來十分健康。就七左衛門所知，主公從來不曾傷風感冒，也不曾壞過肚子。

「毒害主子，這萬萬不能！」

七左衛門自言自語似地擠出聲音說。

「你說什麼？」

「除此之外別無可能。」

「這種話你膽敢再說第二次，必會被人當成瘋子。」

主公及大多數的家臣都不在領國內，國家老的權威就是絕對，即使家老指控他瘋癲失常，把他打入牢裡，也不會有人提出異議。

「吶，七左，我再說一次，勘定役無人能夠取代。不論是主公遭遇不測，還是抵達江戶的時間延遲，只要交給將監大人，就不會發生大事，主家可保安泰。」

由比斜眼觀察七左衛門的臉色，撥弄著火盆裡的餘火。

「你仔細想想，七左，比起對主公的忠義，對主家的忠義更為重要。我和將監大人都明白這樣的大義，無論如何，最重要的就是主家。」

不對，七左衛門心想。將監恨惡主公，憎恨取代他成了十四代左京大夫的主公。將監四處散播莫須有的謠言，將主公塑造成一個傻瓜、呆子，為他的「大義」鋪路。家臣們本來就沒有機會接觸主公，因此流言便煞有介事地傳播開來。知道主公絕對不是傻瓜也不是呆子的，只有少部分的重臣而已。因此一些人會對將監標榜的「大義」囫圇吞棗，加入傾覆主家的陰謀行列，也是情有可原。

但是這麼想的自己，對主公又有多少瞭解？七左衛門沒有自信，因為他不可能拿主家的財務問題去煩擾主公。

每月一日，七左衛門會拜訪這處內廳，將帳簿奉呈上去，請主公過目。而主公在江戶官邸時，駐江戶的勘定人員也會做相同的事。

這時通常會趴跪在下間，稍作說明，但七左衛門不記得主公曾經問過什麼問題。

「每個月的職務辛苦了。」

「好好斟酌著辦。」得到這樣的話便結束儀式。

身為武將的主公必須常保神秘，不能參與家門經營的瑣碎雜事。

確實，主公並非沒有奇矯的行為。主公因為太愛看戲，有時會忽然哼起清元小調，也曾經出過這樣的醜事：在戲館子後門等待戲子離開的主公，被町與力逮個正著，遭目付役命令閉門反省。

但因為這樣就一口咬定主公是傻瓜、呆子，未免太過武斷。因為主公雖然鍾愛這些嗜好，但對於武人本分的弓馬之藝也確實擅長，據儒學師傅說，主公的學識深厚，自己反而還得向他討教。

也就是說，主公太神秘了。要說有人知道主公的真實面貌，就只有住在江戶官邸的夫人，以及在江戶城內，不帶隨從、親密往來的其他主公而已。而這些人同樣高不可攀、令人望而生畏，因此還是無從得知主公的真實面目。

多麼孤獨啊，七左衛門心想。

全副武裝地穿著名為武將的權威，無法表現自己真實的模樣，被隨意捏造流言惡評，甚至遭到毒害。

「反正這事已經不急了，你就慢慢考慮吧！」

由比說著，打了個哈欠。陰謀順利進行，他肯定鬆了一口氣吧！

七左衛門把捏成一團的信函再次放在膝上打開，想著是否能從字面上看出別的端倪。

寄件人是側用人伊東喜惣次，換句話說，這是來自奸人一黨的書信，但因為擔心旁人耳目，沒有提到有關陰謀的隻字片語。

十二月三日從田名部陣屋起駕，十一日抵達上州松井田宿，幾乎是按照原訂的進度。這時主公忽然發燒，「病狀極險」。

這個地點總覺得經過精挑細選，如果更往前走一點，無論派快馬還是飛腳，都能在期限以前送出通知，但剩下來的旅程還有三天兩夜，除非雇用能在數刻之內飛越三十餘里的天狗，否則肯定來不及通知吧！伊東喜惣次就是在報告這件喜事，暗訴「計謀成功」，他佯裝緊急通報領國，第一個將謀反成功的消息通知由比。內容的精巧也是如此，但說到由比拿它借題發揮，想要拉攏自己的機智，這幫惡徒，還真是默契十足。

如果主公在松井田宿懷恨歸西，幕閣也會認為是情非得已，不予追究吧！

「由比大人，按規矩，家統是父子相承。如果主公有什麼萬一，理當由江戶官邸的少主世襲才對。」

「聲音太大了，七左。這件事家中還沒有人知曉。」

由比扭曲那張老獪的臉笑了。

「吶，你以為將監大人會甘願連著兩次都只當個後見役嗎？父子世襲確實合情合理，但也沒有規定非得如此。歷代的將軍不也是嗎？有時是由弟弟繼承，也有像有德院或文恭院[27]那樣，迎來遠房親屬繼承，而當今將軍也是紀州家出身啊。」

一切已經安排妥當，蒔坂將監早已經收買了幕閣。

「這種種謀略，實在不像是為主家著想的真心，完全就是以下克上的野心。」

由比笑出聲來，那張表情就像在說勝負已定。

「說得好！確實，將監大人頻繁造訪老中和若年寄的官邸，不過當時餽贈的贈儀，不也經過你這個勘定役的同意嗎？你不明白嗎？七左，你早已經是將監大人的手下了。」

「不。我雖然答應過將監大人的種種強求，但從來不曾參與以下克上的陰謀。因為在下相信自己籌來的這些錢，全是為了主家而使用。」

「你也真是糊塗，不就說是為了主家嗎？」

「錯了。」

無論再怎麼安撫自己，湧上心頭的怒意就是讓七左衛門坐不住。

正確地說，他並不是同意將監的要求。他不停地為將監從商人手中奪來的錢、任意從郡奉行那裡私吞的年貢收爛攤子。如果沒有將監的這些任意妄為，蒔坂家的家計也不致於窘迫至此。

「噯，煩惱也沒用，不管再怎麼掙扎，你都沒有活路了。我不會虧待你的，快向將監大人低頭吧！一切都是為了主家。」

七左衛門望向圍繞內廳的紙門。

隨著時間過去，細雪似乎成了鵝毛大雪，無數影子在白色微光另一頭飛舞著。不能因為貪生怕死，就玷汙了這個祖先曾經活過的故鄉。

國分七左衛門向大雪起誓：

「即使向農民百姓低頭，我也絕不向惡徒搖尾。在下是蒔坂左京大夫的家臣，如果能死於主公馬前，便是得償所願。」

父親在陣屋突然發狂，被打進西廓的牢房了……

聽到趕回屋舍的侍從這麼通報，薰仍無法置信，母親聽到消息時，更是當場昏厥。

這陣子父親確實看起來相當疲倦，但並沒有柔弱到會喪失理智，一定是被捲入耳聞的主家陰謀，才會鋃鐺入獄。

薰交代下人照顧母親，獨自前往陣屋，那時夜已經深了。

總之非見到父親不可。薰認為深夜時除了值班守衛以外沒有旁人，如果只有她一位姑娘家，守衛或許會通融讓他們見面。她盡量挑選看似童稚的衣物，不是拎著裙擺，而是在兩邊繫上腰帶，再穿上孩童穿的草鞋。牢房裡一定很冷，她包了件棉袍揹在背上。

她不想作戲，但如果不向守衛動之以情，就不可能見到無辜入獄的父親。

幸好城門守衛有她認識的人。可能是同情在風雪天走夜路而來的薰，那個人叮嚀說「只能

27 指第十一代將軍德川家齊。有德院吉宗是紀州德川家，文恭院家齊是一橋德川家出身。

見小半刻」，便領著她走向牢房。

路程很長，薰一邊留意腳下的積雪一邊走，感覺光是來回，就得花上小半刻的時間。當然，這是薰第一次進入陣屋內。除非在夫人閨閣做事，否則這不是姑娘能進來的地方。守衛肯定是下了一番決心。

「令堂知道這事嗎？」

路上守衛壓低聲音問。

「家母聞訊就倒下了。」

薰邊走邊答，守衛呻吟似地嘆了一聲。

「這麼說或許殘酷，但不可和令尊多言。」

這名武士肯定不是父親的敵人，薰直覺地這麼想。

穿過積雪的沉重中門，走下一段寬闊的石階。守衛牽著薰的手，為她照亮地面的路。

西廓一片寂靜。與城門前的官舍沒多大差異的小府邸關上了遮雨窗板，無法窺見裡面，深處有一區以棋盤白線交叉而成的海鼠牆隔開，裡頭並排著白牆倉庫。雪在不知不覺間停了，就快月圓的陰曆十三日，月亮照亮了西廓的城景。

「在下聽說姑娘是小野寺一路大人的未婚妻，是真的嗎？」

「是。」薰點點頭。難道守衛同情她，是因為這個緣故？一想到這裡，薰的雙腳便一陣發軟。

「難道隊伍出了什麼事嗎？」

守衛咳了幾聲，就像要掩飾失言。

「不，在下什麼也沒聽說。」

接著守衛仰望高掛中天的月亮，再次深深地嘆了一口白色的氣，嘆得身子幾乎都要彎了下來。

父親被囚禁在倉庫區的一角，被大松樹圍繞的土倉庫中。

解開大鎖，打開門，裡頭飄出溫暖的木炭氣味，讓薰感到一陣安心。聽到牢房，她一直以為是泥土地或是鋪上木板的牢籠，但這裡意外地是一間鋪滿了未鑲邊榻榻米的房間。跪坐的父親一旁擺著火盆，還亮著一盞紙罩燈。

見到薰，父親也不驚訝，反而厲聲喝斥：

「這是做什麼！妳沒想到會給旁人添麻煩嗎？」

父親一點也沒瘋，正因為神智清醒，才能一如往常地斥責。

守衛替薰說話：

「國分大人，是在下任意把小姐帶來的。小姐只是替大人送衣物到城門口。」

薰發覺父親備受尊敬，她對於打扮成童稚模樣，想要對守衛動之以情的自己感到羞愧。

「感激不盡。」

父親轉向守衛，併攏雙膝，深深垂下頭來，然後只對薰命令了一句：「回去。」

根本沒瘋，父親還是父親。那句「回去」讓薰歡喜極了，她站在牢房門口，淚如雨下。

父親的教誨從心底深處湧了上來。

要記住，武家是受農民供養的卑賤身分。

無論何時何地，都不能顧慮自己的得失利益。

不許耀武揚威，要向人低頭。隨時為他人的立場著想，不許為別人添麻煩。還有，要知恥。

「母親大人和薰都很好，請父親大人不必掛心，打起精神。」

薰說完將棉袍遞入欄杆裡。父親沒有回答。

「薰。」

薰轉身離去時，父親的聲音叫住了她，那是勉強擠出來的痛切聲音。

「如果主公遭逢橫禍，為父的也會追隨到地府。」

「薰知道了。」

薰挺直背脊，明確地回答。因為她認為如果是母親，一定會這麼回答。

「供頭也一樣。」

「薰知道了。」

如果要訴諸言語，不可能三言兩語就能道盡。父親將一切深藏在心，只將非交代不可的兩件事叮囑了她。

不論責備或稱讚，父親的話總是少得讓人覺得不滿足。但唯獨這兩件事，薰瞭然於心。

走出幽暗的土倉庫，刺眼的月光照映在積雪上。牢門關上時發出沉重的傾軋聲，接著被上了鎖。

薰放下夾在腰間的裙襬，以手捏著。

「難為大人了。月光明亮，請熄掉燈籠吧！」

她把臉湊近手足無措的守衛手邊，吹熄燈籠。

「雖屬僭越，但在下還是要說……」

守衛像要平定心神般，頓了一會才繼續說下去。

「切勿操之過急，衝動行事。」

夜間看守城門是下級武士的職務吧！夾衣短外套的內裡破損下垂，穿草鞋的腳看了教人心疼。聽說田名部的陣下有許多武士因為窮困，想娶妻都不行。薰覺得自己為他添了麻煩。

回到月光清朗的積雪路上，穿過城門，離開陣屋。即使與父親就此永別，薰的內心也沒有絲毫悲傷。無形的心，與無形的話語緊緊地鑲嵌在一起，形成了覺悟。

城門前橋上的積雪被鏟開，開出了一條路，一定是其他守衛為了方便薰在回家的路上行走，替她開道的。

貧窮的武士們都如此尊敬父親嗎？或者像這樣體恤姑娘家，是田名部家臣的風氣？

薰煩惱著，過橋時，雪中的月亮在天上綻放光芒，被雪包圍的故鄉景緻盡收眼底。

町家屋頂覆了一層雪，彷彿蠶繭般並排著。只有鄰近中山道兩旁的客棧是兩層樓，東西各有一座消防望樓，而護城河處被簡樸的武家官舍圍繞著。

這是兩百多年之間，沒有任何變化的田名部陣下。

薰在中途停下腳步。她心想，或許父親內心並沒有分外傑出的忠肝義膽，他只是想要守護故鄉的平安罷了。如果相信自己的生命、妻兒的生命，甚至是主公的生命，都是不可或缺的故鄉風景，那麼這與父親秉持的武士道便沒有半分矛盾。

城門前的成排官舍，只有一處空地積滿了雪，彷彿缺了顆牙。那是小野寺家燒剩的焦土。要與江戶官邸出生長大的小野寺家嫡子結為夫婦，然後無論如何都要生下兩個男孩，把其中一個送回國分家。聽說兩家是這麼約定好的。兩家以堅定的關係維繫在一起，父親一定是想，供頭要是有個萬一，國分家也將同歸於盡吧！

留意江戶捎來有關小野寺一路的傳聞，從隔年一度的參勤旅行回到領國的小野寺父親身上想像他的模樣，漸漸地，薰的心中被不曾謀面的郎君身影完全占滿。然後初次見到的那個人，從長相、聲音、說的話到舉手投足，都完全符合薰的想像。

薰向從便門探頭窺看的守衛行禮，過了橋，然後在常夜燈照不到的雪堆上併攏雙膝而坐，朝著貫穿陣下的中山道那白茫的夜色合掌祈求。

既然是國分家的女兒、小野寺家的媳婦，就不能祈求丈夫平安。

「請全力以赴。」

薰出聲祈禱。

七 本陣衝突

1

〈供頭守則〉

十八、入武藏國後　旅人物產通行彌盛
　道上宿驛　甚為混雜
行列本陣　衝突之事屢有之
不論旅程變更有無　或其他諸事由
皆依家格以定進退
不逆上司　不屈下屬
須無愧武門之體面
參勤道上已為戰場
故本陣衝突　武將之大事也

從距離江戶二十一里三十町的本庄宿算起，就是武藏國了。

蒔坂家的參勤隊伍，依照慣例會刻意避開中山道上首屈一指的本庄宿，於再過去一站的深谷停留。因為主公意外的急病，延遲一天抵達，但這個時節不可能有其他大名隊伍停留深谷。本陣的主人肯定正焦急不已，迫不及待吧！

由於正值冬季，過了本庄一帶，四周便暗了下來。一行人點亮燈籠，加緊腳程。今日留宿深谷，明日是桶川，後日經過戸田渡口，抵達板橋，接下來總算能進入府內——江戸市內了。人們的心，早已飛到了熱鬧的江戸。

然而在枯田另一頭看見深谷宿的燈火時，擔任先導的空澄和尚驚慌失措地跑了回來。隊伍在夜路上停下腳步。出了什麼事？小野寺一路跑上前去，和尚抬起饅頭笠的笠簷，以彷彿見到鬼怪似的表情說：

「不得了！」

「冷靜下來，師父。雖然不知道出了什麼事，不過到深谷的本陣再談吧！主公才剛大病初癒呢！」

「問題就出在本陣。」

說到一半，空澄喝下竹筒裡的水潤喉，喘口氣說。

「撞上啦！聽好了，供頭大人，都來到這裡了，可不能鬧出亂子。蒔坂主家跟對方的上下關係難辨，所以別多說什麼，默默往熊谷宿去吧！」

輔佐的栗山真吾舉起燈籠光照亮《武鑑》翻閱。

「那麼，對方是哪裡的主公？」

「信州小諸的牧野大人。您查查，這對手可不好應付。」

一路把頭湊上去，一同閱讀真吾翻開的《武鑑》。

不可忤逆上司，也不得屈就下屬。確實，這時的進退極難拿捏。

如果參勤是行軍，那麼旅宿就是戰場了。能不能在戰場上恰當的地點布下陣勢，武將的顏面全繫於此。

武州深谷宿本陣，夜晚的酒宴方酣。

然而對供頭來說卻不是吃飯喝酒的時候，他在廚房的榻榻米座上與輔佐額頭貼著額頭，拚命從《武鑑》中找出「蒔坂左京大夫」這名武將的名字。

「蒔坂……蒔坂……。啊，是這個嗎？」

「不，供頭大人，那是蒔田。」

「哎喲，到底在哪裡？世上哪來這麼多主公嘛！啊，找到了，這個這個。」

「不，那是脇坂。播州龍野的脇坂大人。」

「話說回來，蒔坂這一家，聽都沒聽過。這石板似的蒔坂家究竟在哪啊？」

「供頭大人，現在不是說笑的時候。」

黑岩一郎太年僅十九歲，因為父親突然中風昏迷而接下供頭大任。職務沒能來得及交接，一郎太也從未參加過參勤旅程，而且父親病倒後，連話也不會說了。

他能依靠的就只有輔佐，但其實這名年輕人也沒有當差的經驗。由於前任者一頭栽進尊皇攘夷思想中，突然從主家叛逃，他才開始代理這個職位。

「蒔坂……蒔坂……哎呀，太麻煩啦！既然是沒聽過的名字，不可能比我們家更了不起。不必理會，我看對方也會識相避開吧！」

「可是供頭大人，我們對參勤事務迷迷糊糊，萬一鬧出什麼差錯，如今幕府財務拮据，有可能引來滅家大禍。」

「這是什麼話？我們的主公長年擔任若年寄，上頭怎麼可能怪罪下來？」

「不，這陣子的幕府輕忽不得。老中和若年寄都撐不到幾個月便連番更替，上頭不可能顧及主公原本的職位，或許反倒覺得主公已經無用，便輕視小看。更何況敝家只是一萬五千石的……」

「別胡說！」

黑岩一郎太打斷輔佐的話，他知道輔佐想說什麼。在幕閣更換頻仍的現在，「前任若年寄」這樣的頭銜毫無權威可言。更別說自己的主子是受到大老井伊掃部頭大人青睞，被拔擢為若年寄，然而卻在櫻田門外的那起事件後，三兩下就被罷黜了。

更糟糕的是，主公因為三年來的繁重公務，傷及身體。這回離開江戶，是因為幕府准許了主公「想死在故國」的心願。

「確實，一萬五千石，更底下的也沒多少了。」

一郎太忍不住自言自語。遇上本陣衝突這種無法預料的事，可以當下斥退的對象應該不多。因為參勤交代是大名的職務，而大名的采邑都在一萬石以上。

「主公的病況如何？」

一郎太問，輔佐難以啟齒似地沉默了一下，回答：

「剛才又咳了點血。」

聽說晚膳也只用了一匙白粥而已。主公病重，怎麼能要他從本陣移駕到副本陣呢？

信州小諸一萬五千石牧野遠江守康哉，是夙負盛名的名君。

在各個領國財政匱乏的現在，他卻能發配「育兒米」給新生嬰兒，並發放敬老津貼給窮困的年長者，還派遣醫師到長崎進修，為兩名女兒種牛痘，推廣疫苗普及。這些善政傳入幕府耳中，將他從奏者番提拔到若年寄，參與幕政工作。

牧野家為德川十七將之一，是以牧野康成為祖先的三河譜代名門，後裔也在大名四家之列。遠江守康哉是從常陸笠間八萬石的牧野氏迎來的養子，被譽為名君賢侯的主公往往都是養子，而遠江守康哉也不例外。

大老井伊掃部頭相當倚重康哉，而康哉也不辜負他的期待。然而正因為發揮了強勢的作風，試圖重建幕府的威信，自從櫻田門外的那起事件以後，康哉也遭人白眼看待，無法繼續置身幕閣之中。

主公只因為是個名君，就被迫扛起重擔，壯志未酬便蒙受罷免之禍，再加上公務繁重，因而患上不治之症，這趟旅程是為了返回故國，靜待歸西。

主公勉強著重病的身體起駕，彷彿是在爭一口氣。就如同咳血一般，如果嘔心瀝血的辛勞不能得到回報，倒不如回到自己曾經廣施善政的信州小諸城，安享餘生。

所以主公連在轎中咳嗽時也都強忍著聲音，就算詢問病況，也只回答一句「不要緊」。他把被血髒污的手巾悄悄丟在本陣的廁間，其實一郎太都曉得。這陣子主公已經消瘦得幾乎不成人形。

今日原本預定在再過去一站的本庄停留，但主公看起來實在太難受，所以一郎太決定在前一站的深谷止步。

大名隊伍突然駕到，讓本陣主人驚慌無比，但看到無法步行的主公連同轎子一起被扛進內房，也不能再多說些什麼。詢問之下，主人說預定在今日抵達的隊伍並未現身。

誰叫對方自己耽誤了行程呢？一郎太想得簡單。然而沒有多久，自稱參勤隊伍先導的和尚便來訪本陣。

本陣衝突。

這種時候，依照慣例由品級較高的隊伍住宿本陣，而地位較低的隊伍則退居副本陣，但「蒔坂左京大夫」這個主公的名號，一郎太是第一次聽見。因此先導的和尚倉皇離去後，一郎太與輔佐才會在這裡抱著《武鑑》翻查。

不論理由是什麼，本陣相衝突都是關係武門顏面的大事。宿場官員和本陣主人都嚇得面無血色，說不出話來，而供頭卻無法找人商量。

「噢，在這兒，在這兒。」

厚重的《武鑑》都快翻到底了，才總算找到那個名字。

「什麼嘛，不過是個旗本罷了！七千五百石的采邑，在旗本中地位算是顯赫了，但總不是身為一城之主的大名必須讓出本陣的貨色。」

一郎太愁苦的臉終於化為笑容，就像驅走了鬼怪似地暢快。然而年紀稍長、閱歷更多的輔佐，卻不安地歪起頭來。

「可是供頭大人，在下聽說這交代寄合，與高家一樣是破格的旗本。」

所謂高家，是掌管幕府朝廷間各種禮儀的旗本名流。聽到高家，第一個想到的便是《忠臣藏》裡的惡人吉良上野介。吉良上野介雖然是旗本，卻擁有連小大名都難望其項背的地位，引來了松之大廊的血光之災。

黑岩一郎太一陣驚惶。那麼說起來，我們的主公也不過是個小小的鄉里大名；而蒔坂左京大夫這名旗本，會不會是在江戶城中掌握大權的主公？

這麼一想，自稱先導的和尚那異樣傲慢的言詞與態度，總教人內心發毛。

「不，我們的主公好歹也是一城之主，地位不可能比陣屋旗本還低。把他趕走吧！」

一郎太甩開恐懼站起身來。要噩運連連的主公退出本陣，這種事他做不出來。不論對方是什麼來頭，即使得拿自己的性命做為代價，他也要守護主公。

蒔坂家的隊伍依然停留在乾冷強風肆虐的街道上。

小野寺一路與栗山真吾中間夾著被燈籠照亮的《武鑑》，正索盡枯腸。

「小野寺大人，再怎麼樣，這對手都太難應付了。喏，請看。牧野遠江守康哉，信州小諸城主一萬五千石，我們只能默默前往熊谷宿了。」

距離下一站熊谷宿有兩里二十七町，等到抵達時夜都深了。如果勉強趕路，難保主公的風寒又會復發。

「不，等一下。」

一路指著《武鑑》上的記述說。牧野遠江守在江戶城中的辦公廳，寫著「雁間」。七千五百石的陣屋旗本雖然不比一萬五千石的城主大名，但武將的品級不看這裡。登城時在何處辦公？小野寺還知道自家主公的席次是「帝鑑間」，比「雁間」位格更高。「交代寄合表御禮眾」這樣的品級，就是如此。

「請遠江守大人退讓吧！」

一路回望隊伍，下令出發。非得讓大病初癒的主公在深谷的本陣休息不可。不論對方是什麼來頭，都要他們退下，即使得拿自己的性命做為代價。

「什麼，本陣衝突？哈哈！這就叫一波未平，一波又起。」

在隊伍尾端聽到伊東喜惣次的稟報，蒔坂將監舒展那雙鍾馗般的眉毛，露出邪惡的笑容。

「既然對方是小諸的牧野遠江守，那也莫可奈何。他是前任若年寄，還是個剛正不阿的名君。這下子只好默默走到熊谷宿了。可恨的大傻瓜，這下總算要風寒復發，嗚呼哀哉了嗎？」

「不……」

喜惣次把後面的話吞了回去。供頭的決心真教人難以置信。

「就是……呃，供頭大人說要請遠江守大人退讓。」

什麼！將監從馬上瞪住喜惣次。

「哦？他的意思是大傻瓜地位更高？嗳，這也不是沒道理，但就算遠江守大人最近運勢不佳，也還沒落魄到得讓出本陣給大傻瓜吧！」

將監惡毒的話讓人聽不下去，喜惣次將視線轉向腳下。供頭那有勇無謀的決心，肯定全是為了主公著想。

「靠過來，伊東。」

等到隊伍遠離後，將監放聲大笑。

「這跟品級無關。遠江守大人蒙受櫻田門外那起事件的池魚之殃，遭到革職，如果這回又被大傻瓜踩在腳底下，身為武士也太屈辱了。要是弄個不好，肯定會動刀見血。真是教人期待啊！」

「是……」喜惣次消極地應了一聲，回頭望向街道前方。

北風颳過的夜黑之中，印有割菱家徽的燈籠隊伍慢慢地走近深谷的宿場。

紅色燈籠連成一串的深谷宿，即使在日落以後，也染上了一片桃紅。

黑岩一郎太守在本陣飯島家門前，等待安靜靠近的隊伍。

這個有八十間客棧的大宿場，據說少有大名隊伍留宿，因為當地有許多飯盛女，家臣們怕玷污了主家的體面，大多選在沒有飯盛女的熊谷宿停留。距離江戶不到短短的二十里，這些雞毛蒜皮的無聊風聲也容易傳入幕府耳中。

這是一處武士會目不斜視地經過、行商與遊山玩水的旅人喜愛停留休息的聲色宿場，道路兩旁的水流倒映著屋簷下的紅燈籠。沒有人想過這樣的深谷宿，竟會遭遇賭上武門聲譽的本陣衝突危機。

宿場官吏早已發布貴族通過的布告，左右相聞的樂曲聲和鶯聲燕語都消失了，很快地，門口的攬客夥計也消失無蹤，宿場只剩下搖晃的紅燈籠，四周一片寂靜。

本陣門前豎著「小諸遠江守大人宿」的關牌，再往前走，玄關處圍繞著染有柏葉家徽的帳幕。

其他隊伍通過時，如果不是身分相差懸殊，停留本陣中的主公都會來到門前相送，這是禮儀。即使蒔坂家的隊伍默默經過，身為供頭的一郎太也得說句：「我家主公因病臥榻，不能起身相送，失禮了。」

如果那樣就好了，一郎太心想。然而隨著隊伍步步近逼，一郎太的內心開始波濤洶湧。

那是一支前所未見的堂皇隊伍。領頭的是身穿燦金戰袍、頭戴捶金笠盔、手持單鐮槍的武者。緊跟在後的是兩名蓄著威武撥鬚的家奴，高舉著長得幾乎碰到客棧二樓的朱槍。後面是成排舉至胸前、印有割菱家徽的燈籠。

這隊伍實在不可能默默經過本陣。

不能被嚇倒了。無論對方說些什麼，都不能讓出本陣。

一郎太讓出街道前方，擋在本陣門前。

結果隊伍真的在本陣前停了下來。大步跑上前來的是對方的供頭吧！被門前營火照亮的臉龐，是與一郎太年紀相仿的年輕武士。

「在下蒔坂左京大夫家臣，小野寺一路。」
「在下牧野遠江守家臣，黑岩一郎太。」
雙方都沒有低頭行禮，當下展開了一場唇槍舌戰。
「由於本陣衝突，還請遠江守大人退到副本陣。」
「本陣不能出讓，還請左京大夫大人退到副本陣。」
分別停宿於本陣與副本陣，形同承認地位上下。身為武士，為了保住顏面，與其屈居副本陣，情願更換宿場。
本陣主人不忍心看著雙方爭執，跪到兩人中間：
「這一切都是小的疏失，請兩位大人冷靜商量吧！」
然而雙方不聽勸阻。話都說出口了，就要賭上武門的一口氣！一郎太嗓門拉得更大了：
「強人所難也要有個限度。變更抵達時日是貴府的錯，我不知道交代寄合的旗本是什麼樣的地位，但也不能如此蠻橫無禮。」
「要論無禮，明知敝家主公蒞臨，卻不肯露臉的貴府主公才更為無禮吧？」
竟然侮辱主公！一郎太跨腿彎腰，抓住刀柄。雙方武士同時戒備，刀子出鞘的聲音、握住長槍的聲音齊聲作響。
不能動刀。雖然不知道蒔坂左京大夫這名武將是誰，但萬一事情鬧大，屆時受責備的一定是自櫻田門外的事件以來，完全被視為惡人的自家主公。
一郎太以厲鬼般的氣魄將湧上心頭的不甘心壓抑回去，壓著嗓子說：

「敝家主公身染重病。主公為了國事奮不顧身，鞠躬盡瘁，而左京大夫大人究竟付出了什麼？武門上下無關緊要，但不曾奮戰的武士，逼迫在戰場上負傷的武士交出陣地，讓人難以信服。如果大人執意堅持，那麼在下也只好挺身拔刀，讓主家終結於這一代！」

兩家武士隔門對峙，一動也不動。

四周彌漫著一股寂靜，情況一觸即發。「啊——」此時一道怪叫聲打破了眾人的緊張。一郎太忍不住放開刀柄，懷疑自己眼花了。

「啊——到底怎麼啦？」

那人從轎子下來。從小姓們那慌張的模樣來看，肯定是蒔坂左京大夫本人。兩家武士立刻跪下單膝，家奴小廝則跪地平伏。

一郎太凝目望向被桃紅色的燈光染紅的宿場。即使知道直視主公尊容是放肆之舉，他還是看得目不轉睛。至於為什麼，因為蒔坂左京大夫腰上佩的不是刀，而是一把白蔥，不僅如此，甚至連衣物後領處都插了好幾根蔥。

左京大夫率領著慌亂的小姓們，親自走到並跪在一起的兩名供頭面前。

「我下榻何處都無所謂，不必拘束。倒是遠江守大人臥病在床，我得去探望他才行。帶路吧！」

如果左京大夫瘋癲了，絕不能讓他驚擾主公。一郎太小聲問旁邊的小野寺一路：「怎麼回事？」

小野寺沒有回答，月代不停地冒出豆大的汗珠。全身穿戴白蔥的左京大夫不予理會，逕自往玄關走去。

小姓聲音走調破嗓，古怪地辯解著：

「主公要求拿蔥來，所以小的去附近的客棧廚房要來了蔥。主公說深谷也是蔥的知名產地，對退燒肯定有效。」

莫名其妙。一郎大的憤怒與決心頓時煙消霧散。

看來蒔坂左京大夫這位主公有點笨頭笨腦。

「不可以進來，左京大夫大人。」

主公讓小姓扶著背爬坐起來，同時這麼說道。他難受地咳了一陣。

「在下已經是了無遺憾的老殘之身，不惜讓出本陣，但大人不能睡在這間房裡。」

左京大夫依著主公的話，在內室的外廊上就坐，隨從只有小野寺一路。在走廊角落伺候的，大概是醫師吧！

原來主公早就曉得本陣衝突的糾紛，黑岩一郎太羞愧得抬不起頭來。居然讓重病的主公操心了。

「這又是為什麼？」

左京大夫問。奇怪的是，聲音跟剛才判若兩人。更不可思議的是，深谷的白蔥依然插在他的腰間和背上。

主公對他那副模樣苦笑之後回答：

「在下也稍有一點蘭方醫學知識，這種胸疾會傳染，請大人切勿靠近。」

左京大夫回頭看了醫師一眼。

「原來如此。但在下是個大傻瓜，即使會傷風小感冒，也不曾患過大病。」

這時左京大夫終於從腰帶和後領抽出蔥來。

「其實說來丟人，在下先前在路上患了風寒，臥床好一陣子。然而吃了下仁田盛產的蔥，或是像這樣貼在額上，病魔就立刻退散了。」

「哦？」主公應聲，聲音帶有些嘲笑。

「下仁田的蔥有效，深谷的蔥不可能無效。我靈機一動，剛才去買了些來。請大人務必試試。」

果然是個大傻瓜，一郎太心想，但那仍舊是慰問品。一郎太將隔著門檻遞出來的蔥奉送到主公手邊。

主公偶爾咳嗽，但臉上笑意不絕。看來兩人從以前就認識。

「你也適可而止一點，左京大夫大人。」

一郎太心頭一凜，縮起身子。主公語氣沉靜地訓斥著，手裡拿著蔥，那張消瘦的臉直視著前方。

「你究竟要裝傻到什麼時候？」

小野寺一路驚愕地抬頭。然而左京大夫不動如山，沉默半晌，就像在思考該怎麼說，然後開口回答：

「現在這個世道，如果不是傻子，如何保命？」

那聲音深深地扎刺在一郎太的胸口上。在櫻田門外慘遭橫禍的彥根大老，還有做為他的心腹鞠躬盡瘁的主公，都成了這個世道的犧牲品。而不停地勸告主公要保重身體的自己的父親，或許也同樣成了犧牲。

「你不認為這麼做太懦弱嗎？」

「不認為。」

左京大夫明確地回答。微笑從主公的臉上消失了。

「那麼，看在大人眼裡，過世的大老還有在下，都是明知必須犧牲，卻仍自尋死路的大傻瓜？」

「不，在下並不這麼想。井伊掃部頭大人，還有牧野遠江守大人，都是愚拙的在下望塵莫及的名君，因此才能在安治領國之後，扛起天下國事。每個人的才具各有不同。」

主公以推量般的眼神觀察左京大夫的表情片刻，然後以勸戒的語氣說：

「不論你再怎麼裝傻，我認為幕府三百諸侯之中，蒔坂左京大夫才是無可取代的人才。」

左京大夫微微垂下頭來：

「大人言重了，千萬不要出此妄語。」

聲音十分沉靜。一郎太心想，如果這名武將生在戰國亂世，不知道會是個怎樣的才智將領。

「看看你的家臣，都嚇成那樣了。連家臣都被你唬了過去，你真是個了不得的優伶。我說左京大夫大人啊，在下從你繼承家名以來，就對你的成長過程瞭若指掌，其他諸侯多半也是如此。即便你的家臣不懂，只要是被稱為主公的人，每一個都看得清清楚楚。」

「遠江守大人，您想太多了。」

碰上不得了的場面了。主公在訓示左京大夫，而左京大夫堅決不受。

小野寺一路臉色發青，全身顫抖。自己八成也是相同的表情吧！一郎太想，如果可以，他真想立刻從這裡飛奔而出。

「我再問一次，左京大夫大人不認為自己怯懦嗎？有人命喪凶刀之下，有人粉身碎骨，然而你卻偽裝奇矯，逃避國事，這豈不是不戰而逃？身為武士，這種行逕，你不覺得懦弱嗎？」

「一點也不。」

左京大夫再次明確地回答。主公力盡似地咳嗽起來，小姓撫摸著他的背。

「即便天下萬民渴望你的力量？」

「是的。」

等到主公的咳嗽聲停歇之後，左京大夫聲音依舊平靜地說：

「畢竟再怎麼說，天下都非在下的領地。敝家祖先獲東照神君恩賜的領地，唯有田名部的采邑。連七千五百石都治理不好的人，如何能扛起德川四百萬石？對於過世的掃部頭大人，在下也如此回答。」

對主公來說，這番話太難以承受了。過去廣施善政的小諸領地，由於主公長期不在，早已經荒廢得面目全非。

「你真夠聰明。等我早晚在地府見到令尊，該跟他說些什麼好？」

「請代我問候。那麼，在下拜借副本陣了。」

左京大夫坐在外廊，而主公讓小姓撐著身子坐在床上，彼此行禮。左京大夫低著頭說道：

「敬告牧野遠江守大人，不論三百諸侯有何議論，大人驍勇善戰，讓人無限感佩，我蒔坂左京大夫將奉為畢生典範。」

這一句話，讓黑岩一郎太梗在胸口的鬱悶消失一空。這是他第一次聽到有人稱賞主公的獻身。

就在又深又長，久到讓人覺得不須如此多禮的行禮後，左京大夫從內室外廊辭去。

主公好一陣子不休息，而是將慰問的白蔥握在手裡，感慨良多地看著。

「這蔥不是玩笑，也不是餘興。嗯，我就來嚐嚐好了。」

話聲剛落，主公便將深谷的蔥折成兩半，大聲咀嚼起來。

「這蔥真辣眼。黑岩，你也來嚐嚐。」

一郎太陪主公嚼著蔥，突然想起小諸城下的雪景。

這蔥確實催人淚下。

2

這天晚上，武州深谷宿熱鬧非凡。因為有兩隊人馬、兩百多名武士及侍從留宿。這處宿場平日只有往返江戶的商人或參拜善光寺、御嶽的信徒才會落腳。

原本情勢一觸即發，即將發生本陣衝突的糾紛，沒想到意外地輕鬆解決，自江戶返回信州小諸領地的牧野遠江守繼續停留本陣，而自西美濃田名部前往江戶參勤的蒔坂左京大夫則留宿副本陣，以這樣的形式落幕了。

這個傳聞一家傳過一家，透過宿場如鴉雀般嘈雜的人們口中傳播出去：沒有演變成論品級、爭顏面的問題，而是兩位主公彼此互讓本陣，最後決定讓臥病的遠江守大人繼續停留。

得知事情的始末後，客棧主人也不會默不吭聲。他們讓平常只提供倉庫馬廄休息的腳伕小廝都進屋安頓，還說「要是收錢，就是丟深谷宿的面子」，慷慨請客。

深谷宿的人們各個誠意盡出。在這當中，當地岡部陣屋的安部攝津守接獲宿場官吏的通報，送來許多稻草包裹的四斗裝大酒桶，堆積如山。

矢島兵助和中村仙藏都喝得爛醉。十俵三人扶持的財力，讓他們向來頂多只能分著喝兩合小酒，然而唯獨今晚，不停地有人斟酒，甚至沒空細細品嚐。

連是誰斟的酒都不曉得。畢竟熱鬧得彷彿整處宿場都成了酒場般，不認識的陌生武士、旅客、飯盛女，全都不論身分上下，進出房間，相互乾杯。

「啊，小心火燭！留意火盆、燈火、煙盆子。」

客棧掌櫃敲著木梆子在走廊上來來去去。已經夜半了，吵鬧聲仍不見止息。

「明日在桶川宿過一夜，後日就到江戶啦！哎呀，雖然路途艱難困苦，但到了這裡，就可以放心啦！」

仙藏吃著火盆上的鴨肉鍋說。鴨肉美味，但切成長段熬煮的蔥更是可口。是蔥芯軟爛甘甜的深谷白蔥。

但是兵助心裡卻盤踞著無論再怎麼醉也無法散去的烏雲。

「不過仙藏，通報延遲的使者真的順利抵達江戶了嗎？」

仙藏的筷子停住了。原本十二月十三日的今夜，他們應該要在進入江戶前一晚的桶川宿喝酒才對的。然而現在卻停留在還需要整整兩天才能抵達江戶的深谷宿。

據說安中的遠足，能在三刻半跑完三十二里。確實，三名使者一跑出松井田宿，便如同一陣旋風般不見蹤影。但也正因為如此，兵助不認為他們能夠維持同樣的速度，一路跑到江戶。

「的確，短短三刻半要跑完三十二里，這實在是不可能的事。即便是中途換馬的快馬，日夜兼程趕路，也得花上一天的時間。況且愈是只重武術的人，愈愛誇海口。安中的板倉大人從主公開始，每個家臣都是那副德行，他們的話或許不能聽信呢！」

仙藏果然也在擔心。既然參勤是參謁江戶的行軍，即使只是延遲一天，如果沒有事先通知，不曉得會蒙受什麼責罰。

「況且咱們的主公又沒有職位。」

兵助無聲地嘆了口氣。

「是啊。這種時候，如果在上頭有個什麼差事，就有門路可以抹消這事了。」

看來仙藏也不信任使者。

「而且幕府用度吃緊，如果能沒收旗本的俸祿，府庫也會輕鬆一些。」

「佛祖保佑。那樣一來，我們會怎麼樣？」

「你傻了嗎？七千五百石都要被沒收了，十俵三人扶持怎麼可能還讓你留著？不僅如此，武士沒有田地可以糊口，住的也是配給的御用長屋。如果主家被廢，有田也有屋的農民還好過多了。」

仙藏茫然想了一陣之後，「哎喲」一聲，舉杯一飲而盡。袖子都滑上肩膀了。

「不，我相信！安中遠足不可能唬人。他們肯定就像一陣旋風，穿越中山道，現在已經在江戶的澡堂裡頭泡著身子流汗了。」

「沒錯，就是這樣。鼎鼎大名的安中遠足，一定比快馬和飛腳更快。嗳，喝吧喝吧，仙藏，這是預先慶祝成功抵達江戶！」

觥籌交錯之中，兩名下級的武士又陷入一陣沉默。

無論再怎麼想，人的腳都不可能快過馬腳。

「呀……我瞧瞧，這回的新聞是突然颳過臘月街巷的旋風，欲知詳情，請詳閱內容？就是啊，那場騷動究竟是怎麼回事？」

這裡是神田佐久間町的澡堂。到了夜五刻，客人也變得稀稀落落，幽暗的吊燈下，泡著最後一回湯的，只有骯髒邋遢的單身小夥子，或是想成家也沒錢娶妻的武家夥計。而女湯早已人去樓空。

澡堂老闆坐在櫃台，每到了這個時刻，總會讀起瓦版[28]來。因為不能對著客人吆喝要關店了，所以只好像個說書人似的，扯著嗓門朗讀內容。然後賴在浴池裡不走的客人就會走出小門，沖洗身體，一面聆聽老闆念報，一面穿戴收拾。

昨日傍晚出了件怪事，江戶各處颳起一陣旋風。

「吶，老爹，瓦版是不是說那旋風果然是迦葉山的天狗作怪？如果是那樣，昨兒個我就聽過囉！」

在河岸市場工作的小夥子擦著滿布刺青的肩膀說，引來哄堂大笑。

「似乎不是喔！噯，聽著吧！」

老闆啜飲粗茶潤潤喉，高聲讀起標題為〈旋風現形〉的瓦版內容。

「各位客倌看過來，昨日雖把旋風歸咎於天狗作怪，但如此一來，大名鼎鼎的瓦版面子可掛不住。我們派遣大批人馬，多方打聽，總算得出以下證詞。那陣旋風，絕非迦葉山天狗前來協助擊退黑船。要說接近也算近，但那陣旋風的真面目，其實是上州安中三萬石板倉主計頭大人的家臣，三名跑者武士以迅雷不及掩耳的速度奔過江戶市內——喂喂喂，真的假的？倒不如說是天狗幹的，還比較像那麼一回事。」

就像與老闆的朗讀唱和般，客人們鼓譟地說著：「哈！」、「太假了！」、「啊啊——」

「噯，別這麼說，聽我念完，反正累的也只有我這張嘴皮子——經板橋大木戶的守衛詢問，得知三人姓名為根本國藏、石塚與八郎、海保數馬。三人奉主公之命，自安中至江戶，以傳家遠足之術奔馳三十二里。自領國出發時為當日巳時，換言之，短短三刻餘便抵達江戶府內。啊呀，世上豈有這等奇事？守衛納悶不解，於是三人為答謝守衛提供飲水解渴，特別披露名為『風陣之秘走』的秘技：三人排成縱隊，緊密相貼，運用前人背部避風疾行，要是領頭者疲勞，就發勁大喊一聲『喝』，與次名跑者交換，然後再換第三名，重複如此動作，宛如疾風閃電。此秘技為戰國之世神出鬼沒，眾所敬畏的板倉軍團之家傳武藝，說到『安中遠足』，武士之中無人不曉，但瓦版屋只是區區小卒，不知也不足為過——哈哈，我也是第一次聽說吶！」

沒有人跟著老闆發笑。這情節如果是瓦版屋瞎編，未免過於精細，更何況上頭還提到了大名的名字。如果不是對事實極有自信，不可能寫得如此詳細。

「多方打聽之後，得知後續情形是：三名武士不停地使出『風陣之秘走』，從板橋宿直奔瀧野川，穿過巢鴨一帶的工商街與御家人町[29]，來到與日光街道會合的駒込岔口。在本鄉，不論水戶中納言的官邸、加賀宰相的赤門，都一路飛奔而過。然而令人感佩的是，三人仍在神田明神的鳥居下慢下腳步，各別向祭神大己貴命、少彥名命、平將門公合掌膜拜，竭誠盡禮。接

28 江戶時代的單面刊物，類似報紙。
29 御家人居住的地區。御家人亦為將軍直屬家臣，俸祿一萬石以下，但與旗本不同，沒有謁見將軍的資格。

著跑過昌平橋，一口氣奔過神田川的柳原堤。該處正巧碰上傍晚時分的人潮，獲得明神加持的三人腳步愈發神速，攤子被掀翻、賣魚的嚇得丟開秤子跌倒、運氣不佳的婦人露出屁股尖聲連連、忍不住睜開眼睛的假盲人按摩師遭人圍毆……然而回神一看，留下的卻只有一陣煙塵，這不是天狗作怪，還能是什麼？」

不知不覺間，澡堂的客人全聚集在櫃台下方，每個人的月代上都凝滿了汗珠。

「老爹，我可是看見了。」

一個在裸肩上披著主家外衣的客人說，引來剛出浴的男人們一陣譁然。

那名夥計炫耀似地露出外套背上染的家徽，意思是以家徽發誓，絕非說笑。

「告訴不知道的兄弟一聲，我是這後頭的出羽久保田佐竹大人的夥計。昨日因為主公留宿下谷的公館，我提早出來澡堂洗澡，結果對面河岸的柳原一片騷動，還來不及思考是怎麼回事，河岸的枯柳就像這樣『嘩』地一聲，全往同個方向擺去。」

澡堂老闆喝了一口冷茶。當時生意正好，所以他沒發現，但這麼說來，好像聽到對面堤防傳來「怎麼了」的驚呼聲。

「這樣啊。經過眼前卻沒瞧見，這遺憾簡直像是放過了殺父仇人似的。噯，既然事情都過去了，也莫可奈何，聽我讀下去吧！三名武士——不過在旁人眼中，絕看不出頭纏布巾、束起衣袖、腰上佩著一把刀，高高撩起褲裙的英勇武士模樣。他們經過柳原堤防，就這樣筆直地朝大河奔來，快得完全看不見。就這麼『喝、喝』地接連變換前後位置，連淺草門的大番所也逕自奔過，往兩國西方廣小路——等一下，剛才瓦版說這三人是上州安中板倉大人的家臣？」

圍著櫃台的男人們齊聲「噢」了一聲。大夥都住在這附近，知道澡堂後頭的久保田官邸旁，就是板倉主計頭大人的副官邸。

「咦，那他們是穿過淺草橋，跑進對岸那邊的宅子裡了？」

客人七嘴八舌地問，澡堂老闆「嗳、嗳」地安撫。

「嗳，先聽著，就是因為不是，所以這事才古怪……」

瓦版上印著精緻的插圖，畫的是因傍晚人潮而擠得水洩不通的橋上，一隻大天狗飛馳而過的場景。人們驚慌失措，甚至有人摔落河中。

男人們赤條條的身子一個疊著一個，全爭著擠過來看老闆手中的瓦版。

「放心，我不會抓著這瓦版跑掉，靜下心來聽著。聽好囉！三人一氣呵成，跑過九十六間寬的兩國橋。難不成有急事前往回向院祈願？然而三名天狗又來到豎川的堤防路，筆直向東而行，在橫川往左彎，從本所經入江町、長崎町、清水町，終於抵達的地方究竟是何處？原來是信州岩村田內藤志摩守大人的別墅——一旁門面小巧的——」

說到這時，老闆用眼睛掃過男人們興奮漲紅的臉。

「有人知道西美濃田名部的蒔坂左京大夫這一家嗎？」

汗水淋漓的臉全都左右搖晃。

「這樣啊。嗳，說到七千五百石，也不是大名，大概是以信濃某處為領地的高位旗本吧！交代寄合表御禮眾——這是什麼啊？官名還真是拗口。總而言之，說穿了也沒什麼，這安中的三名家臣，宛如天狗般一路奔過中山道三十二里路，就這麼跑進了這名叫蒔坂某某的旗本官邸中。」

不敢相信！客人七嘴八舌說。老闆雖然也相當疑惑，但這種情況，想了也是白想吧！武家之間的事，與百姓毫無瓜葛。他反而認為瓦版屋能查出怪事並非天狗作祟，仔細道出來龍去脈，實在令人折服。

至於更進一步的謎，就讓它是個謎吧！反倒是拿來當成茶餘飯後的話題，那才有意思。

「老爹，站得有點涼了，可以再去暖一下身子嗎？」

「去吧，但可別泡得太久啊。我到了這把年紀，可不能熬夜囉！」

澡堂老闆覺得十分幸福。他虛歲九歲就從越後的故鄉來到江戶，在澡堂當學徒。說到江戶的澡堂，自古以來就是越後鄉人的工作。三十過後，他娶了妻，老闆傳授店號，讓他在佐久間町開了間澡堂。當時住在附近的佐竹大人和板倉大人也給了他一大筆錢。因為住在官邸門長屋的家臣和夥計，都會使用街上的澡堂。

這世道令人感激，讓一個為了減少家中吃飯的人口而被逐出故鄉的孩子，出人頭地成了個澡堂老闆，有時還讓他聽到這類新鮮有趣的事。即使是年過六十的現在，只要坐在櫃台，他從不覺得無聊。

老闆懷著喜悅的心情，朝著供奉在樑柱的神田明神與秋葉神社的護符合掌。

謎就讓它是個謎，拿來下酒正好。

「打擾了！」

門板忽然打開，破鑼般的宏亮嗓音震動屋內。

「抱歉，已經要打烊了……」

正要鑽出浴場小門的客人全都停在原地。老闆提心吊膽地回望吹入冬季夜風的門口。

三名武士穿著密縫過的道服，緩緩站定在門口，背部升起滾滾蒸氣。即使是剛從道場回來，也太熱氣蒸騰了。而且三名武士不像劍術高手般肌肉發達，他們全身沒有任何一絲贅肉，身瘦如鶴，然而眼光卻炯炯銳利，臉龐曬得黝黑。

「雖然是不情之請，還請讓我們泡個湯。我們三名是宅子就在這後頭的板倉主計頭家家臣，一直鍛鍊到剛才，就像老闆看到的，渾身是汗。我們覺得最後一個來泡湯，才不會給旁人添麻煩，所以才在這時候結束鍛鍊過來。」

其他客人都躡手躡腳地從浴場出來了。

莫非……澡堂老闆以茶水滋潤了一下發乾的喉嚨，恭敬地問：

「三位大人說的鍛練，難道是練劍練到這麼晚嗎？」

「不。」武士遲疑了一下，結果站在背後的另一名武士猛地站出來回答：

「不是練劍。用過晚膳以後，因為肚子有些發漲，所以從東海道一路遠足到橫濱港去，剛剛才回來。」

其他客人偷偷摸摸地綁起兜襠布來，一副不想與他們扯上關係的模樣。

「那麼，三位是昨天才從領國安中……」

第二名武士迅速抽身，背後冒出第三名武士。無論做什麼都是三人一體，默契十足。

「我們板倉家家傳的遠足，與劍術等武藝不同。只要一天疏於練習，就會減退三天的實力。

晚膳後，屋內庭院擠滿了為了消化而鍛練的人，因此我們徵得留守居[30]的允許，往返橫濱。附帶一提，今天早膳前我們跑過甲州街道，去參拜了武藏府中的大國魂神社回來。」

第三名說到這裡，「喝」地一聲，第一名武士走上前來。縱隊又恢復原本的模樣。

「如果老闆無論如何都要打烊，那也莫可奈何。我們只好現在跑到箱根山去，泡個湯回來。」

「咦！咦！啊、不，沒有的事。」

「不不不，老闆不必費心。是我們強人所難。別擔心，對我們的腳程來說，町內的澡堂和箱根的溫泉，相差無幾。」

老闆連滾帶爬地跑下櫃台，將滿頭白髮朝迦葉山天狗都要自嘆弗如的三人拜去：

「佐久間町與箱根相差太遠了。請請請，水用了一整天了，有點髒，不過請三位大人慢慢泡。」

這時，河岸的小夥子與眾夥計也都穿戴整齊，恭敬地跪在木板地上。

三名武士將腰間佩刀擱到刀架上，脫下吸滿了汗水的道服和短褲裙，折疊整齊。一舉一動就像個苦行僧。

蹲下解開兜襠布的三人沒有半點脂肪，體格彷彿奔馳過關原戰場的遠古武士。

「那麼失禮了。」

三人同時將腰巾掛到肩上，鑽進小門，消失在蒸氣之中。三人的身體重疊為一，就連那身影看起來也只有一人。

「啊啊，太驚人了。」

澡堂老闆忍不住喃喃自語，跪坐在木板地上的客人也都頻頻點頭。

身為武士，就非這樣不可。昨天他們肯定達成了非凡的任務，但謎最好讓它繼續是個謎。

事情要回溯到前一天。

本所吉田町的蒔坂家江戶官邸，已經做好迎接主公的萬全準備，寂靜無聲。

說到本所深川，俗稱下町，但住在這裡的並非只有百姓，由於被濠溝縱橫切割，水運發達，交通也極為便利，自古以來就有許多大名旗本的屋舍。

原本蒔坂家的主官邸位在本鄉菊坂町，但因為距離城門遙遠，又是轎子往返不方便的高台地區，所以上代將位於本所吉田町的別墅改為主要居所，而本鄉的屋舍則夷為田地，交付駒込村的百姓照料，農產品再送到本所官邸的廚房。

本所是武士與町人雜居的偪促小鎮，但蒔坂家的屋子還是占了三千多坪。在眾家臣居住的門長屋圍繞下，建有一千坪的主屋，還有以雅士聞名的上代精心營造的庭園池塘。

過了夜五刻，宅子沒入黑暗之中。因為主公不在，屋裡沒什麼人。

燈火有兩處。深處的閨閣，正室鈴夫人正慈愛地斥責著引頸長盼父親抵達，不肯睡覺的一雙孩子。

蒔坂家是破格旗本，因此按照慣例，歷代正室都是從高家、與交代寄合同格的門第、或是

30 江户時代職名，設於各大名的江户官邸，負責與幕府及他藩折衝，以及藩主不在時的官邸警備工作。

大名家嫁入，不過鈴夫人的娘家，不過只是一千兩百石的兩番[31]。

當然，這不是父母訂下的媒妁之言。兩人究竟在哪裡相識，到現在依然是個謎。總之，是女方家人先發現兩人經常在向島一間鄙陋的茶屋幽會。某日，毫無預警地，一名自稱「書院番組頭」的魁梧武士，抓著長槍闖進宅子。

書院番會如此暴跳如雷，拚上老命，也是難怪，因為他心愛的女兒，肚裡已經懷上兩人的長男一太郎了。

既然有了孩子，那也莫可奈何。雖然兩家地位不同，但說到書院番，是慶長以來的正統武家家格，也沒什麼好挑剔的，於是便趁著肚子還不明顯，匆匆辦了婚事。

其實最關鍵的，還是書院番的奮不顧身。外表佯裝粗笨武人，骨子裡卻意外狡詐的這名岳父，猜到對方無父無母，只要上門究責，事情就能如願。

他還透過上司書院番頭，向若年寄哭訴「地位相差懸殊」，於是立刻被提拔為目付，一舉出人頭地。

鈴夫人就像這樣，是個來歷頗不尋常的媳婦，但在家中卻極受愛戴。

首先，夫人的脾氣極好，雖然稱不上美若天仙，但也不是醜女。某些角度看上去很美，這樣的恰到好處，讓每個人都不由地喜愛。夫人常與傭人一起在廚房忙碌，育兒也從不假手他人。最重要的是，夫人那張臉總是笑容不絕。

好了，除了裡頭的閨閣之外，還有另一處燈火，是外頭的留守居房間。

房間裡的是江戶官邸留守居楢山儀右衛門，高齡七十七的老官員。

人到了這把年紀，大多數的事情都嚇不倒他。或者說，對於大部分的事，他都已經糊塗了。畢竟出仕主家已經六十多年，這段期間歷經蒔坂左京大夫三代、將軍家四代，令人敬畏。

儀右衛門通曉各種舊例掌故，但是對於現今主家置身的種種不安，卻毫無所悉。不，他不可能不曉得，卻總覺得不真實。

不過換個角度來想，儀右衛門可以說是最適合的人選。譬如，參勤隊伍延遲，是關乎主家存亡的大事，然而總是宛如處在夢境之中的留守居，卻一點也不擔憂。

就在這樣的十二月十二日傍晚，不知為何，安中板倉家的三名家臣帶著通知延遲抵達的信函跑進宅子裡。

「這樣啊。居然連續跑了三十二里路，真是辛苦了。」

楢山儀右衛門也不怎麼驚訝，立刻照著例規掌故，前往值月老中的官邸。

駐江戶的家臣們都不禁面色蒼白。但是為數不多的家中無人能代理此職，更何況值月老中是以「謹嚴居士」著稱的松平豐前守。

然而連南方天空上的月亮都還沒移動半步，留守居的轎子就回來了。家臣們想，一定是連通知書都還沒拿出來，就在大門被趕了回來，沒想到楢山儀右衛門笑道：「順利辦妥當了。」他說老中沒有半句責怪就收下了。

事情哪有這麼簡單？家臣們不禁懷疑起來。難不成儀右衛門是在恍惚之中，在西廓下的大

31 江戶職名，指書院番及小姓組番，負責江戶城及將軍警備工作。

名小路繞了一圈，便以為信送到了，就這麼直接回來了？

由於茲事體大，家臣們按住儀右衛門，把他剝個精光。果真從懷裡搜出一封疑似信函的物件，然而放在燈火下仔細一瞧，那不是通知書，而是神社的護符。

「你們在做什麼？豐前守大人欣然收下通知書，還送了我領國寶貴的護身符。為什麼把我剝個精光？你們這些可惡的傢伙！」

那確實是松平豐前守領地，丹波龜山篠村八幡宮的護身符。

看來老中並沒有嫌這個忙錄的年關之際上門的老官員給他帶來麻煩。他默默地收下通知書，塞了領國的護符給他，把他打發了回去。

老人家果然不能小覷。留守居無人能夠取代。家臣們敬佩不已，為儀右衛門鱈魚乾般的身體套上睡衣。

單膝跪在井邊，當頭淋上冷水，也已經不覺得冷了。

合掌祈禱。心中默念的是祈禱主公康復，然而肯定在路上吃了許多苦的自家孩子卻浮現眼底，揮之不去。

「懇請龍神大人，以這條賤命換蒔坂左京大夫的命吧！」

再次淋上桶中的水。

「如果說這條賤命不夠，我將小犬小野寺一路的命也一起獻上。」

話聲剛落，亡夫託付的忠義之心，與疼惜孩子的慈母心在胸中彼此衝突，阿節忍不住蒙住臉哭了起來。

這時，一團燈籠的火光照亮了她的背。

「啊，妳還在生病，怎麼能浴水淨身……」

聽出那聲音是誰，阿節併攏濕透的雙膝跪下。

面對此番情景，夫人的臉上也不禁沒了笑容。

「驚擾夫人了。小的聽說主公在路上貴體違和，實在是躺也不是，坐也不是。」

夫人吹熄燈籠的火，留意著黑暗，在阿節身旁蹲下。

「回長屋裡去吧！」

阿節覺得比自己年輕許多的夫人就像個慈母。

「身為女人家，沒有一件事幫得上忙。」

「我也一樣。」

夫人壓低聲音，手繞到身後，解開腰帶。

「成親前晚，故鄉的父親告訴我，無論是何身分，沒有女人的支持，男人絕無法出人頭地，叫我一定要犧牲奉獻，支持左京大夫。」

阿節忽然想起手持長槍，張開雙腳站在門前，大呼「稟報蒔坂左京大夫大人」的那名旗本身影。

「如果妳有什麼萬一，誰來支持還沒有娶妻的一路？」

夫人褪下絹衣，只剩下貼身襯衣和腰帶，跪在井旁。這令人驚愕的情景，讓阿節說不出話來。

「也許有過各種誤會，但我之所以不顧分際也要成為蒔坂家的媳婦，全是為了支持無父無母的左京大夫。妳的祈禱我來接手，妳回去長屋吧！」

夫人拉起吊桶，一聲不吭，將滿滿的冷水澆在身上。

「多謝夫人，小的告退。」

阿節總算擠出這兩句話，蹣跚地走過通往門長屋的後院小徑。

夜空布滿星星，幾乎就要滿溢而出。亡夫的靈魂肯定也升上了天空，成為其中之一。

沿著被星光照得蒼白的小徑前行，鋪滿礫石的前庭有個茫然站立的人影。

「星空真美啊。」

留守居只穿著睡衣，身形單薄，頭也不回地說。這陣子他幾乎痴呆，眾人必須隨時關切。可憐的是，楢山沒有子嗣，所以即使衰老也無法退居，也沒有人能開口勸他隱退。

阿節羞恥地遮住濕透的襯衣，但痴呆的楢山似乎什麼也看不見。

「我這樣的老廢物怎麼也死不了，卻是小野寺彌九郎那樣能幹的壯年人過世。我再也提不起求神拜佛的念頭了。」

楢山話聲剛落，便走上玄關的式台，消失在屋內深處的黑暗中。

總覺得他的聲音比平時更加堅毅。

阿節打了一陣哆嗦，走進連接大門的長屋。

卡上門擋，擺好鞋子，進了木板間。這是一處簡陋的住居，只有各四張及六張榻榻米的兩間房間，而且是尺寸較京都更小的江戶式。

阿節屏住呼吸。她發現安放丈夫牌位的小佛壇上立著線香，旁邊獻上了一只陌生的神社護符。

丹波龜山篠村八幡宮神符。

雖然不知道是哪位大人送來的，但如果是八幡大神，肯定是武門之神。阿節覺得祈禱上達了天聽，將護符抱在襯衣胸口處，飲泣起來。

3

「大人瘦了許多吶！」

栗山真吾舉著燈籠看著一路的臉，感慨萬分地說。

「你也沒資格說我啊。」

彼此都瘦了一貫以上吧！體格原本就乾扁的真吾，臉頰深陷，就像個幽魂。

這裡是武州桶川宿，離板橋的朱引[32]只剩下短短八里，離日本橋也只有十里路程。無論結

32 朱引是地圖上的紅線，用以表示江戶的所在範圍，以此線區分府內、府外。

果是哭或笑，今天都是中山道上的最後一夜了。明日要參拜大宮的冰川神社，越過戶田渡口。雖說得越過渡口，但現在正值冬季，荒川水位很低，不必擔心遇上封河的麻煩事。

供頭與輔佐的夜間巡邏，今晚也是最後一夜了。兩人環顧彷彿撐起滿天星空的客棧屋簷。

「明天就算用爬的也到得了江戶，今晚就不說掃興的話了，大夥都是咬緊牙關才撐到今天的。」

節省再三的旅費，就讓大夥在這個宿場揮霍一空吧！無論是喝酒還是買飯盛女，只有今晚就別計較了吧！一路心想。

雖然遭遇了種種難關，但能走到這裡，全是因為家臣們願意聽從他不純熟的指揮。就算被迫遵循古禮行事，大夥也沒有半句怨言。儘管人人都已經精疲力竭，然而參謁江戶、威武堂皇的行軍威容卻不減半分，今天也讓路旁目送的百姓敬畏不已。

「家父會稱讚我嗎？」

真吾仰望星空喃喃道，一路卻覺得那聲音發自自己口中。

之所以感到安心，不全是因為順利走完了大半路程，而是企圖篡奪主家的蒔坂將監不在桶川宿。

他說想趁著吉日去冰川神社祈願，一早就離開了深谷宿。而陪伴他座騎的，是幾名疑似心腹的徒士。

將監在路途上想必安排了不少奸計，但自己不讓他有半點可趁之機。一路認為將監已經死心了。愈接近江戶，路上就愈顯熱鬧，人們的耳目也多了。到了板橋宿，駐江戶的家臣也會前來迎接。將監已經沒有謀叛的機會了。

「吶，真吾……」

一路這才想到說。

「我倒覺得我們沒有做出任何值得父親讚許的事。雖然家臣們無人提起，但我總覺得眾人都在齊心合力保護主公，而我們只是拚命執行眼前的工作，什麼也看不見。」

真吾盯著眼前的黑夜好一會兒，彷彿在回想路途上的種種，然後嘆了口白色的氣，憔悴的身子縮得更小了。

這天晚上，佐久間勘十郎鴻運當頭。

「哇哈哈，看見了沒？我就猜到差不多該雙了，果然是三一雙啦！教人怎麼能不笑呢？」

盤腿而坐的膝前，贏到手的籌碼堆積如山。一眼望去，至少也有三兩多吧！賭資是想把旅費花完而扔出去的一分銀，沒想到財神眷顧，大撈一筆。

連日的酒宴讓勘十郎開始覺得無趣時，正好有人找他去賭博。勘十郎不厭惡賭博，但也不好意思獨自玩樂，於是便帶著同組的足輕一起去。

「頭兒，差不多該收手了吧？」

「就是啊，應該見好就收。」

同樣大賺一筆的兩名足輕在兩旁喃喃道。

「那是你們運氣好。如果不是剛好跟我一起喝酒，就沒這種好運氣了。所以你們沒資格說要回去。」

這兩名足輕就是西廓組的矢島兵助和中村仙藏。

「看看你們，也贏了一兩多嘛！」

大概是從來沒賭過吧！聽到眼前那堆籌碼竟然值「一兩多」，兩人更想拔腿就跑。說到組足輕一年的俸祿，按規定是十俵三人扶持。而一兩可以買到三俵米，因此這是一筆難以想像的大錢。

主持賭坊的荷官身上的刺青被蠟燭火光照得閃亮，吆喝下注。

「來喲！押雙、押雙，有沒有要押雙一兩的？」

兵助和仙藏默默地把籌碼放在勘十郎下注的點數上。也就是說，因為勘十郎連賭連勝，兩人只是沾光罷了。

「押雙、押雙！」

單雙兩邊都得有人押注，否則不能開壺。荷官掃視著賭客連聲吆喝，但勘十郎只是把玩著手中的一兩籌碼，動也不動。

「頭兒，人家在催了。」

兵助說，但勘十郎仍不為所動。其實他有個秘計。

長條狀的賭席角落，有名臉蛋像戲子般白淨細長的旅人，乍看是個威嚴十足的江湖兄弟，但這傢伙賭運奇差。左思右想了老半天，押的卻與開出來的天差地別，真教人不可思議。他就這麼連戰連敗。簡而言之，勘十郎並非有所算計，只是看這個手氣背的賭客押什麼，他就押相反的罷了。

「嗨！押雙，押雙一兩。武士大人，怎麼樣？」

即使荷官指名詢問，勘十郎仍不為所動。

「沒人押雙。嗳，押雙喲！押雙一兩。淺大哥，怎麼樣？」

旅人露出莫可奈何的神情，將一兩籌碼放到雙數點上。雖然被指名卻不拒絕，但他應該是個老賭客。

「單雙都齊啦！下好離手！」

「等等！」勘十郎揚聲。

「抱歉，我要押單一兩。」

兩旁的兵助和仙藏也迫不及待地推出籌碼。

「噢，來啦！單加了二兩，單雙不齊。押雙、押雙，有人要押雙嗎？——淺大哥，可以請您幫個忙嗎？」

再次殘酷的指名，被稱為淺大哥的旅人惡狠狠地瞪了勘十郎一眼，把所有籌碼推上賭席。

「好，單雙齊啦！都押好了嗎？」

壺開了。

「五二單，押單的恭喜啦！」

大局勝負已定。從荷官的眼神來看，他似乎早就看穿勘十郎的手法。

「是時候了，撤退吧！」

代理組頭提錢箱來了。他俐落地兌換現金，免得場子冷掉。勘十郎贏了四兩多，兵助和仙藏也贏了近二兩。

「恭喜恭喜，三位武士大人是蒔坂左京大夫大人的家臣？」

「沒錯。」

宿坊這麼小也沒得假裝，勘十郎大方地承認，結果賭席上的客人全都齊聲驚嘆，彷彿佩服萬分。

「告別江戶時，還請務必惠顧。」

聽到這句話就明白了。肯定是在催促要把贏來的錢多少回饋給賭坊。

簡直是吃人不吐骨頭，勘十郎心想，但對方都說得這麼明白了，事關主家顏面。勘十郎乾脆地把一兩遞給代理組頭，又把一兩扔給坐在角落的那名賭客。

「贏來的吉利錢，就算分點紅吧！」

勘十郎的大手筆引來眾人喝采不絕，然而那名賭客卻笑也不笑。

三人被請到隔壁房間請酒吃壽司，離開賭坊時已經是深夜時分，即將滿月的寒冷月色照亮著中山道。

「請留步。」

被人從背後叫住，勘十郎心頭一驚，站在原地。雖然他喝得酩酊大醉，然而人都走進拔刀可及的距離了，他卻絲毫沒有察覺。

兵助與仙藏立刻退開，戒備起來，勘十郎慢慢地回頭。如果對方是刺客，自己早就沒命了。而且是身為武士最不可原諒的背傷，那是無從辯解的屈辱。

「你不是一般百姓。」

是那名只佩了一把刀的賭客，然而那身站姿卻沒有絲毫破綻。

「不，在下只是個落魄旅人。」

「有何貴事？」

「我來奉還賞錢。在勝負中落敗還拿人賞錢，身為賭徒，實在太沒面子。」

賭客扔過來的銀錢，像瞄準了似地落進勘十郎敞開的胸口中。

「放肆！」

「那麼請武士大人直接以放肆為由斬了在下吧！」

聲音雖然沉靜，但卻形同當面唾罵。勘十郎抓住刀柄問道：

「就算要斬了你，至少也該問個名字。」

「是，在下暮蟬淺次郎，是個下賤之輩。」

為何無故找碴？如果不是刺客，難道是將監設下的圈套？勘十郎懷疑。

「頭兒，請別衝動。」

兵助勸阻。當然，勘十郎不打算真的殺人。只要在脖子處停下刀來，對方就會嚇得屁滾尿流，招出自己的身分吧！

「我來跟你一較高下，拔刀。」

「請直接斬了我吧！」

「好，既然你都說了兩次，我就成全你！」

勘十郎揮舞出鞘的刀。然而淺次郎的身影卻倏地消失，他身後的月光猛地躍入眼中。瞬間，收勢的刀刃已經抵在勘十郎的脖子上。

「你是什麼人？」

淺次郎低沉的聲音在耳邊響起：

「只是得過且過的賭徒。聽說各位大人不是別人，而是蒔坂大人的家臣，這錢，在下更不能收了。請別多說，把錢收回去吧！」

淺次郎語畢倏地抽身退開。不知道是什麼巧勁，刀子竟若無其事地收回了和服腰帶上的刀鞘裡。

「失禮了，告辭。」

三名武士啞然失聲，只能目送那走向街道月色下的背影。

曉七刻離開桶川宿的一行人，經過上尾宿，往武藏國一宮冰川神社的門前町——大宮宿前進。參勤旅程也到了最終階段，今晚就能抵達位於本所吉田町的江戶官邸了。

隨著天色轉亮，往地平線延伸的富饒農田也展露形姿。這裡是支持著德川幕府的天領。

雖然日顯衰退，但幕府的政務依舊了得，儘管率領二百八十餘名大名，卻從來不曾掠奪百姓的一粒米做為租稅。雖然俗稱的「旗本八萬騎」是有些誇張了，但五千一百多家的旗本、兩萬六千多家的御家人，全仰賴幕府託管的封地，或是從天領收穫而來的米生活。

就是明白這樣的恩顧，諸侯們才會誓言效忠將軍家，並甘心承受參勤交代的苦役。

這一帶的中山道平坦齊整，十分易行，也因為通行的人潮較多，地面被踩得又實又勻。不過最主要的原因還是因為這裡屬於天領，所以整頓的工夫毫不懈怠。沿道居民知道中山道是天下糧道，也不會草率對待，即使只是掉了塊小石子，也會彎身撿起；凹了個小洞，也會立刻用土填平。

馬車、牛車不必多說，就連人拉的大板車也一概禁止通行。因為會留下車輪痕，因此行李都讓牛馬扛著，或是雇工揹負。如此一來，不僅不會破壞道路，沒有農地的百姓也能靠著替人扛貨的工錢維持生計。當然，參勤隊伍也不例外，雖然是數千人的大行軍，也不得使用任何貨車。

不過也因為如此，隊伍不會壅塞，總是以相同的速度前進。如果是平坦的路，一日可行十里，換算成法蘭西式軍制，就是四十公里。從桶川宿到江戶日本橋的中山道十里十四町，是距離恰到好處的路程。

「哎呀，好快啊。身上沒什麼行囊，卻得勉強才跟得上，我也上了年紀吶！」

江湖術士追趕在隊伍後方，大呼吃不消。

「哎唷，算命師傅。那不是年紀的關係，連續兩個晚上喝那麼多酒，當然叫苦啦！」

梳頭新三沒有宿醉，但腳步一樣沉重。因為即將進入江戶，要梳頭的武士排隊直到夜半，害他幾乎沒有闔眼。不過也因為他的努力，今天的隊伍看起來格外容光煥發。重體面的武士，只要綁好髮髻，刮淨鬍子和月代，精神自然就會振奮起來。

「主公好像一直都騎著馬吶！」

朧庵以手遮光，遙望遠在一町之前的馬匹。

「妝都脫光了，完全變回了花斑馬，不過也別有一番威風吶！」

隊伍之所以走得特別快，一方面也是因為主公騎馬。轎子空了，隊伍的速度自然加快。

「不會過於勉強，又發起燒來吧！」

「聽說完全康復了。往江戶的十里路不算什麼，不過聽說是要去大宮的冰川神社參拜，所以才得趕路。」

不過兩人擔心的是，總是騎馬跟在隊伍後方的蒔坂將監，今天卻不見人影。

「真教人憂心吶！」

「是啊，教人憂心。」

「他底下的狐群狗黨也不見人影。」

「小的來打聽看看吧！」

新三將背上的生財工具搖得鏘咚作響，趕上隊伍。側用人伊東喜惣次走在隊伍的後方，不曉得是哪裡不適，有些垂頭喪氣，背影看起來消沉無力。

「側用人大人。」

新三出聲招呼。

「路上受大人關照了。託大人的福，小的可以過個好年了。」

邊走邊與重臣說話，雖然無禮，但這名武士卻一點盛氣凌人的架式也沒有。也是這名側用人為了像鯽魚般附在隊伍後頭的江湖行商，介紹梳頭和占卜的客人。

伊東露出陰沉的笑：

「這樣啊。太好了，參勤旅程本來就得照料百姓的荷包。」

聽說他是蒔坂將監的心腹，但怎麼看都不像個惡人。新三覺得要說他是夾在人情與忠義之間，左右為難，雖不中矣不遠矣。

「真羨慕你們。」

側用人的呢喃聽起來就像發自真心。

「咦，大人此話怎講？」

「哦，我說巡行梳頭、江湖術士教人羨慕，如果我也能走上那樣的人生就好了。」

「大人貴為武士，怎麼開這種玩笑呢？」

「怎麼會是玩笑？喏，梳頭的，俗話說，人要有一技之長，那果然得從小學徒時就開始學藝嗎？」

新三觀察起那張看起來不像在說笑的表情。

「沒那回事。像小的，從來不曾拜師學藝，只是生來比別人巧手罷了！」

「我天生就笨手笨腳。」

「那可不成。幹梳頭的，全靠這雙手。那大人乾脆考慮給人卜卦如何？」

伊東轉頭，看著因為宿醉而步履蹣跚的朧庵。

「那也不錯……但我不只是笨手笨腳，連心思都拙，還是沒辦法吧！」

風捲起枯田泥土吹了上來。伊東拉下笠盔帽簷，遮擋灰土。

「首先，我不會撒謊。」

「心思拙……？」

「對了，怎麼不見將監大人人影？」

新三二問，伊東臉上的笑容立時消失了。

「閒話說夠了沒？這可是參勤中的隊伍。」

伊東斥道，加快腳步離去。

「原來如此，看來還不能安心。」

朧庵趕上來說。伊東的背影在沙塵中遠離。

「側用人是有苦說不出吶！」

「這也顯現在面相上？」

「不，我哪會什麼觀相之術？」

「哈哈，怎麼，原來師傅的那些都是唬人的？」

「卜卦的全是虛假。但為了巧妙地把人矇騙過去，還是培養出看人的眼光。譬如……那身旅用外衣。」

朧庵的下巴朝伊東的背影一比。

「外衣怎麼了？」

「印著割菱家徽。」

「身為側用人，當然有主公賞賜的外衣吧！」

「你會把主公恩賜的寶貝穿在旅途上弄髒嗎？那是他自己的。」

怎麼會呢？新三納悶不解。除非是同宗之人，否則家臣不可能持有主家的家徽。

「那不是蒔坂將監給的外衣，就是身為將監郎黨的證明。換句話說，儘管出人頭地，成了側用人，卻無法定下家徽，仍然被迫身為將監的郎黨。明白了嗎？新三小哥，這些觀察，是舌粲蓮花的卜卦士最重要的基本功。」

確實，這麼一說，垂頭前進的側用人背上的家徽，就像脫不掉也抹不去的刺青。

武藏國一宮冰川神社是諸國冰川神社的總社，據傳是遠古時由出雲大社分靈而來。當然，大宮這個地名，就來自這座神社。

此處祭祀造國之神的大己貴命——大國主，以及祂的父母素戔嗚尊、奇稻田姬等諸神，因此深受幕府崇敬，捐獻了三百石的社領。

通往社殿的參道有十八町之長。這也是理所當然，因為在古代，這條參道本身也是中山道的一部分，到了三代將軍大猷院那一代，才改變路線，建立新的門前町。

因此大宮宿極盡興隆。因為常有達官顯貴前來參拜，本陣只有一處，副本陣卻多達九家。不過就參勤旅程來說，從這裡到江戶不過七里十六町，因此貴族們通常不停留過夜，而是在副本陣歇歇腳，然後參拜。

預定今天抵達江戶的蒔坂左京大夫，隊伍連休息的時間也沒有。主公在第一鳥居前下馬，只帶著幾名隨從前往參拜。

「延遲抵達的通知書已經送出，所以只有主公和貼身隨從前往參拜即可，其餘人等在鳥居前等待。」

這是側用人的意見。

當然，供頭反對。主公只帶著小姓，經過漫長的參道，這太危險了。更何況這是伊東喜惣次的建議。

就在僵持不下時，佐久間勘十郎插嘴道。

「側用人的話也不無道理。不過我想請教，將監大人到哪去了？我聽說他為了到冰川神社祈願而提早出發，究竟去祈求什麼？」

這種時候，絕不能詢問主公的意向。不過即使詢問，主公也只會回答「斟酌著辦」。至於主公，也不曉得是否聽見了眾家臣的爭吵，正舔著小斑的鼻頭。主公已經完全愛上了小斑。

「這樣啊，沒想到妳也想參拜冰川大神。不過妳是馬，不能冒犯神前。好、好，真懂事。」

主公與馬面對面貼著，又伸舌舔了一下馬鼻。

看在旁人眼中，肯定會覺得傳聞果然不假，主公就是個傻瓜。不過聽在一路耳裡，那聲音就像在催促「隨便怎樣都行，快點」。

最後折衷，讓主公帶著幾名隨從前往，分別是為主公持刀的小姓、供頭小野寺一路、擔任先鋒的佐久間勘十郎、他的部下組足輕矢島兵助與中村仙藏，一共五人。

兩名足輕被召喚出隊，勘十郎悄悄附耳對一路說：

「他們的本事沒問題。」

一行人包圍著主公，踏上漫長的參道。由依然穿戴得像個端午節人偶的勘十郎領頭，足輕護住兩翼，一路殿後。隨著目送的眾家臣遠去，一路真有一步步深入死地的感覺。

由於得一邊留意四下，因此前進得很慢。雖然天候嚴寒，參拜的人也不多，但對於得知貴族經過而跪在路邊的百姓，也必須小心提防才行。

在經過第二鳥居時，一路察覺左右樹林有不尋常的動靜，或許是不想下跪的路人，或是想偷偷窺看主公的孩子，但更有可能是刺客。

「礙事。」

主公忽然這麼說。似乎是覺得在石板路上步步為營，小心翼翼前進的勘十郎擋路。

「請主公忍耐。」

勘十郎背對著說。

「礙事。」

「所以說，請主公忍耐。」

瞬間，主公閃過勘十郎身旁，如脫兔般飛奔而出。

好快。雖然早就知道主公腳程奇快，但也未免太快了，一點都不像大病初癒。

「主──公──！」

眾人七嘴八舌地大喊，拚命追趕，但主公更加快速度，才一眨眼就跑遠了。被風吹漲的錦緞外套，也變成一團圓金幣，然後變成一分金、一朱金，最後從視野中消失。

難不成主公察覺到了刺客的氣息，表面佯裝奇行，其實是在逃離刺殺？一路心想。

武士們邊跑邊拔出刀來。因為他們明確地看見左右樹木間，有人影追上主公。

「這裡交給我們！」

「保護主公！」

兵助與仙藏叫道，縱身躍入草叢。

萬一前方有伏兵該怎麼辦？一路與勘十郎不停地喊著：「主公！主公！」急起直追。

到了社殿附近的第三鳥居，才總算追趕上。

從樹梢灑下參道的一片燦爛日光中，停著一支華貴的隊伍，而主公正站在轎旁，與一名高貴的大人親密地交談著。明明跑了數町之遠，主公卻連大氣都沒喘一下。

「退下，小野寺。這位可是幕府的使者大人。」

隊伍約有三十人。似乎在本陣換過衣裳，跪下單膝的武士全都穿著齊整的肩衣，下身是折痕清晰的短褲裙。

疑似將軍使者的貴族身穿白色素面窄袖便衣，外罩黑色肩衣及褲裙，遠遠地便能看出上頭染的家徽是矢車，然而隊伍前方的幡旗卻是三葉葵。

兩人急忙收刀入鞘，屈下身子，跑到主公身後。

「這位是寺社奉行井上河內守大人，還不快低頭。」

聽到主公的聲音，兩人立刻跪伏在地。

寺社奉行——這個職位地位非凡。寺社奉行是不受老中或若年寄支配，直屬於將軍的大名，與其他奉行的品級截然不同。大概是前來執行寺社奉行的公務，或是代替將軍參拜，才會將轎子抬進第三鳥居前。

「原來如此，遵循古禮的參勤啊。在凡事得過且過的現在，這種志氣令人稱賞。那麼，這位華麗威武的家臣，就是開道的武者嗎？」

「沒錯。據說在過去，會把這樣英勇的武者安排在前頭，擔任行軍前鋒。喏，勘十，向河內守大人展示一下你的武者英姿。」

「是！」勘十郎回答，站起身來，左手按住大刀柄，右手握著單鎌十字槍，轉了一圈。眾隨臣都「噢」地發出感動的聲音。

「不過左京大夫大人，近來每一家都財政拮据，為什麼會刻意安排這樣的隊伍？」

主公氣定神閒地回答：

「正因為財政拮据，更要如此。如果窮，就非節儉不可，但家傳的慣例總花不了多少錢。況且就是因為怠忽古禮，武士才會權威盡失，每下愈況。既然如此，或許被我們遺忘的古禮當中，正隱藏著某些意義，因此在下才會讓如此令人費解的舊俗重新恢復。」

井上河內守沉默了好一陣子，盯著主公看。

「我從前就認為，你的所做所為雖然看似荒誕不經，卻無一不符合道理。」

「畢竟征戰是武將的本分。」

「什麼？」

「征戰，不是為了赴死；贏得勝利，才是征戰。在下認為近來的政務，就像是一場赴死的戰爭。」

河內守沉思了一會兒，說：「我會在路上想想。」

比起再度變得判若兩人的主公，一路對留在參道上的兩名足輕更是擔心不已。

「在這裡相遇，也是某種緣分吧！一起去參拜如何？說到代替將軍大人參拜的人選，比起鎮日為政務汲汲營營的在下，左京大夫大人更為適合。」

兩名主公肩並著肩，在冬季日光照射下的參道上走了出去。隊伍動了起來。

「主公察覺了吶！」

勘十郎敬佩地說，一路也有同感。主公不是在躲避刺客，而是認為無論被殺或殺人都要竭力避免，才會飛奔而出。

不過竟在前方碰上寺社奉行的隊伍，一路認為這絕非偶然，而是祭神的庇佑。

往社殿走去的兩位大人的背影，突然與前赴戰場的祖先身影重疊在一起。

小野寺一路按住懷裡的古老冊子。自己只是糊里糊塗地依照這《行軍錄》的指示下令，然而聰明的主公卻早已相信古禮所帶來的功德。

八 左京大夫入江戶

1

〈供頭守則〉

十九、道上若生事端　而及當地吏員審問
　供頭及輔佐　須與事關者共解決之
　參勤乃行軍也　參謁江戶為主公之本分
　不論糾紛如何　行伍皆應肅穆同前

說巧不巧，竟然在代官不在時，鬧出這樣棘手的事來。

聽見本陣山崎家的通報，火速趕往一看，門前已是萬頭鑽洞。大宮宿因為受到冰川神社顯赫神靈的靈驗庇佑，少有犯罪情事。說到需要官吏出面協調的，最多就只是排解酒醉者的紛爭紛。

而在這樣的宿場本陣，竟然抬進了兩具蓋著草蓆的屍首，自然引發軒然大波。

海老澤吉三郎是代官底下的「公事方吏員」，也就是裁奪領民糾紛、維持領內治安的輔佐人員。代官也說因為自己年事已高，將推舉他成為下任代官。

就在這事關升遷的緊要關頭上，竟然飛來橫禍。而且代官陪伴前來替將軍家參拜的寺社奉行，前往岩槻城下，如果在這時出了什麼差錯，朝思暮想的代官職位也要化為泡影了。

總之得先趕走看熱鬧的群眾，將門板上的屍首送進庭院，詢問來龍去脈。

堂而皇之地進入本陣內廳的，是今早經過大宮宿的參勤隊伍隨員，也就是在西美濃田名部郡擁有七千五百石采邑的交代寄合，蒔坂左京大夫的家臣。

年輕的供頭，還有一身奇異裝扮的武士進入房間，身分不同的隨從及兩名足輕則在外廊端坐著，庭院放著兩具沉默的屍首。看來這就是所有相關人士了。

「隊伍怎麼了？」

吉三郎竭力裝出高傲的聲音說。天領是將軍家的領地，自己雖然只是天領代官的輔佐，也絕不能對參勤隊伍的隨員卑躬屈膝。

年輕供頭先是理直氣壯地回答：

「敝家參勤隊伍預定在今天進入江戶，正在趕路。」

「哦？但無論是何緣故，都死了兩名家臣吧？為什麼這麼趕？」

是不是因為冒犯主公而遭到斬殺？吉三郎直覺地這麼想。說到蒔坂左京大夫，是個鼎鼎有名的傻瓜主公。因為愚蠢，不計後果地砍死了家臣，最後只丟下一句「接下來你們看著辦」。是不是這麼回事？

「總之，可以告訴我事情的始末嗎？」

「不必了。路上不能帶著屍首同行，因此請協助安葬在附近的寺院裡。當然，如果大人忙碌，請做出指示即可。在下會負責搬到寺院，請人超渡。」

不必？這是什麼口氣？吉三郎壓抑憤怒的情緒，望向寒霜未解的庭院。

確實，是遭到刀劍砍死的屍體，而且是兩具。這和平的門前町，已經好幾年沒出人命了。

「不只一人，而是兩人遭到斬死，在下也不得不寫下詳細始末，上報代官，而代官也必須報告郡代。如果大人拒絕，在下便無法盡責。」

「回大人的話，這兩具屍首是田名部家裡的人，他們密謀傾覆主家，意圖在冰川神社參道上弒君，反遭我等隨從處斬。」

什麼？傾覆主家？吉三郎驚訝得目瞪口呆，又不是作戲，這藉口未免太不真實。

「且慢。如果是這等大事，更必須上報江戶，請求目付役指示。以家中之事推諉，不許他人過問，就想逕自處理屍首，這未免太只顧自己方便了吧？」

道理站在我這裡。然而吉三郎對五人那毫不畏懼，直直地注視著自己的眼神感到有些退縮。那不是違背正道的人會有的眼神。難不成這不是藉口，也非作戲？一想到這裡，吉三郎的背脊便一陣發涼。

身穿戰袍、武者相貌的武士以洪鐘般的聲音說：

「不必煩勞大人，家中醜事，在下自會報告目付役。話雖如此，就算是叛徒，畢竟也是曾經吃同一鍋飯的同袍，不忍讓他們曝屍在異鄉的寒冬之中，還望大人體察。」

那名武士轉過膝蓋，面向吉三郎，雙手扶地深深行禮。

「在下田名部陣屋藏役，佐久間勘十郎。代代皆駐守領國，這是頭一回參與參勤旅程。然而在這次的路途中，為主家奉獻的心志已經深深地刻在心裡。一想到這些叛徒或許也是出於保護主家，而做出如此謀弒之舉，就實在無法將他們的屍首拋下，還請大人成全。」

為主家奉獻？真是讓人懷念的說法。當然，對武士而言，這必然是至高無上的道德，然而聽在吉三郎的耳中，總覺得不過是逢場作戲。

然而自己也是幕臣，說到主家，自然就是德川將軍家，但吉三郎家中代代都是附屬於代官的小官員，從來不曾想過「為主家奉獻」。

要是成功坐上了代官的位子，正月與八朔節便能登城，屆時肯定也能明白什麼叫做「為主家奉獻」的心了吧！吉三郎心想。

「稟報官吏大人，在下發誓，此話絕無半分虛假。如果我們是只顧自己方便的武士，早就將這些屍首棄置在參道上，趕路去了。但我們認為那會造成更多麻煩，所以如此處置，還請大人瞭解。」

輔佐的年輕武士在外廊雙手扶地說。那張消瘦的臉，讓人想到旅途上的辛勞。果真不是信口開河嗎？

但對吉三郎來說，這反而是給他找麻煩。如果身分不明的屍首被丟在參道上，他當然不必扛起責任，然而他們卻不知變通地放上門板扛了過來，還說起傾覆主家的陰謀，真是麻煩透頂。

「我明白了。不巧代官大人正外出辦事，明日才會回來，請等到那時候。」

只見眾人異口同聲抗辯：「不可！」、「萬萬不可。」每一張表情都緊迫萬分。也就是說，他們等待收拾好屍首，就要盡快趕上隊伍，保護主公是嗎？

吉三郎突然想起一件事，隱約有大禍臨頭的預感。

今天一早，一名自稱蒔坂家家臣的高傲武士來訪客棧。據說他和代官是老交情，被請入內室以後，便支開旁人，深談了一陣子。然後代官便唐突地說要陪同寺社奉行前往岩槻參拜。

吉三郎知道昨晚留宿本陣的寺社奉行井上河內守，在代替將軍參拜後會去拜訪岩槻的大岡家，但代官原先並沒有預定同行。

想到這裡，吉三郎便覺得喉嚨無比乾渴，一口氣喝光了冷茶。

「我先檢查屍首。」

他打赤腳走下霜雪未解的庭院，掀開蓋在屍首臉上的草蓆。

錯不了，是跟著那名高傲武士一起來的人。另一個的臉也有印象。

吉三郎蹲在屍首旁，無法不沉思上好一段時間。混亂的內心愈是理出頭緒，身體就愈是發冷。

這兩具屍體，無庸置疑是那名高傲武士的侍從。那個長相邪惡毒辣的武士，名叫蒔坂將監。既然是地位形同大名的交代寄合的宗人，代官會對他恭敬萬分、極盡諂媚，也是理所當然的事。

那名武士就是主家內亂的元兇嗎？據代官說，蒔坂將監是個豪傑之士，甚至與老中若年寄交好。

「如果是為了主家，血洗參道，也是莫可奈何的事。但要是讓大人受到牽連，在下也會過意不去。據我聽說，寺社奉行在代參冰川社神之後，將直接拜訪岩槻的大岡兵庫頭。既然如此，大人也一同前往就行了。代官為幕閣開道是值得嘉獎的事，而且要是大人不在，期間無論發生什麼事，都不會怪罪到大人的上頭。倘若事後遭到追究，只要讓留守的輔佐切腹謝罪就行了。」

蒔坂將監是不是對代官說了這麼一番話？而年事已高，只擔心自己晚節不保的代官，兩三下就言聽計從了。

想起代官離開時該交代的事也沒交代，匆匆離開客棧的背影，吉三郎那不好的想像一下子便轉為確信。

「海老澤大人，參勤路上就是戰場。正因如此，我等不能拋下陣亡的戰友屍首。請您回話。」

供頭這麼說。太自私了！吉三郎咬牙切齒。說參勤道上就是戰場，氣魄可嘉，但論到身處生死分水嶺的戰場，吉三郎也是一樣的。而且這還是場猝不及防的戰爭。

祖先代代都是小官吏，粉身碎骨才總算爬上了公事方吏員的地位，而今朝思暮想的代官職位，就在伸手可及之處。

或許得一肩扛起責任，被迫切腹了。如果被沒收俸祿，遭到放逐，那麼自己就只能跟妻兒一起變成荒野枯骨。

萬事休矣。不僅被捲入冰川神社的參道遭鮮血玷污的大罪，要是又被扯進別家的內亂，無論上頭如何裁處，自己這個芝麻綠豆般的小官，小命都不可能保得住。

「請大人同意！」

武者的洪鐘聲震動胸膛。自己過去應該沒有犯過任何錯，然而卻存了出人頭地的非分之想，這是上天對他的譴責嗎？

「請大人成全！」

輔佐的額頭撞在走廊上。吉三郎一直相信，只要自己甘於清貧，努力顧好本分，就會獲得冰川大神的眷顧。兒子抱著代替束脩的蘿蔔乾上私塾，妻子疲累得都憔悴了。而這樣的人生，等到的竟然是這種結局？

後頸一陣寒意，抬頭一看，頃刻間暗下來的天空灑下小雪。

這要是戰場，胡思亂想也不是辦法。雖然身分只是一介小官員，但自己可是馳騁關原的德川家足輕的後裔。吉三郎認為，身為武士，等待救援是奇恥大辱。

「我明白了，屍首就送到寺院超渡吧！接下來的事，就交給在下海老澤吉三郎處理。」

煩惱猶豫也不會有結果。吉三郎把手收進衣袖，在懷中握緊掛在脖子上的冰川大神護符，想要再次仰仗神意。

如果自己的一生無論再怎麼貧窮，都無愧於神明，那麼便沒有道理遭到天譴。

眾人合力扛著門板，抬往寺院的路上，佐久間勘十郎看見岔口路上的布告場，停下腳步。

「啊呀！」

就算認出通緝犯是誰而大吃一驚，是情有可原的事，但因為驚訝而鬆手，也太丟人現眼了。屍首從門板滾落，引來看熱鬧的人們一陣尖叫。

「真是的，無論做什麼都那麼誇張。難道頭兒認得通緝犯……啊、啊呀！」

矢島兵助也站住了。中村仙藏聽到聲音，仰望通緝令，同樣沒了聲音。

「海老澤大人，方便嗎？」

勘十郎招手，善良的官吏臉上也沒有嫌煩的神色，折返回來。

「啊，這人相是在下畫的。如何？在下別無長處，只有畫圖還算拿手。」

「在下不是在為你的畫佩服。呃，我看看，江州無籍淺次郎，綽號暮蟬阿淺。此人遭處放逐江戶，卻妄稱盡江湖道義，三番兩次為人做打手，以擅長的居合劍術，斬殺賭徒八名。如能活捉，賞金一兩，通報其所在者，也有相應酬金——」

勘十郎出聲唸著，不禁按住了脖子。他一清二楚地回想起貼在皮膚上的刀刃冰冷觸感。

「這是聽人形容畫的，有沒有用很難說吶！不過靠著通緝像抓到犯人的例子，可以說幾乎沒有，所以等於是在賣弄畫技罷了。哎呀，見笑了。」

勘十郎搖搖頭。就算只是靠著賭場蠟燭的微光，以及在月光底下看去，那都是個如同肖像畫、面容肅穆的俊俏男子。尤其是那有些刺眼似地微微瞇起的眼睛，以及抿成一字的薄唇，可以說是如出一轍。最關鍵的還是那迅雷不及掩耳的居合劍術本領。

「錯不了。」

勘十郎說，兩名足輕也都同聲點頭說「錯不了」。然而海老澤吉三郎卻不怎麼驚訝。雖然並非貪圖那「相應的報酬」，但官吏竟然不感興趣，讓人意外。

「其實我們昨晚在桶川宿遇到這個傢伙。」

「哦？」

「就只是一聲哦……？」

難道是個只知道照章辦事的胡塗官吏？勘十郎目瞪口呆地瞪去，海老澤笑吟吟地反駁：

「江湖有江湖的規矩，裡頭也有許多道義的束縛。而且如果要追究殺人罪，為何武家的報仇就被視為美談？在下實在不明白。況且站在武士的角度來定罪，未免自私。因此在下不打算追究這個人的罪。」

說到這裡，海老澤朝滾下門板的屍首合掌，嘆了口白色的氣。

「為主家盡忠義，與在江湖上盡道義，這中間究竟有何不同？也就是說，如果這個叫淺次郎的通緝犯罪大惡極，那麼各位也是同罪吧！在下沒有勇氣置武士的行徑不顧，只是制裁百姓。」

海老澤的道理令人折服。一點也不像怕事小官的心態，簡直就像聽到了一場名奉行的演說。

佐久間勘十郎仰望下雪的天空，遙想淺次郎的人生。劍術磨練到那般出神入化的境界，卻因為這樣的神技，不得不持續盡江湖道義的人生，究竟有著怎樣的一段過往？

荒川堤防另一頭，是富士靈峰及大山，也能望見秩父和多摩群山。

但是到了午後，從西邊湧出的烏雲便吞沒了所有的景色，逼近而來。

河寬六十間，經過戶田渡口，立刻就是板橋宿了。依據規定，水深只要超過一丈八尺就必須封河，但這個時節不必擔心。

即使如此，這裡仍與東海道的河流不同，沒有淺灘，因此旅人必須乘小舟渡河。船資三文，水位一漲，船資也會跟著就地起價。不過武士、僧人、神官、修行者可以免除費用。能夠同時載運人馬的大船長五丈六尺，還有為了參勤隊伍而準備的主公座船。但在渡船人數稀少的這個季節，多數渡船都在修繕中。

天色愈詭譎，空澄和尚就愈發不安。就算克服種種艱難，終於來到了戶田渡口，惡徒依然不見死心。河岸朦朧，說到人影，就只有正準備渡河的老船伕。朝河面扔石頭的小娃兒，是其中一人的孫子嗎？

堤防另一頭，放眼所及是一片曠野，連民家也沒有。遙遠的對岸，正在修繕的船隻排成一列，翻過來倒擱在岸上。

終於下起雪來，而且是突然放下純白帳幕般的鵝毛大雪，就連讓人興起不祥預感的河岸景色，也兩三下便被遮掩殆盡。這下子連十間遠的前方出了什麼事都看不見。

萬一隊伍中仍有奸人心存叛意，肯定會把戶田渡口視為最後一次機會。換句話說，決戰場就在這裡。

空澄和尚揮舞錫杖，拿定主意，朝渡口走去。

「和尚，這是大人要坐的船。」

頭戴菅笠，身穿蓑衣的船伕說。

「貧僧是叡山派到寬永寺的使者，請讓我同船。」

空澄和尚信口胡謅，也不理會便逕自上了船。如果是派往將軍家菩提寺的使者，即便是大名旗本也無法拒絕。他已經有所覺悟，萬一真出了什麼事，即便要用自己的身體當盾，也要保護主公。

供主公乘坐的船是約有四丈長的平底舟，中央有個木板屋頂的船艙。空澄在船首盤腿坐下。一心念誦《般若心經》，雪勢漸漸地增強，成了橫掃的暴風雪。河面立刻波濤洶湧起來，船被繫留在岸邊，發出傾軋聲響。

隊伍還沒到嗎？如果守河的官員先跑來，會立刻下令封河，禁止通行吧！就算是大名旗本，也只能服從命令。這麼一來，要在今日抵達江戶的預定，也變得岌岌可危了。

這天色驟變的狂暴氣候，總讓人覺得是惡鬼所為，空澄和尚幾乎扯破嗓門地大聲誦經。據說《金光明經》對天地異變非常靈驗，但不巧的是空澄和尚不會背。

「伊東，上天站在我這裡。」

參拜堤防下的水神社後，將監對這突如其來的暴風雪豎起鍾馗般的眉毛低聲說。

肯定是的。對於在正義與忠義之間不斷地搖擺的伊東喜惣次來說，這遽變的天候，就是神佛給他的結論。

繫在渡口的是附有頂蓋的主公座船，與長五丈六尺的大型渡船。只要同時使用兩艘船，隊伍就可以一次過河。

因為認為今日之內必定能到，便從桶川宿派出飛腳前往江戶官邸。換句話說，接到這個消息，幕府明日就會派遣上使，不到幾天，主公也要登城進行參勤禮拜。預定行程無法取消，必須在封河的命令發布之前，迅速過河才行。

「快，立刻請主公上船！」

伊東喜惣次對堤防下方喊道。少了供頭和輔佐的隊伍混亂不堪。愛出鋒頭的佐久間勘十郎也不在。不知為何，那夥人一個不剩，全為參道上的那件事收爛攤子去了。是認為計謀已經失敗了嗎？還是認為無論如何都得讓隊伍先過河再說？無論如何，這對將監來說是唯一的絕佳機會，真可說是天助他也。

「聽好了，伊東，不能讓任何人有思考的空閒。你留在渡口，指揮大船。」

將監的指令教人感激。無論如何，總之他不必親眼目睹主公的最後一幕了。

「如果在這時遇上封河禁令，主家就大禍臨頭了！快啊，就算只有主公一個人，也必須讓他過河！」

伊東吶喊著，認為自己再也不能有所猶豫了。

自己的主子，只有將監一人。將生長在門長屋的一介貧窮郎黨提拔為側用人的，絕非主公。

咦？好像哪裡不太對勁。

詭譎的不只是天候，那個可疑的傢伙在渡口呼喚主公。

我的前腳僵住了。不可以去！要是照著他們的話做，肯定會有滔天大禍，動物的直覺絕對錯不了。

「怎麼啦，小斑？快點前進。」

被主公這麼命令，即使不願意也得往前走。這種時候，如果是白雪前輩，會怎麼做呢？會直接載著主公跳進河裡，游到對岸嗎？可是那麼令人惶恐的事，我實在做不來。

被主公的馬鐙和韁繩催趕著，我走了出去。每往前走，就靠近渡口一步。蒔坂將監、伊東喜惣次和幾名手下。啊，這不可能不發生惡事。

和將監對望了。

「渡河的時候，因為要請主公先行，座船上只有座騎和小的幾位陪乘。眾小姓會坐大船隨後跟上來。」

不行不行，這絕對不行！然而那些小姓卻同意了。這種時候，供頭跑哪去了？誰啊，誰來阻止一下啊！

「你們斟酌著辦吧！」主公也同意了，聲音聽起來有些悲傷。

依我的直覺，主公肯定早就看透了這一切。他早就知道這些陰謀，認為如果這是神佛決定的命運，那也只能接受。

不是這樣的，主公。

您對自己感到羞恥。對於晚了許多來到世上，越過將監繼承家名，您打從心底感到虧欠。所以才會一直裝成大傻瓜，甚至想乾脆提早退位。

可是呢，大部分的人都明白。大家都明白主公絕對不是傻瓜，所以從來沒有興起要把您監禁起來的議論，也沒有人希望您隱退。

話雖如此，怎麼能覺得乾脆被斬死算了？您肯定煩惱得甚至認為只有一死才是解脫，同時也認為將監比您更能造福世上吧！

但是您錯了，主公。不管再怎麼聰明、再怎麼精明幹練，惡人也不可能對世上有所貢獻。被稱為蒔坂家主公的人，除了您之外沒有第二人啊。

「把座騎綁在船尾。不能讓牠鬧起來。」

我知道，要是我一鬧起來，船就會翻。啊，我再也無能為力了。無論眼前發生什麼事，都只能眼睜睜地看著。

船頭坐著和尚。可是，這個人意外地是個紙老虎。或許聊勝於無，但他八成是打算陪著主公上西天吧！

「好了，動作快動作快，天候愈來愈糟了！」

在將監催促下，主公在鋪了毛毯的船艙坐下。武士們在主公背後跪下單膝而坐，將監也上了船。

船隻逐漸遠離岸邊。棧橋上，側用人一臉蒼白地目送著。

主公沉默不語，只是茫然地望著前方，就好像被拖出刑場的罪人。

「船伕，別讓船被沖走啦！」

聽到將監的聲音，船夫應了聲「是」，操作船槳，但在橫風吹拂下，船一下子就往下游漂去。看來這名船伕的操船技術似乎不佳。

我望向那名不太可靠的船伕。莎草笠下的臉——哎呀，哪來的俊俏小生？鼻樑高挺，細長的眼睛微微瞇起，直視著前方。如果我是人類，就算只是從一旁路過，也會被他勾走魂魄。

河岸不久便看不見了。四周一片黑暗，彷彿走在奈何橋上。雪並非從天而降，而是從河面湧起，船隻搖晃得幾乎掀翻。

我確實聽見刀子出鞘的聲音。鏘、鏘、鏘，三聲，四聲。瞬間，主公靜靜地開口了：

「叔父大人，要是我是被斬死，事後處理起來頗為費事。我會自己跳河，往後就拜託叔父大人了。」

主公，您為什麼要如此好心？

「這可不行。我知道你跑得快，也十分善泳。」

「我不會游的。只要是為了蒔坂家，我甘心溺死。」

主公一定會這麼做的，我心想。如果主公溺死，我也要陪著上路。不，我要連著綁在船尾的繩索把船翻覆，帶那些惡人同歸於盡。

我忘不了白雪前輩的遺言。白雪前輩說，要為了主公，奉獻自己的一切。

「豈能讓你如意！」

惡人同時起身拔刀。

就在這時，只聽見搖槳聲戛然停止，船伕騰空飛起。

究竟出了什麼事，人類想必一頭霧水，但我的眼睛卻看得一清二楚。

船伕從蓑衣底下拔出刀來，冷不防地砍向一人的身體，緊接著由上往下砍倒一人，然後順勢斜劈另一人。接著船伕將一臉茫然的主公護在身後，刀尖對準了將監的眼睛。

「你是什麼人！」

將監邊往後退邊問。

「雖然想說是來報殺父之仇的，但不巧的是，我老早就拋棄了武士身分。事到如今，對你也沒有怨言。但江湖人情，該還的就得還，你的命我收下了。」

不明白這船伕在說什麼。不過將監似乎認得那張臉，瞪大了眼睛，似乎難以置信。

「我允許你重仕舊主，也讓你升官，如何？」

船伕的薄唇一扁，露出笑容。

「有什麼話，到西天去跟我父親說吧！」

只見惡人的首級飛越空中，在雪幕中拉出一條紅線。

顫抖著等待小半刻，總算只有座船回來了。

岸上不剩半個人，想到主公和隊伍都平安過河了，佐久間勘十郎重重地大嘆一口氣，雙腿幾乎發軟。

「船伕，不好意思，勞你再辛苦一趟，船資會多給你。」

勘十郎認出走下棧橋的船伕那張臉，粗重的呼吸頓時凍結。

「打烊了，要過河自個兒擺渡。」

是血腥味。究竟出了什麼事？船伕蓑笠背負的凶險氣息，讓眾人全都失聲怔在在原地。

年輕一輩不會知道，但那名通緝犯的臉，喚起了勘十郎多年的記憶。

「你本來是田名部的武士吧？」

「少在那裡胡說。就像你看到的，我只是個單打獨鬥的小賭徒。」

幼時的日暮時分，朋友一家從陣下被放逐出去，勘十郎一路送他們到山嶺。大人們都在傳，說他們是無辜招罪。明知如此，卻沒有一人相送，勘十郎對這樣的朋友同情不已，在後面幫忙推著貨車。

「我……」

「勘十，不可以跟我再有任何瓜葛。忘了我吧！謝謝你。」

從那時開始眼睛就不好嗎？朋友這麼說，刺眼地瞇著眼睛注視勘十郎。

勘十郎不忍正視朋友那唯一不變的眼神，視線落向被雪花染白的河岸。

「我忘了你，而你卻一點都沒有忘。」

心中想法無法化為言語，勘十郎只是啞著聲音哭泣著。

「江湖人情已經盡了。貴府一門，往後再也不必擔心。」

這樣的一句話，就讓勘十郎悟明白出了什麼凶事。他抓住朋友染血的手。

「去江戶吧！跟我們一起。」

「不巧的是，在下是受放逐之身。武士大人，就此別過。告辭。」

希望對方能至少再喊他一聲「勘十」，但才剛這麼想，旅人便已經轉身離去。

直到迎風而行的背影被雪中的黑暗抹去為止，勘十郎一直站在河岸。就如同那天日暮的山路一樣，無論再怎麼呼喊，朋友都沒有回頭。

中山道板橋宿與東海道的品川、奧州日光街道的千住、甲州街道的內藤新宿，並列為江戶四宿。

2

五街道的起點是日本橋，但會在天色未亮的曉七刻就從那裡出發的人，不是極為瀟灑，就是極為古怪，絕大多數都是離情依依，相送到這四宿之中的一宿，再行出發。

這裡是旅伴會合的地點，也是道別的地點，因此也有許多旅人乾脆就把這裡當成第一晚的落腳處。所以這四宿比各別街道中的任何一處宿場都要熱鬧繁榮。

板橋是自京三條開始，至江戶日本橋的中山道六十九站、一百三十五里路的最後一站宿場。

文久元年十二月十五日傍晚，蒔坂左京大夫一行人穿過了板橋上宿的大木門。雖然晚了一日抵達，但那絲毫看不出路途艱辛的威容，讓從客棧門縫間窺看的百姓們嘆服不已。

隊伍前頭，是個身穿奪目猩紅戰袍、揹著飛揚割菱旗幟的武者。後方是蓄著豐盈的撥鬢、各別以左右手舉著丈餘朱槍的一對家奴。連徒步的武士、搬運行李的小廝，每一個的外表都光鮮煥發，就彷彿才剛從江戶出發，腳步也整齊一致。

特別引人注目的，是看上去重量不下八十貫的壯碩座騎。人們議論紛紛：簡直就是神駒、加賀百萬石的花斑馬也沒這麼壯碩。

正好碰上雪停之後的夕照，將隊伍照耀得更是神聖無比。彷彿走在舞台上緩慢前進，路途上每一處客棧的紙門，都被窺看的人們戳滿了孔洞。

只要湊上五個看熱鬧的，就有人不曉得從哪兒摸出《武鑑》來。割菱家紋，再加上少數在十二月參府、離府的隊伍，錯不了。

是蒔坂左京大夫。人們得知這事，再次驚訝不已。

那個據傳在戲館後門等待心儀的戲子出來，被町吏逮到的主公。

那個據傳在松之大廊飛跳台步，被罰「暫時禁止登城」的傻瓜主公。

三百諸侯之中，能登上瓦版、成為話題人物的主公除他之外別無他人，而且竟沒有上門向出版商抗議，肯定是個不折不扣、如假包換的大傻瓜。

得知這個事實後，看熱鬧人們的全都覺得一定是弄錯了，又在紙門上再戳了個洞，對那壯麗的隊伍刮目相看。

果然威武。雖是百人不到的小隊伍，卻美得像一副屏風畫，威武懾人。

板橋宿從上宿到下宿，中間隔著架在石神井川上的「板橋」，呈細長狀延伸。中山道的東邊是二十一萬坪多的前田家別墅，周圍是瀧野川村、池袋村等肥沃的田地。枯田另一頭，則是背負著夕陽而成為剪影的富士山，那神秘的紅光，在沒有遮蔽物的蒼穹染出濃淡漸層。

小野寺一路走在轎子旁，望著白晝與黑夜相互融合的天空。他沒有走完中山道的成就感，當然也不認為主家的危機已經解除，只是心中頓失支持，覺得好像成了個空蕩蕩的壺。

「供頭大人，打起精神來。」

被栗山真吾念了。一路知道，只有自己一人彎腰駝背，腳步也不一致。

他挺起胸膛，然而空蕩蕩的心承受不住半點衝擊，盈滿了悔恨的濁水。

這樣就行了嗎？自己對主家的瞭解，足夠他判斷是非對錯嗎？他明白世間的道理嗎？自己是不是將父親橫死的私事，與主家的危機混為一談了？

濁水充斥心胸，一路又蜷起背來，腳步也跟著蹣跚。如果這世上真有神佛，他真想立刻撲上去求救。

「供頭大人，我也是相同的心情。但至少打起精神，撐過宿場吧！」

真吾細瘦的身體並排上來，推了推一路的肩膀。抬頭一看，真吾一字笠深深壓低的笠簷下，臉頰滑過一條淚水。

這不可能是悔悟。只是成功走到江戶，身心一下子失去目標而已。所以種種雜亂的想法才會湧入空虛的心中，手腳也不聽使喚地任意行動。確實，真吾肯定也是相同的心情。

才剛這麼想，一路便被一小塊泥濘絆倒，跪了下去。他已經精疲力竭，無法輕鬆地爬起身來。

就在這時，一路在道路變得稍微寬敞的仲宿町驛亭前看見了母親。他以為是幻覺，用手背擦拭眼皮。

景色全籠罩著一層紅色的薄絹。從江戶官邸出來迎接，跪下單膝並排的武士之中，確實有著母親的臉。

一路再也忍不住，抓住中山道的泥土放聲大哭。這趟遙遠旅程的最後兩里路，就只剩下這短短兩里路，他卻再也沒有力氣走完。他覺得母親就是曉得，才會離開病榻，前來迎接他。

母親的面容在傾斜的笠盔前方暈滲開來。一路心想，在世的佛陀就是慈母。

「站起來，一路！」

突然間，母親以嚴厲的聲音斥喝道。一路好不容易爬起身來，才剛走出去又挨罵了。

「供頭怎麼能離開轎子？好好走！」

神佛不允許眾生依靠，真正的神佛會賜予悲嘆者力量。一路追上轎子。

參勤旅程一直持續到位於本所的江戶官邸。小野寺的祖先應該都知道，比起木曾谷，比起和田嶺，這段板橋宿之後的兩里路，才是中山道最難最險的關卡。

一路將視線從母親身上別開，盯著從板橋朝巢鴨村筆直延伸的中山道。一想到這條路就是自己的名字，昏暗的藍天須臾隱沒，冬季的群星傾灑下來。

就彷彿天上的祖先們正在向他點頭肯定。

如果是平時的參府，過了板橋宿開始，主公就會興奮得不停在嘴裡念著：「到江戶了，到江戶了！」然而這回他卻端坐在轎子中，萎靡不振。

引起了這麼大的騷動，蒔坂家不可能全身而退。只有品級與大名相同，卻是個無職的旗本，七千五百石的領地與田名部陣屋也許會全數充公，撤除家名。即使法外開恩，八成也是當代主公隱退，由年幼的嫡子繼承吧！

稚齡九歲，就被逼著坐在殿中辦公廳的不安與寂寞，就彷彿昨天的事。與其讓自己的孩子嚐到那種苦，他覺得倒不如廢了蒔坂家更好。

主公稍微打開轎門，吸入江戶夜間的空氣。他從來沒有對生長的故鄉感到如此鬱悶。繼承家名，回到田名部的領國後，他也總是對隔年的江戶生活期盼不已。領國的生活古板拘束得教人受不了，但是在江戶，身心都能獲得解放。更何況，江戶官邸還有他心愛的妻子與一雙兒女。

但最令主公憂心的，不是蒔坂家的未來。比自己更適合擔任當主的叔父過世了，就在自己的眼前身首異處。

家臣都異口同聲說這是因果報應，保護主家安泰，但主公無法接受。如果沒有蒔坂左京大夫這樣的家名，他們應該會像父子或兄弟，和睦相處。如果說叔父的叛意是不幸，那麼蒔坂家本身，肯定是更大的不幸。

他不曉得想過多少次，自己隱退，讓叔父來繼承家名。但是一想到這違反了亡父的遺志，就無法說出口。

他想那麼乾脆做些傻事，招來懲罰就行了，然而幕閣卻對他意外地寬容，結果只是徒然引來更多呆瓜、傻子的風評罷了。

從轎門縫間仰望冬季的星空，主公輕輕地嘆了口氣。

諷刺的是，與老中和大目付交好的叔父不在了，主公沒有任何門路，只能拱手等待上頭的指示。因果報應、主家安泰，藉口多的是，但追根究柢，一想到是蒔坂左京大夫的權勢摘掉了親人的頭，說出口都教他心驚。

就在煩惱當中，隊伍抵達了本所吉田町的蒔坂家江戶官邸。門前燒著營火，圍起染有家徽的帷幕。

「主公抵達！」

供頭喊道。主公抵達，也是身為武將的蒔坂左京大夫達陣的儀式。

懷念的溝渠氣味，稍微抒解了主公鬱悶的心。轎子停放在玄關的式台處，轎門打開。

「父親大人，歡迎您歸來。」

一太郎規矩地並攏雙手跪著說。一年不見，孩子成熟了，似乎也長高了不少。

妻子容色秀麗，女兒惹人疼愛。而在更裡面的兩人，是留守居楢山儀右衛門和另一個意外的人物——岳父。

主公困惑了。如果要說天下之大，他最怕誰，除了岳父以外，再無第二人。十年前，額上結著頭巾、用白布條紮起衣袖，拄著長槍在門口大呼小叫的那聲音，至今仍留在耳底。

「稟報蒔坂左京大夫大人，在下書院番組頭神崎又兵衛。聽說讓小女暗結珠胎的可惡之徒就在貴府，在下前來仗義制裁。好了，出來一決勝負吧！」

即使在成親之後，每當主公犯了什麼錯，這名岳父便會來訪官邸，叨叨絮絮地說教個不停。

「恕在下不顧分際，出言相勸。堂堂旗本，竟然因為在戲館外頭等戲子而遭官吏責備，這究竟算什麼！你知恥一點！」

「在松之大廊模仿成田屋，跳跳鬧鬧地走台步，踩到禮服衣角，甚至還模仿高師直，試圖矇混過去，真教人啞口無言。你知恥一點！」

就是那個神崎又兵衛。他應該已過五十大關，然而肌肉發達，精神抖擻，看起來年紀與主公相仿，教人氣惱。而且他以門不當戶不對的婚姻會惹來非議為由力爭，從使番榮升目付役，更晉升到了作事奉行[33]。年過四十之後，一下子便飛黃騰達。

面對這名岳父，主公連一句「辛苦了」都說不出口。

「哎呀，神崎大人，有勞您特地出來相迎，令人不勝惶恐。」

這是抵達的儀式中絕不該有的輕佻言詞。然而神崎又兵衛也不低頭，一副岳父嘴臉，抬頭挺胸。

「雖然左京大夫大人才剛抵達，但在下有事稟報。」

想必是要說教吧！但唯獨這次，我可不會敗在你手中，主公心想。作事奉行是俸祿二千石的高官，但畢竟只是負責修繕江戶城的下級奉行，不能稱為幕閣。

「那麼我在內室聽吧！」

主公簡短地回答。如果神崎又兵衛在這裡說了什麼欠思慮的話，會造成家臣恐慌。

他知道岳父要說什麼。在接受幕閣調查之前，先提出詳述來龍去脈的「隱退請願書」，如此一來，岳父便會以一太郎外祖父的身分，設法收拾殘局是嗎？

主公從玄關走進屋內。雖是旗本屋舍，卻也是棟千餘坪的豪華宅邸，格局媲美大名。遮雨窗板未闔的走廊極長，冷得腳底發疼。

鯉魚從倒映著月光的池塘躍起，主公停下腳步。雖然只有短短的一瞬，但他確實看見了銀

33 江戶時代負責宮殿城池營造、修理等事務的官員。

鱗閃爍，鯉魚飛躍空中。

在這樣的夜晚，不可能是什麼祥瑞之兆，主公內心頹喪極了。

妻子依偎在一旁，悄悄把手指纏繞上來。主公回握那每晚夢見的手掌。他總是疑惑，那倨傲頑固的父親，怎麼能養出如此溫順可人的女兒？

「當然是吉兆了。」

妻子也不在意旁人眼光，踮起腳尖，在主公耳邊如此細語。

「家父升遷為大目付了，聽說今天剛接到通知，還兼任道上奉行[34]。」

這時是不是該拋下一切，赤腳跑下庭院，直接跳進池裡算了？主公心想。大目付再兼道上奉行，完全是幕閣中的幕閣了。

「不過依照父親的性子，是不會包庇自己人的。但你沒有錯，請放寬心吧！」

巨大的影子無聲無息地挨近肩膀來，那駭人的氣魄甚至讓人納悶他的頭上怎麼沒綁頭巾，手中怎麼不持長槍。

「我絕對會徇公滅私，你覺悟吧！左京大夫大人。」

神崎又兵衛是正義的化身。主公明白岳父是在教育年幼失父、也沒有人可以視為師長仰仗的自己。

如果岳父要他切腹，那也無妨。

「不得了，切腹啦！」

突如其來的大喊，讓一路從被窩裡跳了起來。

那一瞬間他還想著這裡是哪間客棧，就發現母親在一旁的被褥發出沉穩的呼吸聲。平安抵達不是夢，太好了。不，一點都不好。剛才傳入耳中的的確是「切腹了」。

他連滾帶爬跑出門長屋，天空是尚未轉亮的深藍色。聽聞急報的家臣們在主屋玄關前慌張來去。

宛如模糊的夢境般，一路回想起昨晚抵達時夫人的父親出來迎接的情景。

是地位高貴的兩番旗本，神崎又兵衛。據說血統良好的旗本中，有許多頑固之人，而神崎也是典型之一。據母親說，他從四十開始，仕途扶搖直上，終於升到在番士之中，可以說是極官的大目付。

大目付主要的任務是監督諸大名，而品級相當於大名的交代寄合的旗本，也在管轄之下。母親覺得這樣很好，這麼一來在許多方面都能符合親子的上下關係。

但神崎是一名剛直之士，對於自己人是否反倒會更加嚴厲地懲罰？譬如，命令主公切腹，請幕府看在他殉於士道的情面上，保全蒔坂家。就算不帶外祖父的私情，但如果他相信這麼處置，對身為武將的一太郎，也就是對第十五代蒔坂左京大夫來說，才是最佳做法的話……

抵達儀式結束之後，依照古禮宣布解散，接著便睡得像一灘爛泥，這讓一路感到羞愧。即使走完中山道，參勤隊伍仍未結束，就在這江戶官邸無盡寬廣的黑暗中。

34 江戶時代的官職名，總管五大街道各種事務。

主公切腹了，一路覺得這全是抵達江戶便解散隊伍的自己的罪過。如果說參勤是行軍，那麼抵達的地點就是戰場。要是在戰場上解散隊伍，大將會遭到討伐是洞若觀火的事。

因為太過理所當然，所以連《行軍錄》中也沒有載錄提醒。一路認為這是元和與文久之間莫可奈何的差異，是兩百多年的時代隔閡。武士們就和昨晚的自己一樣耽於睡眠，睡得有多舒服，就有多墮落。

一路穿著睡衣，搖搖晃晃地走到玄關，力盡地跪倒在式台上。通知急報的聲音愈發起此彼落，一路摀住雙耳，閉緊眼睛，蜷起身體。什麼都不想看，什麼都不想聽。如果這是場夢，他想要醒來。

式台地板發出吱呀聲。

「怎麼了？」

一路提心吊膽地睜眼一看，白綾睡衣上披著外衣的主公，正從正上方俯視著他。一路跳起身來。「主公平安無事？」這道聲音化成白色的氣息。

主公望向連著大門的土倉庫。在天色即將大白的早晨中，家臣在那裡圍出了一道人牆。

「伊東好像切腹了，沒顧慮到他的立場是我的疏忽。」

主公就要走向土倉庫，一路在他膝前高舉雙手。

「不可！主公，那會玷污您的玉體。更何況，側用人毫無疑問地也是叛黨一夥，主公不必為那種惡事敗露而切腹的人擔憂。」

話還沒說完，主公便以激昂的聲音斥喝：

「住口，小野寺！說參勤是行軍的，不就是你嗎？死在戰場上的家臣有善惡可言嗎？你想想伊東身為已故叔父的陪臣，又是左京大夫的家臣，身分有多麼地左右為難？他絕對不是因為惡事敗露而自盡，伊東喜惣次不是那樣的惡徒。這是一名重忠盡義的武士，不得不仕二主的不幸。」

主公竟然大聲斥喝，每個人都不敢相信自己的耳朵。一路恐懼萬分，圍在土倉庫的家臣也都害怕地跪伏在地。

「諸位聽好，這次的事不是什麼謀反，是在戰場上，身為軍師的將監對左京大夫的指揮提出異議。因此絕不許再談論死者的善惡。參勤自然不必說了，記住，武士之身，常在戰場。」

一路跟在主公身後進入土倉庫。

倉庫裡，紫色的黎明自天窗灑下光帶，伊東喜惣次剖開肚腹，刺破咽喉自殺了。

空澄和尚一面唸誦經文，一面向主公拜跪。

「沒有找到遺書，他的死狀就是最好的遺言。」

和尚指示的數珠前方，掛在衣架上的旅用外衣，與趴伏的亡骸兩兩相對。看見那破舊的外衣背上的割菱家徽，一路忍不住嗚咽起來。

因為這讓他明白了伊東是個除了來自蒔坂姓的家徽以外，沒有身為武士引以為傲的旗印的郎黨。

「辛苦了。」

主公只說了這麼一句，便當場併攏雙膝跪坐下來，誦起《般若心經》。

「哦……這還真是不得了。在參勤途中，除了身為後見役的重臣外，還有數名家臣喪命，最後連側用人都切腹了。」

老中一點都沒有將心中的激盪表現在臉上，親自點茶勸客。時刻將近暮六刻，投射在面西的小房間紙門上的夕陽也已經泛黑。

「老中的點茶手法，總是教人讚嘆不已。」

「嘴上這麼說，你又要挑剔什麼了對吧？」

客人也不心虛，答道「是」，盯著主人胸口，端正姿勢。

「恕在下冒昧，豐前守大人的點茶沒有『餘裕』。」

「不都全照著你教的嗎？」

「只有在向師學習時，才能完全依照規矩來。豐前守大人已經是個不折不扣的茶人，因此不能把在下當成師傅，而該視為客人來點茶才行。如果主人沒有半點餘裕，客人也無法享受茶飲。」

客人背對幽亮紙門的端正坐姿，讓老中看得出神，那是已臻「枯淡」境地的武士之姿。並非所謂風流茶人的「枯」，而是彷彿現在依然身揹旗幟，眼神瞭望著遙遠的戰場。但由於七十七歲的喜壽這年紀，看起來並不獷悍逼人。

多自在的餘裕啊，老中心想。

「就算你這麼說，在擔任閣老出仕的期間也不能得閒吧！」

「不，豐前守大人。說起來，茶湯之道為餘裕之道，愈是公務繁忙之人，愈須親近茶道。因此古來武士即使身在戰場仍會點茶。正因為是常在戰場的武將，更不能忘了茶人的餘裕。」

原來如此，老中恍然大悟。別人私下稱他為「嚴謹居士」，但可不是讚賞，意思是毫無餘裕、緊迫盯人、無容人之量吧！老中突然明白了。

年老的武士背後掠過一道鳥影，是以護城河為巢的雁鳥飛過？就連這個偶然的景色，感覺都像是他所安排的，楢山儀右衛門就是如此恬淡自在的人。老中再次心想：如果能夠，真希望能像他這樣老去。

以丹波龜山五萬石為領地的松平豐前守，過去身為大老井伊掃部頭的親信，大刀闊斧。讓攘夷者為之震撼的「安政大獄」，說是在豐前守的指揮下進行也不為過。

在無數的松平姓之中，丹波龜山的松平家是繼承形原松平家統的名門。此門血脈極為悠久，古老得甚至無法說明。

畢竟形原松平家的家祖松平與副這個人，相當於從家康公算起第六代祖先的松平信光公的兒子，因此簡而言之，是德川家仍是三河土豪時代的連枝，論正統，連御三家和御三卿都比不上。

聰明的豐前守從小就對這個「正統」感到懷疑，他知道家康公的其中三個兒子是御三家，後來從吉宗公的血統，又建立起御三卿。但為何會從家康公回溯六代之久，制定起所謂「三河庶流七家」，實在令人費解。真要這樣考究起來，全天下都是德川、都是松平了。而且六代祖先的庶流，更可說與家康公毫無血緣關係。

豐前守的努力，就始於這樣的懷疑。他認為所謂連枝、名門，不過是久遠以前的人所揑造出來的，根本不具服人的權威。

因此他誓言絕不依靠松平姓，鍛鍊文武兩道，端正行止，立志讓自己成為權威。而這不間斷的努力，讓他從奏者番一路直升寺社奉行、大坂城代，就這麼飛黃騰達，終於升至老中的極位。

但他兒時懷抱的疑問，並沒有透過努力而獲得解答。那與其說是疑問，更接近血脈的詛咒。因此即使在位極人臣的今日，豐前守的內心依舊毫無餘裕，雖然舉止毫無破綻，卻缺乏寬宏的肚量。

他從不像其他幕閣那樣，八刻便退值離城。回到一之橋門外的官邸時，一向都是太陽落入護城河對岸森林的時刻。

而今天他結束一天的工作，回到大宅時，發現交代寄合蒔坂家的江戶留守居役楢山儀右衛門正在等他。

他們是以前在寬永寺茶會上認識的。由於茶道不講身分，因此不知不覺間，豐前守景仰這名老人為師。

儀右衛門沒有後繼之人，因為妻子早逝，他是個孤獨的人，但卻不會讓人感到悲傷。儀右衛門說，就像人命總有結束的一日，家名與血脈的斷絕，也是自然之理。

與這樣的人在小茶室裡相對而坐，就能暫時擺脫束縛自己的懷疑與詛咒的枷鎖。楢山儀右衛門是個如行雲流水般從容的人。

「這算是嚴重的大事嗎？」

儀右衛門放下茶碗說。

「這可是家中內亂，如果不是大事，什麼才算大事？」

一時沒有回答。世人都說蒔坂家的留守居役是個痴愚老人，但豐前守不認為。他覺得這樣的停頓，是人與人談論時自然的留白。

「那麼，要撤廢蒔坂家的家名嗎？」

看不出他在打什麼算盤。儀右衛門的臉上沒有半點陰霾。

「說到交代寄合的旗本，地位與大名家相同。這件事必須請求將軍大人裁量。」

儀右衛門拿起膝前的扇子。只是個細微的動作，豐前守卻覺得三張榻榻米大的小茶室瞬間變得狹窄。

冬季的日光落入森林後方，不知不覺間，紙門也染上了寒冬陰鬱的色彩。

「可以請大人聽聽我這老頭子的拙見嗎？」

「不妨，直說吧！」

「參勤交代是天下的規定，因此延遲抵達是罪名一樁。所以前些日子，儘管已經入夜，在下仍帶著通知書前來叨擾。因為如果不在當天之內將通知送達，將關係主家存亡。」

老中點點頭。又間隔了一段空白。黑夜滲透進來，包圍著儀右衛門瘦小的身體。

「然而蒔坂將監的謀反奸計及其制裁，卻不在天下律法之中。家中的糾紛在家中解決，卻因此獲罪，似乎有些不合道理。」

老中暫時將回答吞了回去。

「不合道理，這句話過分了。」

結果這回儀右衛門毫不遲疑，連珠炮似地說：

「不，就是不合道理。譬如，在下能不顧身分，與老中大人在這裡像這樣點茶，是因為在下是他家的陪臣。這如果是貴府的家臣，或是幕府底下的旗本家臣，絕不可能容許像我這樣說話。而在這次的事件中喪命的，全是蒔坂家的家臣。然而卻要由幕府來定罪，甚至得徵求將軍大人裁量，未免蠻橫得離譜。」

儀右衛門的氣魄震懾老中，但聲音卻是沉穩的，就像在諄諄說服。

「這太放肆了，小心你的言詞。」

豐前守好不容易才說出口。儀右衛門以扇尾敲了一下榻榻米，挪近膝蓋靠上去：

「如果在下無禮，請豐前守大人以冒犯之罪，斬死儀右衛門吧！你辦不到，是因為我這條老不死的命，不是德川家或貴府的命。在戰場上能對在下發號司令的，只有我的主子。因此在下這條命，是蒔坂左京大夫的命。如果大人無論如何都要懲處這事，請先收拾了我這個放肆之徒。如果明白辦不到的道理，就請收回荒誕無理的成命。」

一口氣說完後，楢山儀右衛門恢復成原本溫吞的模樣，退回原位。

「這令人嘆服的點茶，可以再添一碗嗎？」

豐前守振作心神，一面點茶，也明白了自己凡事欠缺寬容。

做人得有餘裕。謹嚴居士這個綽號，絕對不值得驕傲。

　　在端出第二碗茶，不經意地四目相接時，他心想如行雲流水般滿身餘裕的這名老師，看在常人眼中，大概徹底痴呆了吧！

3

　　這是個不像冬季的和煦午後。

　　在臘月的喧鬧也驚擾不到的主城御殿，將軍起居的中奧廊外池泉處，一名身穿簡便和服的武士正在漫步。

　　是個看上去年紀才十六、七歲的年輕武士。嬌小的身體加上白皙細長的臉，如果沒有頭上結著粗白繩的大銀杏髻，那是一張適合稱為公卿的貴族相貌。

　　他是源氏之長、武家棟樑、位極從一位太政大臣的征夷大將軍，簡而言之，就是第十四代德川將軍家茂公。

　　之所以穿著黑色縐綢的簡便和服，是因為這處廣大的主城御殿是將軍自宅。沒有隨從在旁，側用人及小姓都聽從將軍命令在外廊伺候。

將軍是諸領國主公的主公，不過沒有哪個傻子會稱呼將軍為「主公」，一般都稱呼「今上」。也就是說，當今上頭只有這一位，是至上之尊。

不論日夜，絕不會一人落單的今上，卻孤伶伶地站在遠離宮殿的池畔邊。一會兒後，一名武士從老松後方現身，將竹掃帚拿在腰後，快步靠近。

遠遠望去，就像將軍在垂問庭番[35]植栽之事，武士蹲在將軍腳邊回答。

能聽到他們的對話的，只有在結了一層薄冰的池塘水底享壽兩百高齡的鯉魚。沒有天敵，悠閒成長的老鯉能解人語，並且思慮深遠。

「辛苦了，蒔坂那件事怎麼樣了？」

「是。叛徒已經在家中處斬，平安落幕了。」

接著庭番將事情始末細細上奏。報告中不帶私見，也無虛飾，清楚明瞭。

聆聽今上與庭番的對話，是池底老鯉最大的樂趣。這名庭番，莫非可以算得上是這兩百年來此職之中的翹楚？老鯉心想。

「噢？在刺探時你喬扮成江湖術士？原來你也懂得卜卦之術？」

「不，只是信口胡謅。擔心遭到懷疑，所以小的帶了一個巡行的梳頭師傅一起去。那是個手腕極出色的師傅，一手包攬打理眾家臣門面的工作，因此隊伍更顯得容光煥發。」

「手藝如此了得，讓他在外頭巡行太可惜了立刻雇他進來最近勤番士的模樣實在不太稱頭。」

「遵命，小的立刻去辦。」

雖然還年輕，但這名將軍十分聰慧，相貌像極了五代有德院。五代吉宗公是東照神君的曾孫，換句話說，當代雖是十四代將軍，卻繼承了天下霸主的血脈。在就任將軍的時候，雖然掀起不少異議，但就老鯉在池底的觀察來看，比起年長的一橋慶喜公，這位大人更適合擔任將軍。

可惜的是——老鯉望向水面，注視今上清瘦的身體。太孱弱了。光是孱弱也就罷了，如此寒冬，竟連件外衣也不肯披上。身為武將想必有所自戒，讓他不肯添衣保暖。希望這嚴以律己的脾性，不會在往後害了他。

「好了，篡奪家名的事件告一段落，也結識了高明的梳頭師傅。不過之前我暗中命令你差事，怎麼樣了？」

咦？別的差事，也就是正題。到底是什麼事？老鯉想不起來。年屆兩百高齡，這陣子經常忘東忘西。今上命令庭番的差事到底是什麼？

「就像今上推測的，蒔坂左京大夫既非呆子，也非傻瓜。據小的觀察，蒔坂左京大夫毫無疑問，是世人口中的賢主名君。」

今上仰望晴朗的冬季天空，點點頭。

「果然如此。一方面有人譏謗他是傻瓜、呆子，另一方面卻有人信賴倚重他的人格見識，閣老的意見也兩相對立，讓人無所適從。」

35 江戶幕府職稱，負責後宮雜役及警衛，並身兼將軍密探。

老鯉想起來了。在世局風雲告急的現在，今上正在尋找能輔佐治世的有能之才，而他相中的，是無職的交代寄合蒔坂左京大夫。當然，池中的鯉魚不曉得那號人物。因為不知道，老鯉急得鰓發癢。

「該怎麼處置？」

「恕小的回今上的話，庭番的職責在於探訪世情，政道之事，無從置喙。請今上依心意裁決吧！」

今上真是可憐，老鯉心想。才十六歲，就被迫扛起動盪的天下。這要是太平之世，就不必為任何事煩心了。

庭番後退，消失在松林之中。今上站立在池畔好一陣子，仰望著天空。老鯉不忍看他苦惱，翻身沉入水底軟泥。兩百五十多年來，堆積得又深又厚的沉重軟泥既溫暖又舒適。

如果能夠，真希望蒔坂左京大夫能為今上分勞，共創天下太平……

「上前來。」

一來到黑書院，今上立刻召喚。

身穿肩衣長褲裙的主公只是稍微挪近膝蓋。

「看起來氣色不錯，很好。」

「是。」

「暮歲參府，辛苦你了。好好休養，賜酒一杯。」

小姓端來酒盞。完全不會喝酒的主公屏住呼吸，灌下了酒。主公連酒味都無法接受，唯獨今上賜的酒，不能說不。

抵達的次日，本所吉田町的江戶官邸就收到命令參府登城的「奉書」。上面命令在後天朝四刻登城，時間緊迫。

原本參勤交代，規定外樣大名在四月、譜代大名在六月或八月，然而為何只有蒔坂家定在十二月，令人不解。理由只有一個——「慣例」。

根據傳聞，是古時的左京大夫刻意向幕府要求進行嚴格的行軍。祖先似乎大誇海口，說戰爭不看時節，因此田名部家臣要在暮歲臨陣。真是給人找麻煩的祖先。

正月三日有歲首的慶祝儀式，大名旗本都要登城，因此參府儀式必須在年內執行。因為如果延後，就會出現「不該在的家臣在場」的場面。

所以蒔坂家的參府儀式，向來一定都在年內完成，不過定在抵達後第三天，未免過於倉促。

不可以吐出來，主公努力克制，總算嚥下了厭惡的酒。

「多謝今上。在府期間，小的將會克盡己職，滅私奉公。」

儀式這樣就結束了——理當結束了，然而今上卻接著說：

「上前來。」

即使今上這麼說，也不能再靠近。該如何是好？主公正全身僵硬，上間再次傳來聲音：

「參府儀式結束了，過來。」

今上在儀式之後，親暱地與臣子談話，這是破天荒的大事。在場的閣老也都驚訝萬分。大多數人都認為今上是要親自責問這次的事件。如果真是如此，無論今上說了些什麼，主公如何回答，都無法避免當家切腹與撤廢家名的懲罰。光是讓今上操心，就已經是罪該萬死。

噯，豁出去了！主公拖著長褲裙襬，一路蹭至御前。光是這個粗魯的舉動，就足以被命令暫時禁止登城。

「不必拘束，把頭抬起來。」

沒有哪個傻子聽到今上這麼命令，會真的抬頭，但主公當做自己已死，照著話抬起頭來，與今上對面相看。

啊！在一片驚呼之中，還摻雜了斥喝「傻瓜」的聲音。主公因為有點氣惱，回顧眾人反駁。反正人最多也只能死一次。

「諸位大名如何，在下不清楚，但旗本是德川家直屬家臣。家臣聽從主子的吩咐，而諸位竟然譏罵傻瓜？」

嗤，今上輕笑了一聲。究竟有什麼好笑的呢？

過了一會兒，今上忍住湧上來的笑意，唐突地下達了讓人意外的命令：

「蒔坂左京大夫，據聞你這次遵循古禮的參勤極為出色，因此將采邑增為一萬石，並列入大名。」

主公情急之下跪拜下去，然而「是！」的聲音整個走了調，成了「嗄！」的驚叫。

「稟奏今上，臣不勝惶恐，但直接傳達上諭，不合規矩。今上的盛情美意，闍老將會重新轉達左京大夫，這裡請……」

急忙澆冷水的是老中裡面的誰吧！主公察覺這項處置是今上的獨斷，再次哆嗦起來。

「住口，打斷將軍政務，又是哪來的規矩？」

噢，不愧是今上。主公趴在地面，對這番至理名言佩服不已。不，不是佩服的時候。增為一萬石，列為大名，這項恩賜令人感激，但不能就這樣糊里糊塗地接受。看這情況，肯定是要他奉還輕鬆的無職旗本之位，先是擔任奏者番，然後是若年寄，最後叫他就任老中，掌理政事。

如果自己期望飛黃騰達，一開始就不會裝瘋賣傻了，主公暗自咬牙切齒。非設法脫身不可。但事已至此，他實在想不到還能如何裝瘋賣傻。終於被逼到絕路了，主公心想。

主公鬱悶著，緩緩地抬起頭來，斬釘截鐵地回答：

「蒙今上隆恩，但恕小的無以拜受。」

黑書院一陣譁然。此起彼落的「傻瓜」不只一兩聲，連今上都趁著混亂，罵了聲「傻瓜」。

「是傻瓜就行了。蒔坂家自元和慶長古時，誠惶誠恐，受東照神君家康公保全田名部七千五百石領地，之後的兩百五十餘年，歷代皆竭盡全力守護領地。因此，左京大夫身為將領的本事即為七千五百石，多一升一合皆為過分。」

今上搖了搖小巧的下巴。

「我不明白，什麼叫過分？」

「對於七千五百石的竭盡全力，一萬石是過分了。即便恭領，多出的一千五百石，也會從左京大夫這個升斗溢失。」

「我不這麼認為。能對七千五百石竭盡全力的人，對一萬石也能竭盡全力，對天下政事更能竭盡全力。」

「今上所言甚是，但事物不能全憑容器大小計量。」

「又在胡說些讓人不解的話。」

「那麼小的說得更明白些。在下不說自己沒有議論天下的才幹，因為不論是七千五百石的小天下，或是今上治理的大天下，大小雖異，卻同為領民生活的天下。要是將大天下賜與左京大夫，那麼左京大夫竭盡全力守護的田名部領民就會挨餓。如此一來，就無法維護祖先蒙東照神君恩賜的領地。要是現在左京大夫感激涕零地接納上意，誠惶誠恐，這便形同違背了東照神君的上意，如此一來，還能算是忠義嗎？」

「我不想聽這種歪理。」

「那麼今上，小的再說得更不像歪理些。」

黑書院一片寂靜。蒔坂左京大夫用力挺直穿著肩衣的背，注視儘管聰明伶俐，仍帶著些許童稚的今上的臉。

「左京大夫九歲便繼承蒔坂家。在糊里糊塗的情況下，被硬是套上禮服，沒有半個侍從，被逼著坐在帝鑑間，當時那種不安與驚懼，小的到直到現在都還會夢見。」

今上垂下頭來。左京大夫看著那模樣，也不拭去不知不覺間淌下的淚水，以兄長般慈愛的聲音說下去。

「而今上御齡四歲，就繼承了紀州家家名，並在十三歲時成為十四代將軍。那是何等的艱辛，左京大夫能夠體會。」

今上垂著頭，點了一下。

「這麼今上也能體諒吧？在不安之中，左京大夫那年幼的內心發誓的，怎麼可能是一己之榮達？小的心中所想，全是要如何竭盡全力經營七千五百萬石。今上過去在紀州五十六萬石竭盡全力，而今為了大天下竭盡全力。大小雖有不同，但竭盡全力的志向卻是一樣的。但左京大夫能竭盡全力的對象，只有一個。即便諭令將采邑更易為加州百萬石，左京大夫也絕不能讓出田名部七千五百石。這便是……左京大夫在年幼的那日所立下的誓言。」

今上以外衣袖子掩住眼皮好一會兒，然後咳了一聲，以明朗的聲音說：「僭越了。」

田名部的陣下連日下著大雪。

第一個敲起明六刻鐘的，是西方半里外的淨願禪寺，聽到那預告的鐘聲，諸寺的鐘開始響起，陣屋報時的鼓聲也敲響起來。

這是田名部一如往常的習慣，唯有被大雪埋沒的這天早上，聽在人們耳中悲切不已。

聽到出牢命令聲時，國分七左衛門早已拋下所有希望。他不想聽到滿是謊言的事情始末，無論遭斬首或是被命令切腹，他心中只有一念，就是為先走一步的主公殉職。

然而狀況有些不尋常。從牢房到主殿路上的積雪被搗得硬實，官吏們全都跪下單膝迎接七左衛門。

雪光中的書院，國家老由比帶刀正在等待。看到他那憔悴無比的神情，七左衛門的心中再次亮起希望的燈火。

「昨晚來了一匹快馬，通報隊伍在渡過水位暴漲的荒川時，載著將監大人等數名家臣的船隻竟被沖走了，因此主公命令我們合力處理後事。」

究竟出了什麼事？七左衛門重重地吐出白氣，身子幾乎要彎了下來。

「剛才第二匹快馬趕到，說隊伍平安抵達江戶了。而主公再次指示……」

由比的聲音哽住了。

「要帶刀和七左合力辦好後事。吶，七左，我該如何是好？」

不該再計較善惡了，七左衛門心想。主公明瞭一切，命令赦免其餘黨羽。這才是身為武將的權力。

「將監大人意外的不幸，由比大人沒有任何責任。請專心辦好主公交代的差事。」

只能接受主公的寬容，這比死更令人難受吧！對由比來說，再也沒有比這更殘忍的懲罰了。因此更該服從命令，七左衛門以眼神這麼說。

紙門的雪光更白了。雪這麼大，來年莊稼肯定能夠豐收。

「小野寺一路真是了不起，你的女兒能嫁給這麼一個才俊，實在幸福。」

七左衛門膝行經過房間，打開紙門。庭院整個被雪埋沒，沉重的鵝毛大雪拉出一道又厚又白的帷幕。

「她是獨生女，國分家可能就此斷絕。」

「明知如此還把她嫁出去嗎？」

「是的。比起國分家的家名，蒔坂主家更重要。而且……讓兩人結為連理，是在下與無可取代的摯友的約定。」

說完的瞬間，小野寺彌九郎的笑容在胸口復甦，七左衛門緊緊地閉上眼皮。

他咬牙切齒。就算主公能赦免，七左衛門在私情上也難以原諒。即便如此，遵奉上意仍舊是武士的職責。

必須忍耐，田名部的雪這麼告訴他。

恩怨就由我一人揹負吧！難以承受的重荷不能傳給子孫。

年關將近的某個大雪天，小野寺一路在楢山儀右衛門陪同下，前往一之橋御門外的老中官邸。

即使聽到痴傻的老官吏說上頭不會降罪下來，放心吧，一路也難以置信。畢竟話才說完，儀右衛門就在轎子裡打起瞌睡。這副德行，虧他能勝任江戶留守居的重責大任。

老中松平豐前守素以謹嚴居士著稱，據說他一露面，都會先計算訪客膝前的榻榻米紋路數目。太可怕了！

因此一路在無從計算紋路的走廊敬候。

「主公駕到。」

聽到小姓的聲音，一路趴伏下來，眼睛往上窺看狀況。果然名不虛傳，褲裙的折痕就像用板子壓過似的筆挺，布襪的腳底處白得像雪。

「這是敝家道上供頭，小野寺一路。」

儀右衛門以意外清楚的聲音介紹一路。

「不必客氣，上前來。」

上間傳來聲音。那聲音也嚴峻無比，彷彿可以看見說出來的話變成墨色淋漓的字體。而且是一筆一畫、毫不草率的楷書。

「因在下疏忽，為大人帶來種種煩憂，還請見諒。」

一路打從心底致歉。

「絕無僅有的寒冬旅程，延遲個一兩天也是莫可奈何的事。」

咦，老中什麼也沒聽說嗎？還是故作不知情？

「我聽說你在北辰一刀流出師，學問方面，在東條一堂的學塾成績也極為優秀。看來左京大夫有個不錯的家臣。」

「大人謬讚了。能侍奉蒔坂主公，是在下無比的幸運。」

如果得意忘形，恣意回答，想必很快就會遭來怒罵，但從老中身上傳來的氣息，總讓人感到溫暖。

「機會難得，如果有什麼話就別客氣了。」

儀右衛門插嘴說道。一路朝旁邊一瞥，不知為何，儀右衛門平日痴傻的神情消失無蹤，不僅如此，還充滿了老當益壯的江戶留守居威嚴。

既然如此，一路心想，鼓起勇氣開口：

「雖說是規定的參勤職務，但十二月的中山道，實在難行。如果能夠，希望能比照其他家，於適宜的季節參府離府。」

沒有責備。取而代之地，老中沉思了片刻。

「我把你找來，原是為了這件事。」

什麼？難道是主公早就直接與上頭談判了？然而一路才剛這麼想，老中就說了令人難以置信的話：

「不只是貴府，許多家都提出請願，表示財政窘迫，再也難以承受參勤的重擔。因此趁此機會，改革古來的慣例也是情勢所逼，不得不為。既然如此，自然也不能只逼迫貴府一家於暮歲時分上路。」

一路忍不住抬頭。

「要改變兩百五十多年來的慣例嗎？」

「沒錯。往後會將一直以來的隔年參勤，改為三年一次，一年的在府期間，也改為百日即可，在江戶的妻兒可任意歸國。不過我反對這項變革。規矩這玩意兒，一旦鬆綁，將勢不可擋，就此變得有名無實。換句話說，參勤交代的制度很快就會消失了吧！就算身為閣老的我提出異議，也無力回天了。」

一路忘了自己正在上級面前，忍不住抬頭仰望老中的臉。他的雙腿發軟，心裡想的沒半點能化成聲音，只能像條魚似地嘴巴一張一合。

參勤要消失了。那不是自己一人的不知所措，彷彿從遙遠古時就為了道上供頭的差事賭上性命的祖先魂魄，全都同時驚愕地抬頭。

「這樣啊。」

老中也不斥責一路的無禮，仔細端詳他驚慌的神情，點點頭。

「這就是左京大夫一直說的竭盡全力。主公為了領地竭盡全力，而家臣也為了自己的職責竭盡全力是嗎？令人欽佩。」

一路不明白老中的意思。但是讓他拚上性命的道上供頭職位，即使以性命交換，他也不願意失去。

一路用力把額頭按在榻榻米上：

「小的名叫一路，中山道的一路。無論是暴風雪或是嚴寒天候，小的都不畏懼，請萬萬不要取消參勤！」

一路就像掏出肺腑一般，從懷中抓出古老的冊本。他扯下保護的油紙，拜伏似地高高奉上。

《元和辛酉歳蒔坂左京大夫行軍錄》，這是戰國的祖先遺留給他的供頭守則。

老中從上間站起來，親手拿起小冊本，默默地翻閱了一陣。

「你沒有讀到最後吧？」

「不，一字不漏全讀完了。」

「那麼就是沒有讀透。」

老中將冊本高舉到頭頂拜了一下，對一路說：「過來。」
冊本的末尾是這麼寫的：
〈供頭守則〉
竭盡全力
只有這麼一句。正因為銘記著這句話，所以一路更無法忍受自己的職責就此消失。
老中打開小冊本，擺到一路的面前。
「你的名字，怎麼可能是中山道的一路？拚生盡死，踏上路途。一路，指的是『人生一路』啊。」
一路彷彿在黑暗中看見了一道光芒，他畏懼地後退。
「感謝大人點化。」
一路跪拜的時候，老中離席了。
「好啦，我們也該告辭了。」
栖山儀右衛門打了兩、三個噴嚏，以傻愣愣的聲音說。
「小斑啊，」
「妳發達啦！」

雪天放晴的早晨，我正嚼著上等糧草，這時丁太和半次不知為何一臉喜孜孜地走了過來。

雖然到現在都還分不出哪一個誰，但兩個都同樣討厭。什麼發達？明明是賣不出去，就把馬殺來下鍋吃。

「聽好啦，小斑啊。」

「聽了可別嚇破膽啊。」

事到如今，我聽到什麼都不會吃驚啦！差點被殺來下鍋、目睹武打殺人場面在眼前上演，多虧這些鍛鍊，我也成了匹見多識廣的馬了。

丁太和半次走進馬廄，從兩側抓起馬轡，抬起我的臉。幹嘛？我可是好久沒吃到這麼好吃的草了呢！

「主公，」

「要把妳，」

「獻給，」

「將軍家。」

哦？那是什麼？

「如此一來，妳就成了，」

「今上的座騎，」

「是天下萬馬之首，」

「馬中棟樑。」

「發達啦！」

「發達啦！」

我嚇了一跳，忍不住直立起後腳。不久之前才在大垣馬市被賣剩下來的我，竟然能成為將軍的座騎？真的假的？不敢置信！

「乖、乖。好運的，」

「還不只這樁。」

「就在剛才，」

「小野川相撲師傅，」

「過來這裡，」

「說我們憑這身軀和臉龐，」

「肯定可以奪下相撲大關的寶座。」

「只要賣力修練，」

「將來一定能成為『雷電』、『谷風』再世。」

「我們二話不說便答應了。」

「當場也想了相撲藝名。」

「丁太叫木曾谷，」

「半次叫淺間山。」

「主公也非常起勁。」

「說迷戲子會招人非議，」

「但迷相撲就不會有人說話了。」

「發達啦！」

「發達啦！」

哎呀，這樣啊。這世上還是值得期待的嘛！只會吃閒飯的馬販子，竟然成了御用力士，平步青雲。

「啊，喂，不要鬧！」

「乖、乖，安靜下來，小斑！」

這怎麼能教人不興奮？我扯斷轡繩，跑出馬廄外頭。

天空晴朗蔚藍，庭院的厚雪舒適極了。我在池塘周圍奔跑，在雪堆裡打滾。

我又想起了白雪前輩臨終前的一句話。

「馬哪有出身貴賤之別？」

前輩說的沒錯，從那之後，我絕不回頭，只看著前方往前走。結果呢，艱辛的旅途最後，竟然有著這樣的幸運在等著我。

「小斑啊！」

雪中模糊的叫聲讓我站了起來。

「靜下來！要獻給今上的田名部名駒，萬一受傷就不得了了！」

是勘十郎划開積雪過來了。

沒錯，我是田名部名駒。我一直忘了戰國古時，蒔坂大人領地的田名部馬的尊嚴。出生好壞，與那樣的尊嚴相比，根本算不上什麼。

「小斑啊！」

「小斑啊！」

四面八方傳來喊聲，田名部家臣們圍了上來。從主公到足輕，為什麼這些人各個都頂著同樣的表情？

我站立在假山山頂，對著萬里無雲的雪天晴空放聲高嘶。

雖然不願意與這些人分離，但我有必須走下去的路。

（全文完）

文學森林 LF0064

一路（下）

作者

淺田次郎

一九五一年出生於東京。一九九五年以《搭上地鐵》獲得吉川英治文學新人賞，一九九七年以《鐵道員》獲得直木賞，二〇〇〇年以《壬生義士傳》獲得柴田錬三郎賞，二〇〇六年以《請您切腹吧！》獲得中央公論文藝賞、司馬遼太郎賞，二〇〇八年以《中原之虹》獲得吉川英治文學賞，二〇一〇年以《沒有盡頭的夏天》獲得每日出版文化賞。台灣目前出版有《鐵道員》、《蒼穹之昴》、《壬生義士傳》、《珍妃之井》等多部作品。

封面繪圖

山口晃

一九六九年生於東京，成長於群馬縣桐生市。於東京藝術大學美術研究科主修繪畫（油畫），一九九六年取得碩士學位。二〇〇一年獲岡本太郎紀念現代藝術大獎優秀獎，二〇〇三年以《奇怪的美術史》（暫譯）一書獲屆小林秀雄獎。除了城市鳥瞰圖、合戰圖等繪畫外，作品亦涵蓋立體畫、漫畫、裝置藝術等多種表現方式，在日本國內外常有展覽。也執手製作成田國際機場、東京地鐵副都心線西早稻田站的公共藝術等多元作品，二〇一二年十一月更為平等院養林庵書院繪製襖繪。

譯者

王華懋

專職日文譯者，譯作包括各種類型，有推理小說、文學小說及實用書等。連絡信箱：huamao.w@gmail.com

封面設計　兒日
書名題字　張大春
責任編輯　王琦柔
行銷企劃　傅恩群、王琦柔
版權負責　陳柏昌
副總編輯　梁心愉
初版一刷　二〇一六年一月四日
定價　新台幣三四〇元

ThinKingDom 新經典文化
發行人　葉美瑤
出版　新經典圖文傳播有限公司
地址　臺北市中正區重慶南路一段五七號十一樓之四
電話　886-2-2331-1830　傳真　886-2-2331-1831
讀者服務信箱　thinkingdomtw@gmail.com
臉書粉絲團　www.facebook.com/thinkingdom

總經銷　高寶書版集團
地址　臺北市內湖區洲子街八八號三樓
電話　02-2799-2788　傳真　02-2799-0909
海外總經銷　時報文化出版企業股份有限公司
地址　桃園縣龜山鄉萬壽路二段三五一號
電話　02-2306-6842　傳真　02-2304-9301

ICHIRO
BY Jiro ASADA

一路 / 淺田次郎著；王華懋譯. -- 初版. -- 臺北市：新經典圖文傳播, 2016.01
2冊；14.8×21公分. -- (文學森林；LF0063-LF0064)
譯自：一路
ISBN 978-986-5824-52-5（上冊：平裝）. --
ISBN 978-986-5824-53-2（下冊：平裝）

861.57　　104027574

一路
下

請貼郵票

新經典文化出版社
100台北市重慶南路一段57號11樓之4

新經典文化讀者服務部 收
讀者客服專線：02-23311830

新経典文化
ThinKingDom

寄回函，就送限量收藏禮

中文版獨家授權《一路》限量人物珍藏紙牌(共54張)

當你為一路成長的身影而感動，也為主公滑稽的反應而發笑時，是否常忍不住翻回封面，頻頻對照出場人物及經典情節，甚至在不知不覺間成了他們的頭號粉絲？透過日本當代繪畫名家山口晃細膩的畫作，中山道沿途的風景與人情一一浮現眼前。如果仍覺得意猶未盡，現在，你可以再次珍藏。

中文版獨家取得日本原圖授權，精選小說中14位個性要角及4大家徽，搭配人物介紹及經典獨白，製成珍藏紙牌，限量推出，只要一次購買雙書就有機會獲得！

活 動 辦 法

即日起至**1/31**(日)前，同時寄回上下冊雙書回函，就有機會免費獲得《一路》限量人物珍藏紙牌乙組。**數量有限，送完為止！**（日期以郵戳為憑）

- 日本獨家授權，由當代浮世繪名家山口晃親手繪製，限量印製，送完為止。
- 內含57×88mm標準尺寸撲克牌共54張，全彩印刷，附PP硬殼收納盒。
- 分別以柏木、巴字、割菱、梅缽四大家徽，取代傳統撲克牌黑桃、紅心、方塊、梅花四種花色，更添趣味。

姓　名	
寄件地址	
聯絡電話	

上下冊回函一同黏妥或釘牢後寄回，更省郵資！